逃往单行道

朱琨 著

北京联合出版公司
Beijing United Publishing Co.,Ltd.

图书在版编目（ＣＩＰ）数据

逃往单行道 / 朱琨著. -- 北京 ：北京联合出版公司，2017.2

ISBN 978-7-5502-8989-5

Ⅰ. ①逃… Ⅱ. ①朱… Ⅲ. ①推理小说－中国－当代 Ⅳ. ①I247.5

中国版本图书馆CIP数据核字(2016)第264984号

逃往单行道

作　　者：朱　琨
出版统筹：新华先锋
责任编辑：刘京华　夏应鹏
特约监制：黎　靖
策划编辑：扈　晓　李　娜
IP 运 营：覃诗斯
封面设计：郑金将
版式设计：朱明月
营销统筹：章艳芬

北京联合出版公司出版
（北京市西城区德外大街83号楼9层　100088）
北京慧美印刷有限公司印刷　新华书店经销
字数184千字　787毫米×1092毫米　1/16　18印张
2017年2月第1版　2017年2月第1次印刷
ISBN 978-7-5502-8989-5
定价：39.80元

逃往单行道
contents 目录

逃往单行道
目 录 contents

第一章

1

接到医院急诊科来电的时候已经快下班了，郭伟刚才喝干一整壶浓浓的乌龙茶。他一边回味着绵厚悠长的茶香，一边望着面前空白的结案报告发呆。此时，整个桥南分局刑警队办公室里只有墙上的闹钟发出嘀嗒嘀嗒的声响。

放下电话，郭伟刚出了会儿神，然后把修长的手机放在掌中把玩，踌躇了好一会儿才拨通了另外一个电话号码。

"在哪儿？"郭伟刚沙哑的嗓音厚重地回荡在空旷的房间里，透过电话变成电磁波敲打着对方的耳鼓。手机那端依旧是那个懒洋洋的声音："怎么了？"

"有线索吗？"说这话的时候，郭伟刚下意识地抬起头左右打量，很小心地扫视着周遭的动静。看得出，他是不想被人听到自己正在进行的事情。

"你有？"

"那个……"郭伟刚犹豫片刻，慢悠悠地说道，"我刚接到老孔的电话，说他们医院急诊科十五分钟前收了一个遇到车祸的病人，中年男性，很像是我们要找的人。"

"苗杰？"电话里的声音明显提高了。

"应该是，之前给老孔他们看过照片。"

"他有生命危险吗？"

"还在抢救，不过老孔说伤势挺严重的。"

对方沉默了几秒钟，语气忽然变得凌厉起来："一定不能让他死掉，我有话要问他。现在最重要的线索都在他身上，可关系着五条人命啊！"

郭伟刚苦笑一声说："你以为咱俩说了算吗？"

"我马上过去，你呢？"

"我得写个报告，一会儿吧，你就说是——"郭伟刚想了想，正琢磨着给他安排个什么样的身份合适时，对方已经等不及了，刚才还如附骨之疽般的懒散竟霍然间一扫而空："我就说是他大舅子，你快点儿吧！"

挂了电话，郭伟刚把茶底一口喝干，提起笔来总有点儿心神不宁。这时老孔又来电话了，说病人伤得太重，恐怕无力回天。

"他还活着吗？"郭伟刚对着手机大声喊着。

"活着呢。"听得出医院很乱，老孔必须声嘶力竭地大声吼才能让郭伟刚听清楚，"给他打了一针，估计还能支撑个十分钟八分钟的，你要是来晚了真就见不着了。"

郭伟刚心头一乱，心想这下麻烦了，估计自己离医院更近一点儿。想到这儿，他对老孔道："想办法坚持一会儿，我马上过去！"

说完，他扔下笔，拿起车钥匙和手机就往外走，甚至没和迎面碰上的同事说上一句话。

郭伟刚正手忙脚乱地发动汽车的时候，队长赵承民从对面办公室走了出来："小郭，你干什么去，邹氏兄弟那个案子的报告写好了没？"

"没，我晚一点儿给你。"

"我问你干什么去？"赵承民警惕地走到车前，狐疑地打量着满头大汗的郭伟刚。

虽然正值深秋，可郭伟刚仍旧能感觉到一阵阵从心底发出的燥热。他干脆拧灭了火，跳下车解释清楚："'五一九'案的嫌疑人出车祸了，我去瞅瞅。"

"这案子不是已经交给重案组了吗？"别看赵承民个头不高，可眼神犀利得绝对能看得人浑身发毛。如今郭伟刚就有这种感觉，再加上心里本来就有鬼，让他更加不敢直视赵承民的眼神。

"对，不过……"

"不过个屁，回去写你的报告。"赵承民不耐烦地搡了郭伟刚一下，"'五一九'密室杀人案已经案发几个月了，和你还有半毛钱关系？真是狗拿耗子多管闲事。"

郭伟刚看看时间，已经和赵承民磨叽了整整五分钟，要是嫌疑人真死了，恐怕这段时间的工作就白做了，也没法儿和孙咛交代。想到这儿，他趁赵承民没注意，一个箭步蹿上汽车，边发动引擎边简单地打了个招呼："赵队长，我真得去一趟，回来再和你解释啊。"言毕也不等赵承民回答，箭一般地开着车驰离了公安局大院。

"你可千万给我坚持住啊……"车里的冷气已经开到了最大，可依旧不能阻止郭伟刚额头上如雨的汗水。他焦躁地望着路上堵得如长龙一般的汽车，还没忘记打电话督促电话那头的李伟："你快点儿吧，我堵在长虹桥头了。"

"我也在解放路堵着呢！"无论多么着急，李伟永远是那副急徐有秩的面孔和不紧不慢的声音。虽然他最初接受郭伟刚委托时的那种散漫已经消失，可在郭伟刚看来他还是没有完全进入状态。李伟又慢悠悠地说："现在六点二十五，正是下班高峰。"

"怕他坚持不住了！"

电话那头，李伟沉默了几秒钟，然后告诉郭伟刚他把车扔到路边比萨店门口了，让郭伟刚过去处理一下。

"那你呢？"郭伟刚显然还没明白李伟的意思，可那边李伟已经挂掉了电话。郭伟刚只得咒骂着把车转了个一百八十度，耳边轰鸣着身后排山倒海般的汽车喇叭声。

李伟准是从解放路跑步前往市人民医院了，这两个地方平素就是开车也要近二十分钟。

完了，这下没救了！

郭伟刚绝望地长叹一声，开着自己这辆半新不旧的捷达轿车来到解放路步行街口，果真在长龙般蜿蜒的车队里看见李伟的那辆半横在人行道上的白色长城H6。那辆车的后面有一个叫作"西里兰"的比萨店，正好被它堵住了小半个店门。

"西里兰"的店主是个近四十岁的广东人，普通话水平和郭伟刚的粤语水平差不多，所以两个人闹了个满拧，几乎是面对面激昂亢奋地各说各话，看得出对方也没把他的警察身份看在眼里。最后还是一个本地店员出来解的围，而郭伟刚则掏出一百块钱订了份意式果蔬肉丸比萨，说一会儿回来取。

好不容易把自己的车也停到"H6"旁边，郭伟刚又顶着余阳酷暑，汗流浃背地跑到第一医院时已足足用去了半个小时。站在急诊室门前川流不息的人群中，郭伟刚感觉自己累得就像条狗，他呼哧呼哧地喘了半天粗气才跌跌撞撞地走进大门。

进去之后，正入他眼帘的是李伟修长的身形和眉梢微蹙的面孔，还有一支永远离不开嘴的香烟。见他进来，李伟把烟顺手丢到地上，还用脚踩了一下，径直走了过来。郭伟刚虽然对他依旧如此不拘小节有些不满，却也不好意思在此时发作："苗杰怎么样了？"

"死了。"

郭伟刚叹了口气，拉着李伟穿过混浊的空气来到院里："你见到老孔了吗？"

"我不认识谁是老孔，不过那人死的时候两个医生都在现场。"

"你来的时候苗杰还没死？"郭伟刚惊讶地问道。

"是啊！"李伟又摸出烟盒点烟。这家伙抽的香烟二十年来鲜有变化，五块钱一盒的红梅，从郭伟刚认识他到现在只涨了一块钱。

"我到的时候人已经不行了，伤势太重。"李伟停顿了一下，继续道，"肇事方是辆'皮卡'，已经被撞得面目全非，司机逃逸。"

"苗杰说什么没有？"

李伟没有回答郭伟刚的话，却伸手从上衣口袋里摸了两把，掏出一张名片递给郭伟刚道："这是从苗杰身上找到的，和驾驶证放在一块儿。"

郭伟刚接过名片后才知道，他们这段时间一直暗地调查的人竟然还兼任另外一个讨债公司的职务。

"苗杰当时已经进入恍惚状态了，大夫们一直给他做急救，他看到我好像知道我的身份似的，忽然拉住我的手，很艰难地说了四个字，然后就——"李伟吸了口烟，故意没说后面的话。

郭伟刚紧紧地盯着他略显疲惫的双眼，正以为他要说出苗杰的遗言时，却听到他把话题转了个方向："这里没咱们的事了，换个地方聊吧。"

"去哪儿？"

"去解放路那个比萨店，我的车钥匙还在那个广东老板手里。"李伟说着转身从急诊室门口的角落里拎出块滑板来，"给你打完电话，我正准备开跑，就看见送比萨的小姐们都滑着这东西送餐，我就从老板手里借了一个。要不然估计还真赶不上苗杰咽最后一口气了。"

"他到底说什么了？"想到这几个月来辛苦调查的线索汇聚于此，郭伟刚的心情还真有些紧张，一瞬间那命案的五个阴魂仿佛头顶的密云般氤氲在他的周围，他甚至听到耳畔隐隐传来微微的叹息声和连声的催促："快说呀！快说呀！"

李伟叹了口气，静静地望着郭伟刚："别急，一会儿再说。待会儿有熟人要来，看到咱们恐怕不太好。"

经他这么一提醒，郭伟刚才想到前一阵子他俩分别用不同的身份套过苗杰朋友的话，这时候若真被识破了果真不美，便依着他来到医院门前打了个车返回解放路。

颠簸的汽车里，郭伟刚拿起手机给孙咛发了条微信，把今天的情况做了简单的介绍，这时候他才意识到眼下所发生的一切仍旧是"五一九"密室杀人案的延续，也是将孙咛和自己联系起来的重要纽带。

如果没有那个离奇诡谲的"五一九"密室杀人案，自己自然不会认识孙咛，也不会受她委托找李伟做调查，更不会有今天在这里遇到苗杰遭遇车祸的事。想到这里，郭伟刚突然结结实实地打了个冷战："你说苗杰这事真是车祸？"

李伟转过头，很阴郁的面孔上写满了鄙夷："亏你还是个警察，这么明显的杀人灭口还看不出来？"

"杀人灭口？"郭伟刚开始意识到自己似乎正在陷入一个万劫不复的深渊，而深渊的开始就是那个奇怪至极的五·一九密室杀人案。

2

每年夏天夜市的生意都出奇地好，从擦黑到第二天凌晨，络绎不绝的人群都会带着暑意将大把的时间和金钱打发在啤酒和烧烤上。来塞北市，全世界的人都不会拒绝这种最原始却也最简单美味的烹饪方式，所有的食材都能拿来烤，不仅包括各种蔬菜，还有海鲜，如皮皮虾、蛏子、带子、目鱼、龙虬，甚至是龙虾，以及经典的牛羊鸡肉、馒头、包子、糯米团子……也正是烧烤的存在，才让塞北市九百六十余万人的口味少有地一致起来。

父亲去世一周以后，孙咛第一次走出家门。临行前，她刻意让钟点工宋姨多留一会儿，在家帮她照顾继母林秀玫，自己则拿了提包和手机打车到吉安里夜市，在缭绕的烟雾中找到了郭伟刚，和他同桌的是个三十岁左右的年轻男人。

其实孙咛和郭伟刚也不太熟，满打满算认识不过一个星期。父亲被杀的那天，就是这个警察带人第一时间赶到了案发现场。郭伟刚身材很魁梧，又高又胖，三十多岁的他是桥南区刑警队的元老，脸皮白白净净的，说话时眼睛就眯成了一条缝儿。人虽然长得普通，可做起事来雷厉风行，到家里做笔录的时候跟着孙咛里里外外查个了遍，开始她还以为他是做事认真，后来才知道是另有所图。

话又说回来，郭伟刚人其实还不错，这几天帮了她不少忙。所以当孙咛提出那个要求的时候，郭伟刚想都没想就答应了。只是对面那个男人让孙咛有点儿不太放心，难道他就是郭伟刚口中的老前辈？

说是前辈，其实这人也就三十五六岁的样子，也许还不到，但面相显老，人长得挺黑。头发蓬松凌乱，显然没怎么梳理过。胡子倒是刚刚刮过，可不知是不是刮胡刀有问题，青愣愣的下巴上长一根短一根的胡楂儿愈发衬托得这人又老又愣，甚至愣得有些刺眼。他的眼光略显疲惫，似乎昨天熬了半宿，精气神儿蔫巴巴的。他眯缝着一对细长的眼睛，不知道是发困，还是瞧不起周围任何人的藐视样儿。一件松松垮垮的绿色哥伦比亚T恤套在身上显得又肥又大，他正叼着烟低头划拉着手中的iPhone 5s手机出神。

"小咛，在这边。"郭伟刚热情地招呼孙咛坐下，顺手拎过桌上的可乐给孙咛满上，边倒边笑道，"来得挺快，还以为你要等一会儿才能到呢。"

"还行，没堵车。"孙咛左右瞅了几眼，看对面的男人依旧低头玩着手机，好像没有想和她打招呼的意思，不禁心中有些懊恼又有些后悔，她又小心地瞄了对方一眼，发现他似乎是在刷微信的朋友圈。他不是郭伟刚找来解决问题的吗？怎么这么没礼貌？孙咛皱起了眉头。

"我来介绍一下，这位就是李伟，咱们原桥南刑警队的队长。"郭伟刚悄悄地拉了李伟一把，意思是让他放下手机和孙咛打个招呼，却没瞒过孙咛的眼睛。李伟懒散地放下手机，很不情愿地冲孙咛点了点头，说话和人一样显然毫无生气："我之前在刑警队工作，后来让公安系统除名了，干了几天协警没干下去，现在咱们市城投公司干外勤。"他用标准的塞北市普通话黏糊糊地介绍完情况，好像想不出再该说点儿什么，干脆拿起杯子喝水，明显在掩饰自己的尴尬。

孙咛叹了口气，用求助的眼光望着郭伟刚，踌躇道："你给李警官介绍情况了吗？"可她话音还没落下，李伟已不待郭伟刚回答就抢过了话头："别叫我李警官，我好几年不干警察了。你就叫我李伟吧，这名字简单好记。"

"还没呢，我现在说。"郭伟刚清了清嗓子，招呼老板上烤串，然后才对李伟笑道，"好长时间没见了，今天把你叫出来一是想和你坐坐，二呢，也想和你聊聊。对了，这位是我刚和你说过的朋友孙咛。"

"你好。"打过招呼后，李伟又拿起了手机，只是这次没好意思看。就见郭伟刚舔了舔嘴唇，说道："有个事不知道你听说没有，上星期咱们市发生了一件大案子。"

"什么案子？"说起刑事案件，李伟的兴趣明显被提了起来。郭伟刚点了点桌子，继续说："这事今天说就说了，因为不说的话没法儿进行下面的工作，但你千万记得要保密。因为现在案子已经转到重案组了，我们刑警队都管不着。"

"有这么严重？"李伟放下手机，又重新点了支烟。孙咛这时候才看出点儿眉目，心想就冲着这人对案件侦破的兴趣，也许郭伟刚还真没找错人呢？然后就听郭伟刚说道："今天是五月二十六日，距离案件发生正好一个星期。案发地点就在开发区北恒山路和南衡山路交叉路口的嘉诚大厦D座十层。当时110接到报案说有命案发生，我们队就接警去处理了，到了现场我才知道是四条人命。"

"四条？"李伟显然也被这少见的多人命案震住了。郭伟刚显然对他的反应感到满意，说道："没错，四个中年男人在一张麻将桌上被杀，死亡原因都是被利刃割喉。但问题是我们在现场发现了一份打印并签名的遗书，遗书是其中一个叫孙玙霖的男人留下的，他说其他三人都是他杀死的。原因是他欠他们的钱，因债务纠纷而生出杀机。在现场我们也发现了一把沾满血和孙玙霖指纹的匕首。"

"孙玙霖是杀人后畏罪自杀吗？"李伟刚说到这儿，对面的孙咛就按捺不住地爆发了。一周以来她所承受的所有痛苦、压力和悲伤在一瞬间混杂在一起，没头没脑地砸向李伟："我爸不可能自杀，公司只有不到一百万的债务怎么可能把他压垮？二十年前我们家欠的钱可比这个多，我怎么没见他那时候气馁过？"

孙咛高亢的声音把周围好奇的目光都吸引了过来，李伟这时候才显得有些惭愧："真不好意思，我不知道他就是你父亲……"孙咛宣泄完胸中的苦闷，立时感觉自己像个泄了气的皮球，瘫软在椅子上，一丝力气也没有了。而她对李伟的失望已经到了无以复加的地步，要不是看在郭伟刚为这件案子跑前跑后的分儿上，她真不想如此虚与委蛇，很想干脆一走了之。

　　"没事，没事。"危急时刻还是郭伟刚出面调停，"不知者不怪。我们继续说案情吧。"

　　"我告诉你，李哥，这事是不是自杀，现在还真说不清楚。"说到这儿他恐怕孙咛误会，刻意解释道，"因为案发现场说简单也简单，说复杂也复杂。虽然证据显示像是自杀，但疑点非常多。"

　　"有什么疑点？说来听听。"李伟似乎很享受对方向自己陈述案情的过程，甚至有些怡然自得的样子。孙咛在一旁则低着头，心想自己真不该让郭伟刚把这个人找出来。郭伟刚的声音则继续回荡在她的耳边："局里对是否自杀也拿捏不准，据说已经成立了专案组，想来不日就能破案。"

　　"这样啊。那也好，我们就等好消息吧。"李伟随手扔下烟头，拿起扎啤杯喝了口啤酒，"相信你父亲一定能够沉冤得雪，我们也相信党和政府一定能给你一个公道的交代。如果他不是自杀，犯罪分子一定会被绳之以法。"最后这句话李伟想必是在安慰孙咛，可听上去总有些不伦不类，孙咛甚至又开始打退堂鼓，琢磨着顺着他的话说上几句离开算了。

　　关键时候还是郭伟刚出面打破了沉闷尴尬的气氛，他端起酒来和李伟碰了一杯，笑眯眯地制止道："你丫怎么这么不上道，说着说着还唱起高调来了？案情我还没介绍完呢，怎么着，你现在就想开溜？"

　　李伟嘿嘿一笑，似笑非笑地望了孙咛一眼，说道："和你们开玩笑呢，你继续说吧。"

　　郭伟刚这才满意地点了点头，继续介绍起案情来："现在重案组已经开始做这四个被害人的背景调查了，是不是自杀到时候就知道了。"

　　"做背景调查的同时还应该对被害人的人际关系网梳理一下，重点找出他们之间的交叉，我感觉这工作早做比晚做好。另外还要看看他死了之后的既得利益者们有没有不在现场的直接证据……"李伟品着杯中的冰啤酒，慢条斯理地说。可对面的郭伟刚却毫不客气地打断了他的发言："得了，今天找您来可不是安排工作的，这事不归咱哥们儿管。"

"闲聊嘛，和工作无关。"话是这么说，可孙咛还是看得出来李伟说起案件时那种转瞬即逝的兴奋和对郭伟刚最后这句话所表现的失望，她开始隐隐觉得这个人也许真能解开父亲背后那庞杂纷繁的谜团。随后就听郭伟刚问道："你是不是这几年没案子破憋得厉害啊？"

"废话！"李伟冷哼一声，从桌上抓了把盐水煮花生吃，郭伟刚凑趣地从他手里取了两颗，说："所以我今天来才有好事找你。"

"什么事？"见不讨论案情，李伟又开始变得懒洋洋起来。郭伟刚认真地把头往前探了探，说道："我有个委托人，想托我私下认真了解一下孙玿霖的情况，因为这个人的秘密实在是太多了。另外就是要得到他杀的关键证据。"说到这儿，他下意识地看了孙咛一眼，继续道，"我想来想去还是觉得你最合适，所以这工作就想交给你来完成，毕竟你曾经也是个刑警嘛。当然不会让你白干，你只要答应，车马费用方面就好说。"

"谁是你的委托人？"李伟安静地听完郭伟刚的叙述，好像根本没往心里去，完全看不出他是怎么想的。郭伟刚摇了摇头，神秘兮兮地笑了笑："这个保密。"

"哦，那我的回答也保密。"李伟说着滑开手机看朋友圈，不再看他们二人一眼。急得郭伟刚一把抢过他的手机，说道："你这个人怎么这么固执，你真想知道？"

"谁啊？"

"远在天边，近在眼前。"

"我估计也是。"郭伟刚的话好像没有让李伟显然多惊讶，他只是慢悠悠地把目光移到孙咛身上，似乎还想再确认一下，"你真想调查你的父亲？"

"对。"孙咛斩钉截铁地点了点头，"我父亲不是自杀，我想你帮我彻彻底底地弄清楚他到底和那三个人有什么猫儿腻，他本人又被卷入了一个什么样的组织？"

"组织？"

"我是这么认为的，因为多年来我爸一直非常神秘，我总感觉他有什么事在瞒着我。"

"只有你自己？"

"应该是吧，以前的事也许我亲妈知道一点儿，但我和她很少见面；继母这块儿估计和我也差不多。"孙咛猜李伟一定能从自己的回答中品味出一些有用的东西来，譬如她担心父亲孙玓霖恐怕是卷入了什么地下组织，这才是她不敢和警察和盘托出的真正原因。想到这儿，孙咛又怕李伟误会，遂补充道："我五岁的时候我爸妈就离婚了，继母是我爸一年后找的。你们放心，如果你真查出他做了什么非法的勾当，我一定会向警方交代的，这里有郭警官做证。"说到这儿她长长地叹了口气，"只是在这之前我想自己先弄清楚，也希望继母能少受点儿打击。"

"你和你继母关系还不错嘛。"李伟说着点了点头，凭他的聪明此刻想必已经心里有数了。孙咛和郭伟刚一时间都把期盼的目光投向了他平静的面孔上，孙咛甚至觉得他应该马上会提出去案发现场的要求。

可李伟的回答却完全出乎两个人的意料："小郭啊，这事我干不了，你找别的人吧。"说完话他好像害怕郭伟刚会继续苦劝，竟站起身头也不回地消失在茫茫人群中。

3

接到郭伟刚电话的时候，成小华开始都没想起来这个人是谁。好在电话里一番来往客套，那个身形壮硕的汉子形象逐渐在她脑海中清晰起来。

只是对方提出的见面要求让成小华颇为踌躇，好半天才勉强答应。

　　他找自己能有什么事呢？说起来，这个郭伟刚不过是她前夫刘厉的同事，虽然也算得上是半个朋友，但他们至多只是在酒桌上见过几次而已。不过对方的邀请倒挺真挚，也让成小华不好拒绝，她看看时间已近上午十一点，离约定的时间还差半个小时。

　　"小华，你要出去啊？"厨房里忙活的奶奶见成小华在自己的屋里找衣服，就知道她中午饭八成是不在家吃了。成小华从衣柜里取了几件衣服，但试过之后感觉都不太满意，正准备再找找就听见奶奶喊她，她忙跑过去告诉奶奶，自己一会儿有事，便接着又回到自己的屋子找衣服、化妆，准备出门。厨房里奶奶絮絮叨叨的声音又传了出来："好不容易休息一天，不在家待着，这么热干什么去啊？记得带上伞，保不齐下雨。"

　　"我车上有伞，奶奶您就别操心了。"成小华换上一套素淡的衣裙，提了包下楼找到自己的"晶锐"小车，倒车的时候还差点儿撞到垃圾箱上，好在有惊无险。待她赶到察哈尔大厦中餐厅的时候正好是中午十一点半，分秒不差。

　　"小华，我们在这儿呢！"郭伟刚守着大厅把门的位置，见到成小华远远地就招手大喊起来。

　　成小华朝他们走过去。数年未见，郭伟刚这家伙好像又胖了一圈，除此外倒没什么其他变化，嘴还是又贫又滑。郭伟刚身边的女孩儿，成小华没见过，看年纪比自己小几岁，二十四五总是有的吧？她穿着一身素装，虽然仅是略施粉黛却也难掩可餐秀色，着实是个美女。只是容颜中颇为憔悴，略肿胀的双眼亦是睡眠不足的有力证据。

　　"我来晚了吧？"成小华微笑着在郭伟刚的对面坐下，冲着他身边的女孩儿点了点头。郭伟刚忙介绍说这位叫孙咛的女孩儿是他的朋友。刚说到这儿，孙咛就变魔术般地从身边的空椅子上提过一个精美漂亮的红色手提袋，里面好像装了两个大纸盒，显得鼓鼓囊囊的。

　　"我前几天去澳洲旅游，买了点儿新西兰当地产的蜂蜜。听郭伟刚说你家里有老人，趁着今天就给你拿了几瓶。别嫌东西少，尝尝鲜吧。"孙咛款款起身，贴心地将手提袋放到成小华身边的椅子上，顺便接过成小华的包也放到了上面。成小华见此忙摆手拒绝，却不承想孙咛送东西的决心也异常坚决。

"这怎么好意思呢，我们家其实也没人喝蜂蜜。"

"留着吧，这可是世界上最好的蜂蜜啊，美容的。"孙咛笑着把成小华按回座位上，笑道，"郭伟刚他们局里人都说你是全桥南分局最美的警嫂，今天一见还真名不虚传，你长得真漂亮，身材也好。"

"漂亮什么呀。"可能是听到过太多这样的话，成小华对于孙咛的恭维一点儿反应都没有，"漂亮还能让人甩了？"

成小华的话不阴不阳，酸溜溜的刺人耳膜。孙咛略一沉吟，脸色就已变了回来，笑容继续爬满容颜，神色中却多了些语重心长："那是他有眼无珠，听说找了个什么丑八怪的女老板，哪儿有你好？像你这么年轻漂亮的女人还愁再找不到好人家？又没有孩子，怕什么。"那说话的语气就好像她是个过来人，年纪长了成小华三四十岁一般。

"快坐吧，尽提那些不高兴的事干吗？刘厉早就从警队辞职下海去南方创业了，小华也算不上警嫂。"可能听说过成小华对这个词反感的传闻，郭伟刚慌忙做着解释。成小华明白他的好心，很受用地点了点头："谢谢郭哥，都离婚半年多了，我也早过来了，没事。"

"没事就好。"郭伟刚招呼服务员点菜，想顺便把不愉快的话题岔开。这时候成小华才告诉他俩自己这段时间吃素，又引起孙咛排山倒海般的一堆问题："吃素，你信佛啊？"

"谈不上信，只是有时候读点儿这方面的书吧。"

"吃斋？"

"不是，前一阵我的小狗死了，我就发誓为它吃素三个月。"成小华显然不想多做解释，所以说起来轻描淡写。孙咛却有点儿得理不饶人的意思："那你平时吃素吗？"

"每年都有几次，加起来不过一个来月。"

"哦，真好。我可不行，哪顿饭要是没肉，我都吃不下去。"孙咛边说边替成小华点菜，问得又是一番感慨，"天啊，原来葱、蒜也算荤的？"

"连韭菜都算。"成小华抿嘴笑着吩咐服务员给自己做几个素菜，然后问孙咛在哪儿工作。

"我在北京上大学呢，刚考的研究生。"

"哪个学校的研究生？"

"北京理工大学。"

"哦，真有本事。"成小华也想不失时机地恭维孙咛几句，可想来想去却不知道该说什么好，只得翻来覆去说对方能干。孙咛笑着不置可否，待成小华说完才又问道："听说你去银行了？"

"才考上的。"说起这个，成小华多少有些得意，"上个月察哈尔发展银行招聘考试开始报名时，我就报了名。开始还以为没戏呢，因为报名的人特别多，谁知道阴差阳错地就进了面试，后来就进了银行。这几天一直在培训，过几天就正式分岗了。"

"你也挺厉害的。"

"你俩就别互相吹捧了，我问小华点儿事。"郭伟刚笑着打断孙咛，问成小华最近见没见过李伟。成小华疑惑地望着他们，开始隐隐觉得今天他们找自己的真正目的也许和李伟有关。

"昨天晚上我们下班都八点多了，他接我回的家。"她老老实实地回答。

"哦，我好几天没见他了，一直想找他问点儿事。"郭伟刚随口说了一句，又道，"我和李伟认识不少年了，原来他在分局的时候我就在他手底下干活儿，我对他相当了解。"

"是吗？"成小华知道郭伟刚开始转入正题了。

"他这人挺正直的，对朋友又仗义。特喜欢电脑、手机一类的东西，我记得是 2006 年还是 2007 年来着，他就在我们局里第一个用上 iPhone 手机了。"

"那时候有 iPhone 吗？"孙咛插嘴问道。

"有啊，不是第一代就是第二代，我那会儿还用诺基亚 N70 呢。而且我们局里谁要修个电脑、弄个手机就都找他，特能干。"

"我就不喜欢 iPhone。"孙咛下意识地从包里摸出自己的大屏幕三星手机撇了撇嘴，"我也用不惯那个系统，我觉着三星挺好用的。"

"我还行，我一直用 iPhone。"成小华的手机是也细长的老款 iPhone 5s。郭伟刚嘿嘿一笑，指着自己的华为手机道："国产机才好用呢，你们都崇洋媚外。"

三个人又聊了一会儿八卦新闻，最后郭伟刚看饭吃得差不多了，便话锋一转，终于开始了今天的正题："其实今天我们俩找你是有事相求。"

成小华微微点头，知道这次终于到了关键时刻，好奇心也被他们提了起来，便开口询问："到底什么事啊？"

"还是让孙咛和你说吧。"郭伟刚难得有不做孙咛发言人的时候。就见孙咛咬着下唇踌躇了好一阵儿，才艰难地说道："这事其实和你也没什么关系，实在不应该把你扯进来。不过我又需要你帮忙，实在不好意思。"接着又是一番铺垫，半天才继续道："前一阵我爸爸被害了，他和三个朋友在写字楼里被人用刀杀死了……"

她说到这儿的时候，成小华不由得"啊"了一声，郭伟刚则忙着倒茶安慰，好一阵折腾。

"警方在他身边发现了一封打印出来的遗书，说他是自杀。但我觉着他不可能是自杀，可又拿不出什么证据。况且这几年我爸多少有些神神秘秘的，我真怕他是不是受了什么人或组织的胁迫。"

"你的意思是想请李伟帮你们找找这个人或组织？"成小华也算是经历过大风大浪的人，一瞬间就猜了个八九不离十。孙咛摇了摇头，说道："是想请他帮忙，但我想让他帮我私底下查查我爸。"

"明白了，可这事儿我能帮什么忙呢？"

"我……"孙咛叹了口气，似乎有些开不了口，"问题是李伟不想帮我这个忙。说实话，我开始还觉得他挺不靠谱的，可后来发现他对案件的侦破的确有兴趣，经验又足，所以现在真想让他试试。"

"唉，你们不知道。他这个人虽然喜欢听案情调查，喜欢案件侦破，甚至还喜欢侦探小说，但就是不想和警察打交道，也可能是前几年受的打击太大吧。前几天我在北京的二叔家里被盗，我们都去看望，他竟然说不想和警察打交道，拗着没去。"显然对于此事成小华多少还有些耿耿于怀。

"看来我还算是例外呢。"郭伟刚自嘲道。

"你们不一样。"成小华说完这话，见孙咛兀自瞪着大眼睛望着自己，就知道她在等待自己的答复，不由得悠悠叹了口气，"你这个忙我倒不是不想帮，只是我说了他也未必听啊！"

听成小华话里有转机，郭伟刚不怀好意地笑了笑，话里有话地说道："你说他肯定听。"

"那……好吧，我试试，但不能保证他一定听我的。"

"好的，那我就千恩万谢了。"孙咛端起杯子给成小华敬酒，两人微笑着喝干了杯中的红酒。成小华见孙咛和郭伟刚神色有异，就知道李伟和自己的事，他们肯定听说过什么。可话说回来，若非如此，他们也不会来求自己了。

想到这儿，成小华抬起头，说出了一个自己疑虑许久的问题："你们觉得李伟这人到底怎么样啊？"

第二章

1

章少平站在嘉诚大厦保安室门前等郭伟刚，心里忐忑不安。要说关系，他和老郭真没说的，就连现在的工作都是郭伟刚当年帮他安排的，按道理说帮个小忙真不算啥。可问题是现在这老郭不知道哪根筋搭错了弦，非要过来再看眼案发现场，这不是让他为难吗？要让嘉诚物业的领导知道了，自己肯定得卷铺盖滚蛋，该怎么办呢？

说实话，章少平不愿意失去这份工作。自从自主择业以来，自己干过的工作中待遇相对丰厚的就是这嘉诚大厦物业的安保部副总了，无论是收入、地位，还是应得的福利待遇，都与自己转业前在塞北市某部队炮团侦察营的营长职位配合得相得益彰。如今年龄已过天命，还能再干几天？帮儿女多攒点儿钱才是正经事，怎能为了一个郭伟刚因噎废食？想到这儿，章少平拿出手机，想琢磨个理由回绝郭伟刚。

可话到嘴边他又有些犹豫，总害怕得罪个警察不是好事。况且如今这郭伟刚如日中天，听说他在局里人缘很好，万一他哪天升了职，自己不得后悔？章少平踌躇再三，最终决定冒点儿险帮郭伟刚这个忙，因为他估计就是他们老总也不一定敢在明面上和刑警队的人撕破脸。

正胡思乱想之时，郭伟刚的警车已经停到了大厦门前的停车场上，在他魁梧的身躯引领下，一个又高又瘦的青年男人毫无生气地跟在他身后。

要不是那个男人嘴里叼的香烟能衬托出他有点儿生气，章少平真以为是只狗熊领了个僵尸进门。

"老章，给你添麻烦了。"郭伟刚还是那副大大咧咧的样子，声音大得像是在吵架。他把身后的青年男人拉过来介绍说，这个男人叫李伟，是他之前的老队长。

老队长？对于这个称呼章少平充满了疑问，只看样子，他觉得这个男人不像是警察，可郭伟刚为什么还要带他来呢？想起电话中郭伟刚小心翼翼般叮嘱的谨慎，他不敢再多说一句话，只拿了钥匙带着他们前往 D 座十层。一边走，一边听身后话痨般的郭伟刚仍在嘟嘟囔囔："说好了，你要是看完就得帮我这个忙。"

"我要看完案发现场才决定能不能帮你。"听得出这是李伟的声音，对章少平来说很陌生。但他的普通话还算标准，不像章少平来塞北市三十多年了，还是一口带着无棣方言的山东口音。

"好吧，不过你记得保密。"郭伟刚似乎很小心，每句话都精斟细酌后方才说出。李伟没说话，只是静静地守在章少平身边盯着电梯里跳动的红数字出神。

章少平一直带着他们来到空荡荡的十层楼里，指着一个巨大造型的防盗门说："这就是 1003 室，塞北市东方红韵投资有限公司办公地点，也是十九号那天发生的命案的案发现场。"

"今天楼上没人？"李伟用目光简单地扫了周围一圈，扭过头问郭伟刚。郭伟刚小心地点了点头，告诉他一般在星期六和星期天，写字楼里是没有什么人的。李伟听完，抬起头看了看天花板，又低头看看脚下的瓷砖，示意章少平把门打开。

屋里还是案发当天的样子，其实章少平已经看过很多遍了，实在不知道这两位能瞅出什么端倪，因为在他看来这件案子就如这间小公司的装潢一样，再普通不过了，明摆着是自杀嘛！

房间呈长条形，分里外两间，分别有十五六平方米的样子，中间是用写字楼常用的玻璃隔断门隔开的，门是关闭的，这一点与案发情况相同。外屋正对门的是一张挺大的鸡翅木茶台，它呈现出一种亮得刺目的暗红色，上面放满了茶杯茶具。茶台后面靠墙转圈摆着一套真皮沙发，除此以外别无一物。

就见李伟皱着眉在屋里站着看了很久，然后信步来到玻璃门处，抬头看了看，然后推门进了里屋。章少平看了眼身边的郭伟刚，便随着他跟在李伟身后一起进去了。

里屋和外屋的面积差不太多，但里屋的装潢更好一点儿。譬如外屋用的是普通纸面石膏板，而里屋则换成了结实的厚石膏吊顶，还做了漂亮的造型，看上去与墙壁浑然一体，没了那种廉价的感觉。屋里正中是台豪华的电动麻将桌，上面还堆放着当天正在进行牌局的麻将和纸币，似乎案件是突然发生的一般。

麻将桌后面靠窗的位置放着张老板桌，桌下有个小保险柜。桌子后面是张歪放着的老板椅。桌子上摆放的物品，除了一本台历和一只金蟾外，就是一个与一本 32 开书本大小相似的黑色手包和标记着遗书位置的白线。李伟小心翼翼地低下头看了看手包里面，然后沮丧地站了起来。章少平知道他将一无所获，因为那包里只有一盒中华香烟、一部手机、几百块钱纸币和一个打火机，并没有他认为有价值的东西。

当然，案发时这个包里还有一把钥匙，是能开启那扇防盗门的唯一钥匙，但现在已经不在这里了。

看得出，自从进屋以后李伟就变得专注起来，之前那种散漫的样子不知什么时候已经一扫而空，取而代之的是一种小心谨慎和进屋伊始就紧锁的双眉。他蹲下身看了看地面上早已干透的血渍，然后顺着血渍挪到玻璃门旁边问道："这个标记位置放着的就是凶器吗？"

"是的，刀上的血迹和他们四人的伤口都能证明那把刀就是凶器，有可能是孙玓霖杀完其他三人，然后把口袋里准备好的遗书扔到桌上，再坐下自杀，之后顺手把刀扔掉造成的。而且刀子上也只有孙玓霖一人的指纹。"

郭伟刚指着最靠近老板桌的位置说，那就是孙玓霖的位子。

"其他三个人呢？"

"其他三个人？"郭伟刚似乎没明白李伟的意思，重复了一遍才说道，"还是之前说的那些，他们都是孙玓霖生意上的合作伙伴，也是他的小学同学，据说孙玓霖之前做生意失败都是靠这几个人帮助才得以渡过难关的。"

李伟点了点头，说要一份他们每个人的资料，郭伟刚答应了，但他说话的时候一直瞅着章少平，使章少平感觉有些莫名其妙。

"他们都叫什么名字？"

"赵津书、林罗和马宇姚。"看得出郭伟刚还真做了工作，受害者的名字随口就来。

李伟微微点头，慢慢踱出里屋，在外屋又逗留了片刻，问章少平这房间有几把钥匙。

"这座房子是东方红韵投资公司买下来的，所以防盗门也是人家自己装修后弄的，据说只有一把钥匙，案发时那把钥匙就放在手包里。"

"手包在哪儿？"

"就在刚才那张桌上，一直没动，钥匙被局里拿走了。"郭伟刚想了想，又补充道，"好几年了，孙玓霖每个星期天都会在这儿和另外三个人打麻将，一直到晚饭时才会离开。案发那天他们四人早上八点左右过来的，打麻将到中午十一点半，下楼在一层底商处的'巴蜀传奇'川菜馆吃了饭，然后回来继续打，一直到晚上十二点还没回家。于是孙玓霖的妻子林秀玫就约了林罗的妻子刘芳来嘉诚大厦查看，当时有个保安带着她们上了十层，敲门无果后，在林秀玫的指示下请了'金钟罩'安保公司上门开锁，之后就发现四人都死在了屋里。后来法医发现他们的死亡时间是当天中午十二点到下午三点之间。"

听郭伟刚叙述案情的时候，李伟蹲在地上，在一个角落里摆弄着什么东西，直到他说完后才站起来问："遗书确认了吗？"

"确认了，就是孙玓霖的笔迹。另外需要注意的就是我们在四个人的血液中都检测出迷药三唑仑的成分，也就是说他们在被杀前应该已经陷入昏迷了。"

"这应该去那个饭店了解清楚。"李伟念叨了一句又问道，"进屋的时候门是反锁的？"

"没错，我接警带人过来的。安保公司和保安都确认开锁时门是反锁的。"说到这儿，郭伟刚拉李伟到门口，指着已被破坏的门锁道，"这种 A 级防盗锁锁芯非常难打开，安保公司当时也只能物理破坏，这也是我们今天能进来的原因。"

"这么说当时唯一的钥匙就在里面的包里，而包在桌上，外面的玻璃门还是关着的？"

"没错。"

李伟又迈了两步，指着里屋的地面说："两个屋子里的足迹都很乱，明显当时进来的人太多，但仍能看得出地却扫得很干净，除了这几天的自然落土外，连一丁点儿灰尘颗粒都没有。"

"这个东方红韵的法人就是孙玓霖，据说他每周会有两天到这儿办公，聘了保洁公司的人周一和周四来做卫生。"章少平解释道。

李伟这时候已经走出房间，在走廊里看了看，指着头顶的纸面石膏板问道："这上面是空的吗？"

"是的。"章少平老老实实地回答。

"与外屋是连通的？"

"没错……"章少平刚说到这里的时候，郭伟刚拍了拍李伟，然后打断了他："你别打上面的主意了，别看走廊和外屋用的都是这种纸面石膏板，看上去似乎只有花纹不同且互相连通，但其实上面只有三十厘米的高度，人是不可能从这儿爬到屋里的。"说完他往前走了两步，指着玻璃隔断门说，"这个隔断和门都是顶到天花板，与天花板严丝合缝。而且里屋和玻璃隔断门上面都是不好破坏的石膏吊顶，所以是不可能有人从这儿出来的。再说他们进屋的时候玻璃门的确是关着的，无论是石膏吊顶，还是任何一块纸面石膏板都完好无损。"

李伟点了点头，冷哼一声说道："纸面石膏板可以换嘛。走廊只有两米多一点儿的高度，人只要掂点儿东西就能掀开一块纸面石膏板，然后把手伸过去用一个长一点儿的什么东西打碎外屋最靠门的一块纸面石膏板，再把什么放进去打开玻璃门杀人，然后关上玻璃门出来。"

"什么？"郭伟刚和章少平为李伟想象力的丰富大吃一惊。

"放东西？放什么东西？除非这个凶手是耍猴的，能放进一只训练有素的猴子，否则放什么都不行。"郭伟刚刚说到这儿，实在忍不住的章少平开怀大笑，为他们二人的有趣而感到滑稽："猴还不能是大猴，只能是小猴。"

"你们看过'福尔摩斯'没有？其中有一个《斑斓带子》的案件就是用蛇来完成的，这斑斓带子指的就是蛇。"

"那碎掉的石膏板怎么解释？"

"换掉这块纸面石膏板吧？"李伟指着头顶很激动地说道，"用蛇或猴子或什么训练好的动物把门打开，把钥匙拿出来，凶手再进去杀人，然后出来从外面把坏掉的石膏板换掉。"他说着示意郭伟刚抱起来他，他掀开一块纸面石膏板探头往里看了看，"外面距离屋里最近的一块石膏板只有一尺多远，完全可以在外面换。"说完他又补充了一句，"你看这里也没有摄像头，速度快的话几分钟就能完成。"

"那门呢？门怎么解释？"郭伟刚冷冷地望着李伟，"我说过门是反锁的，必须用钥匙锁，而案发的时候钥匙在手包里。我们接案的时候发现手包放在里屋的桌上，还拉着拉链。没有什么动物能如此顺利地完成这个工作，除非是成精的猴子像孙悟空或白娘子、小青什么的。"

"孙悟空或白娘子还用这么麻烦吗？"章少平插话道。

"我的意思是告诉你希望你认真一些，我也相信你的能力，而不是现在和我逗比，李哥。"郭伟刚半开玩笑半语重心长地说，他说到这里又认真地打量李伟，半晌问道，"你到底帮不帮我？"

章少平这时候赫然发现李伟的眼中竟闪烁出一种难以言表的兴奋，就像在部队里改善伙食或放假时战士们眼中出现的东西一样。只见李伟郑重地点了点头，说道："你和重案组孔队那边打个招呼，告诉他们这是个他杀案，不是自杀。"

"证据呢？"

"没有，凭直觉。"李伟说完扭过头看了眼郭伟刚，"不过我会帮你找出来的。"

2

对于贸然来电的青年男子，林秀玫毫无好感。其实他们二人素昧平生，自然谈不上有多大的仇恨，只是这个节骨眼儿上自己有太多的事情要办，诸如打理孙玓霖的丧事、协助副总裁管理公司的日常工作、和律师商量遗产分配，甚至要安排孙咛回北京上学的事，她忙得脚不沾地，一天只能睡四五个小时，哪有时间接受他的采访？

不过看在郭伟刚的面儿上，林秀玫还是客气地告诉这个叫李伟的记者，她只有午饭后一个小时的时间，否则就只有等到一个月以后再说了。好在李伟算是知事晓理，很小心地表示只想问几个问题，简单地了解一下事情经过好去应付编辑部主任的检查。

中午十二点半的时候，林秀玫终于在孙玓霖的大办公室见到了李伟。他看上去三十出头，穿了件户外运动品牌的薄外套，脖子上挂着略显沉重的单反相机，肩膀上挎了一个TUMI的电脑包。他见到林秀玫时很热情地伸出手来，带着歉意笑道："真不好意思，要耽误您一会儿了。"

"没事，坐吧。"林秀玫淡淡地回了一句，示意跟着李伟进来的王秘书倒茶，然后转到老板台后面款款坐下，幽幽地说道，"真是让李大记者见笑了，我其实是在先生去世以后才开始帮着打理公司事务的，所以什么事也理不出个头绪，着实让人头痛。要不说怎么没时间接受你的采访呢。"

"理解，理解。"李伟起身又给林秀玫道了歉才道，"这是孙总自己的企业吗？"

"嗯，算是吧。这个叫君林物流企业的公司早先是他和他前妻一块儿办的，后来他们离婚，他前妻抽走了相应的股份，这个公司就成了我先生独资的企业。"林秀玫边说边示意李伟喝水，李伟道了谢把热茶捧在手里却不饮下，好像只为取点儿暖："现在发展不错嘛，君林快把咱们塞北市里的相关业务垄断了。"

"这是个夕阳行业，真没多少利润，再别说真正占大头的还是城投公司下属的乐泰物流，他们才是垄断，又能便宜拿地，又能无息贷款，我们则只不过是喝点儿汤赚个辛苦钱。"说起企业经营的困难，林秀玫倒真像是老板一样娓娓道来，要说她才介入公司管理几天，李伟还真不太相信。待她说完，李伟才笑道："家家有本难念的经，现在实体经济不景气嘛。我倒是想问问林女士，您丈夫生前有什么仇家或结怨的人没有？"

"这事我其实已经和来过的警察说过两次了。"林秀玫似乎对这个问题略有不满，好在发了几句牢骚之后还是说了下去，"我先生孙玓霖是个特别爱好交际的人，不仅没什么仇人，反而还有不少朋友，你说谁能和他过不去呢？要说他自杀，不仅我不信，整个公司都没人信。你可以去打听打听，就知道他是多么阳光的一个人，不仅平时喜欢游泳、打球，还和员工们一块儿搞旅游拓展训练，在前几天中层会议上他还敲定今年的半年会要去海南三亚开，你说他怎么可能在这个时候自杀？"

林秀玫似乎酝酿了一肚子的苦水没人倾诉，此时对着李伟就一股脑儿地倾倒了出来，虽语如连珠，却条理清晰，也不知酝酿了多久。临了，就见她面带愁容哀叹道："他是有什么事瞒着我呢？还是和谁有关？你说他把我们孤儿寡母地扔下，留下这一大摊子算怎么回事啊？"说话间林秀玫语渐哽咽，眼睛也不禁又红了一圈。

"能说说你知道的情况吗？什么都行，比如你先生从小到大的经历或最近有什么意外事件，我写出来也许能帮警方搞点儿破案线索。"李伟说完这句话的时候，就见林秀玫黯淡的神色间突然闪出了一丝希望："真的？"

"你说吧。"

"其实我觉得也没什么重要的线索。我先生是初中二年级的时候从东平市随着爷爷奶奶搬到塞北的，在塞北市第三十九中读的书，不久就认识了赵津书、林罗和马宇姚几个人。"她停顿了一下，补充道，"就是和他一起被杀的那三个人，其实他们都是从小玩到大的朋友，关系特别好。那个林罗家可能有些关系，所以大学毕业后我先生和他前妻开公司的时候，他们也帮了忙，直到后来我先生离婚，公司濒临破产，也多亏了这三个人的帮助才起死回生，重新注册成了这家公司。"

"孙总的前妻叫什么名字，现在还在本市？"

"她叫……白丽君，还在本市。"说到白丽君的时候，林秀玫的脸上闪过一道难以察觉的异样神情，她可能意识到李伟已经注意到自己那些许不安的神色，于是说道，"我和我先生就是通过他前妻认识的。"

果然这事引起了李伟的注意，他饶有兴趣地问她们是不是朋友，但在得到林秀玫否定的回答后，他似乎感到有些意外，直到林秀玫说道："当时白丽君的父亲是市糖业烟酒公司的党委书记，她家里条件一直不错。我先生和白丽君结婚以后就开了一家副食品公司，有一阵儿公司生意挺好的，所以他们就从市职业中专招聘了一批女售货员去商场销售自家的糕点，我当时刚进城，也是这些人中的一员。只不过有一次白总让我去她办公室见一个外地来的老板，当时还是她丈夫的孙玓霖也在那儿，这样一来二去地我们也就认识了。其实那会儿他们已经在商量离婚的事了，所以我和他们的感情破裂没太大的关系，况且这期间我们也没怎么联系过，直到半年后我才和他好上。"

可能是饱受第三者的指责，林秀玫在这个问题上有着近乎执拗的执着，非要给李伟介绍清楚不可。谈到孙玓霖时，李伟明显能感觉到对方心底那抹似有似无的悲伤和仍然盘踞在其言谈举止间的浓浓的依恋之情。也就是在这个时候，李伟觉得她和孙咛好像一样，对这个去世男人的感情远远超出了常人间的夫妻、父女之情。他说不清这是为什么，只觉得作为一个男人，孙玎霖无疑是很成功的。

"那说说你们的女儿吧。"李伟艰难地把话题扯了过去。就见林秀玫沉寂片刻，她才端起桌上的茶杯沾了沾唇："咛咛不是我生的，她是我先生和前妻从孤儿院领养来的孩子。"

"这事她自己知道吗？"李伟下意识地拿起笔想写点儿什么，却一时间又无从下手。林秀玫则点了点头，说道："知道，这事我们从未瞒过她，她很小的时候就知道了。"

一瞬间，李伟突然明白了孙咛和林秀玫对孙玎霖那深深的感情的来源，他脑海中仿佛出现了一个高大的男人形象，一个为了养女和续弦起早贪黑、日夜操劳的英雄父亲形象。从孙咛对父亲死因的纠结到林秀玫这不易察觉的淡淡哀伤，李伟觉得这个家庭之前应该是和谐而温馨的。

"那么你先生的死和他前妻或其他女人有关系吗？"说完这句话时李伟想了想，又补充了一句，"就你知道的情况谈一点儿。"

"你是指他们之前是不是藕断丝连或我先生有什么作风问题吧？"林秀玫笑着摇了摇头，"恐怕要让你失望了，因为我先生虽然是塞北市著名的企业家，却在这方面没有一点儿值得你报道的价值。他是个洁身自好的男人，除了我以外没有任何女人，他把精力都放在公司上了。"说到这儿林秀玫略带自豪地左右环顾着，用目光带着李伟游离于偌大的办公室里，"为什么我们的公司现在情况这么好？你要知道，他们离婚时白丽君分走了一大笔钱，当时我家的负债达到几十万元……"

"据我所知你们公司现在债务也不少，上百万的贷款可不是小数目。"李伟有意打断了林秀玫的话，想听听她在这上面有什么意见。可出乎意料的是林秀玫竟没有因为这个生气，反而轻轻一笑："你刚才不是问我白丽君现在的情况吗？我告诉你老城区那个濒临倒闭的百货大楼就是她的，改制以后已经跟她姓白了。另外，还有去年年底关门的'天天渔港'大酒店什么的，据说她现在才是真正的'大负翁'。"说到"大负翁"三个字的时候林秀玫有意加重了读音。

李伟点了点头，他自然知道曾经在二十世纪七八十年代有过短暂辉煌的市百货大楼如今是何等惨状，其实每个塞北市人从门可罗雀的大楼经过时都会有这种想法，三十年河东，三十年河西，这几年百货大楼几乎尝试了全世界所能尝试的一切商业模式，却最终仍像个耄耋老人那样凄凉地等待着命运的最终来临。

"这么说在你先生突然离世之前他没有一点儿异常情况？"李伟边问边收拾东西，脑子里开始酝酿下一个流程和工作安排，可是林秀玫的回答却使他这个象征性的问题成了今天最关键的对话。

"要说异常，我不知道有没有用，之前警方问的时候我还没想起来。是这样，在他离世前三天的那个晚上，我回家的时候曾被人跟踪过。"

"有人跟踪你？"李伟下意识地停止了手中的活计。

"对，那天我参加同学聚会，回来的时候已经晚上八九点了。由于我喝了点儿酒，所以就打车回家。到家门口的时候我让出租车停下，想步行从小区走回去，因为我们小区是人车分流的，要进去还要登记，挺麻烦的。可谁知道我刚下车就发觉马路对面有个男人一直在看着我，他好像也才下车。"

"你看清楚那人长什么样了吗？"

"没有，他戴着口罩穿着风衣，只能看出他年龄不大，二三十岁的小伙子。当时我也没在意，就回家了。谁知道第二天我和朋友出去买东西，开车回家又发现有人跟踪我。于是我就打电话给我先生，他让我到小区不远的商业街停住，逛逛商业街再回家。"

"你照做了？"

"对，我把车停下假装看衣服，发现那男的一直跟在我身后。于是我就往前走，按先生教的在工商银行门口突然转身往回走。那小伙子显然没留神，只好钻进了银行对面的网吧，我就在网吧门口待到先生来接我回家。"

不过由于天气黑，他又戴着口罩，所以我也没看清他的样子。"

"你们没进去找一找那个人？"

"我没去，我先生进去看了看，不过他根本不知道是谁，里面都是年轻人，他也没敢问。"林秀玫说完，李伟罕见地主动站起身，认真地想了想，然后拿起笔记下了这个网吧的名字。

3

晚上八点，桥南分局门口的小饭馆里，郭伟刚约了李伟喝酒。桌上除了热气腾腾的四个菜，老板还特意给他们烤了点儿串儿，用木盘呈上，油汪汪的勾人馋虫。

桌子底下，四五个啤酒瓶已经空了。此时郭伟刚正新开了一瓶啤酒，一边给李伟倒满，一边略有些含混不清地说道："我和你说，李哥，兄弟的终身大事这次就全靠你了，一定给我把这事圆满解决。你放心，只要你一句话，是要人有人，要钱有钱，只要你把孙咛她爸这件事办好，我全力支持你。"

"看不出你还动真格的了，你觉得自己有戏吗？"

"有，我觉着我有。"郭伟刚端起酒喝了一大口，郑重地点了点头，"孙咛她爸这事就是她的心结，我要能帮她理清楚八成没问题，到时候她肯定就是我媳妇了。"他放下酒杯，突然想起了什么似的从口袋里掏出手机，找出张照片给李伟看，"你让我找的这个人叫张万军，家是辽宁省抚顺市的，我打电话过去协查过，这人应该没啥问题，也没案底，一直在北京打工。"

李伟点了点头，用一只筷子头戳嫩嫩的松花蛋黄吃："和我想的一样。"

"什么和你想的一样，这人到底是谁啊？你不说弄清楚身份就告诉我吗？"

"问题是你没弄清身份啊，这是张假身份证。"

"怎么是假的了，应该是真的吧？"

李伟叹了口气，放下筷子说："真是真的，我的意思是这个人的身份是假的。"他边说边从衣服里掏出几张模糊不清的照片丢给郭伟刚，解释道，"这是我在那间叫'火线行动'的网吧监控里找到的人，他当时就是用这个身份证上的网。"

郭伟刚接过照片，又和照片上的身份证对比许久，才轻轻地点了点头："有点儿像，看来这身份证八成是假的或捡的。"

"不管它怎么来的，反正这个人是有意隐瞒身份。"

"这人是谁？"

李伟摇了摇头，说："我也不知道，他就是那两天一直跟踪林秀玫的人。我按照她说的线索找到了那个网吧，网吧老板说那个时间段上网的就这一个人。我让你找这个身份证号的时候也没闲着，昨天又去找了你那个战友——嘉诚大厦的章少平，让他把事发当天和前后一天的监控录像调出来看，你猜我发现了什么？"

"什么，难道这人在案发现场出现过？"

"说是在案发现场出现有点儿早，不过头一天晚上这人进过嘉诚大厦是真的，而且他是在当天中午十一点二十分离开嘉诚大厦的，当时正门探头拍到他往西去了。十二点十分的时候他又重新返回大厦，下午三点半走的。"

"西边有什么？"

"你还记得孙玢霖他们吃饭的那个'巴蜀传奇'川菜馆吗？它就在西边。可惜那儿没监控，我只得拿着照片去问，不过他们对这人却印象不深。只有一个女服务员说当时孙玢霖他们坐在二楼包间雅2室，而旁边的雅1室里一直是个等人的青年，据说直到孙玢霖他们吃完饭后这家伙要等的人也没来，后来没多久他就走了。"

"难道他就是给孙玢霖他们下安眠药的人？"

"只能说他有这个可能，因为这家川菜馆的暖水瓶都放在外面二楼吧台处，而二楼这个吧台是没有人看管的。"

"饭店那么乱，想下药也简单得很。"郭伟刚看李伟的酒杯又空了，忙起来给他倒酒，"现在我们必须找到这个人的真实身份。"

"事后诸葛亮。"李伟说着喝了口酒，从盘里子夹花生米吃。郭伟刚瞬间已然明白李伟话中的意思，想到他做刑警时的雷厉风行，遂笑道："我就说我没找错人嘛，快说说你是怎么找到他的？顺便告诉我这个人是谁。"

"说起来其实也不难。"李伟伸手指着窗外路边高耸的路灯杆说道，"这几年塞北市全市都做了'平安城市'的视频监控工程，所以要找一个人除了费点儿心以外，就是要找对时间、地点。"

"那你是怎么找到这个正确的时间、地点的呢？"

"这个简单，既然他要跟踪林秀玫，那一定要在附近准备一辆车对吧？无论这个车是出租车，偷来的、抢来的或是借来、租来、买来的，反正得有个交通工具吧？所以我就找以前的关系，去交警队调取了林秀玫家小区周边所有的监控录像，不过由于有的地段不清楚，所以费了点儿功夫。好在最终我还是找到了一个与他身材穿着极为近似的男人，他开的车是辆老款的捷达轿车，车牌号是察 A·UR832。"

"确认过了吗？"

"我又去调取了高速公路的高清摄像头，最后在通往东平市广幕县的察广高速上发现了这辆车，开车的就是这个人。"

"东平市属于江北省，离咱们塞北市一百二十公里，这家伙还是流窜作案啊！"

"他开的车可是咱们市的牌子。"

"看来他的主要活动都在咱们塞北市。"

"不一定。"李伟说着又掏出一张纸，"这辆车登记在塞北市小环球出租汽车公司名下。"

"租的车？"郭伟刚一撇嘴，"线索又断了？"

"租车要身份证呢，虽然他提供的不是自己的。"

"谁的？"

"这个人。"李伟自信地甩出第三张纸。郭伟刚接过来看了一眼，是一个叫赵健的二十八岁青年，长得敦敦实实，住址是江北省东平市广幕县十里桥村三组。

"要不然我去趟东平？"郭伟刚小心地问道。

"不用，还是我来吧，你把我交代你的事搞清楚就行了。"李伟拾掇着桌上的几张纸说。

听他这么说，郭伟刚才恍然大悟般地摸出手机，找出几张拍摄的纸质资料照片给李伟看："这就是那三个人的资料。"

李伟拿起照片翻了翻，蓦然地冷冷哼了一声："可都是高干子弟啊。"

"谁说不是呢。"郭伟刚抽出纸巾擦了擦手，接过手机说道，"这里面他们仨人的头儿就是这个林罗，从小到大都不是个省油的灯。仗着父亲林朝元是前任地委书记胡作非为，上学的时候绰号'大霸王'，和赵津书、马宇姚合称三十九中的'三害'。"说到这里郭伟刚顿了顿，又找出一张三人的合影接着说，"这赵津书和马宇姚也是地委的高干子弟，仨人初中没毕业就都在家里的安排下就业了。这林罗去了市烟草专卖局，赵津书和马宇姚两个人也分别在机械厂和税务局任职。"

"那他们怎么和孙玓霖混到一块儿去了？据说孙玓霖他们家好像不是什么高干吧？他爷爷连正式的工作都没有，在街道办事处打零工帮忙。"李伟说着从手机里找出一份孙玓霖的案卷资料，边看边说。郭伟刚点了点头，叹道："这一点的确有些可疑，要说这三个人能和孙玓霖搞到一起，关系还这么好，还真是不简单。"

"这是个关键问题，你必须搞清楚。"李伟伸手招呼老板上一碗米饭，然后问道，"我这周六趁休息去趟东平，摸摸这个赵健的底儿。等我回来以后咱们俩再碰碰头，我估摸着在这小子身上能有点儿收获。"

"你是说他和那个跟踪林秀玫的神秘人有联系？"

"应该有。"

郭伟刚点了点头，摸出一根烟说："要是我办这案子，这个神秘人可是有重大嫌疑，现在就得想办法撵他了。"

"如果我们真能拿到孙玓霖被杀的确凿证据，那也简单，直接给孙咛一看，再交队里就完了，也好让她死心。"李伟说着往上翻着眼皮，顺便把自己抽完的烟蒂丢到地上，还往上吐了口痰，"我就是在想孙咛那天为什么说感觉她父亲神秘呢？"

"她和我说过，她父亲经常回他们家在东站那儿的老房子去看亲戚，而且还经常无缘无故地往龙山县跑。"

"龙山县，靠着山西的那个县？离市区可有近五十公里远，他去那儿干吗？"

"不知道，孙玓霖告诉孙咛，说她奶奶的老家是那儿的，可能还有些亲戚。"

"这么重要的线索你不早说，我抽空还得和孙咛聊聊。"李伟说着抬头看了眼挂在墙上的闹钟，忽地站了起来，甚至还险些弄倒桌上的那多半瓶啤酒："八点半了，我得去接小华下班，她们今天上岗培训。"

"你不吃饭了？"郭伟刚望着风风火火的李伟摇了摇头。

第三章

1

广幕县十里桥村位于东平市以南三十公里的糊涂河北岸，自古以来就是塞外鱼米之乡，故而也算富庶。只是这几年东平市在广幕县城搞了个什么"云计算信息中心"，吸引了村里不少人去打工。有点儿学识的年轻人去当技工，上一点儿年纪的就干点儿穿光缆挖人井的粗活，收入倒也说得过去。只是这一来村里的全劳力就少多了，影响不少工作。

此时正值农历四月中旬，天气却已然悄悄热了起来。临近傍晚的时候，村支书丁茂坐在村口自家门前的石头墩上抽烟，他望着踟蹰天幕的夕阳，正琢磨着村里的琐事发呆。蓦然，一辆SUV警车由远及近地从地平线处迤逦驶近，车虽开得不甚飞快，却掀起漫天的灰尘，将远近都朦朦胧胧地遮掩起来。

丁茂觑着眼看到汽车在自己面前停住，走下一个模样周正的年轻后生，穿着湖蓝色的夹克衫，背着黑色的皮挎包，鼻梁上还架着防风用的平光眼镜，显得精明干练。后生径直来到丁茂面前，从上衣口袋里掏出盒烟，边给他递烟边说道："大叔您好，请问村支书家咋走啊？"

"我就是村支书，你有什么事哩？"接过香烟，丁茂心底的敌意多少收敛了一些，只是目光中还带着些不信任。年轻的后生弯下身子，边给他点烟边介绍自己的情况："我是《东平民警》杂志周末法制版的编辑部主任，我叫李子平，想来咱村了解点儿情况，出个专刊。"

说着，这个叫李子平的后生从口袋里掏出个深蓝色的什么证件在丁茂眼前迅速地晃了晃，然后又郑重其事地塞回了口袋。丁茂虽然没有看清，但凭着经验觉得这人穿得这么讲究，开着这好的警车，八成是城里的大干部没错，没准儿还是管警察的头儿。于是，刚才还警惕的精神防线一下子就松懈下来，人也自然多了。

"哦，警察主任？来采访？"丁茂憨笑着打量年轻人问。就见对方很恭敬地点了点头，从车上拿出一张《东平民警》周末法制版说道："我们想策划一期关于咱们东平市各郊县浪子回头的专刊，就是那种改造情况不错的后进村民这几年的思想生活状况，所以需要了解了解情况。"

丁茂这时候才多少明白对方的来意，只是他来的这个时间段可不太凑巧，因为马上要天黑了嘛。他抬头看了眼昏晦的天空西边，指着远处的一处房子道："那就去村委会谈吧，怎么这个时间来哩？"

李子平道了谢，把车又往路边靠了靠，说自己有点儿事耽搁了。两个人边走边说，听丁茂先把村里的后进村民和他们的情况一一做了介绍，最后就听李子平翻了翻手机里的材料，问赵健是不是他们村的村民。

"赵健？"正给李子平倒水的丁茂听到这个名字有些吃惊，半晌才反应过来，"他可不算后进哩，这人挺先进的，又老实，还开了个养殖场。就是交友不仔细，有个后进分子的朋友。"说到最后一句话的时候，丁茂看到李子平明显留神了。

"他还有后进分子的朋友？谁啊？"

"谁没有几个狐朋狗友嘛。"丁茂笑道，"赵健一直和苗杰交好，那家伙就不算啥好人。"

丁茂见李子平有兴趣，话匣子一下子就打开了。原来在十里桥村，这苗杰在村里算是后进典型，从小就好偷鸡摸狗。他爹娘离婚早，这孩子跟着酒鬼老爹也没学好，小学毕业就没再继续念书了，开始是在广幕县城打零工，后来干脆去了东平，不知道在干什么，反正隔三岔五地往家带人，不是不三不四的流氓，就是流里流气的女人，反正都不是什么好鸟儿。他二十一岁那年他爹脑出血去世，这家伙更成了脱缰的野马，干脆找了个有夫之妇在家里过起了日子，直到这女人的汉子提着棒子把他俩赤条条地堵在家里。

"那后来呢？"李子平饶有兴趣地问道。

"打起来了呗。这苗杰不好对付，一个人提着菜刀竟然把对方两人都砍伤了，听说那女人的汉子差点儿没了命。好在村里出面制止，你看我这儿的伤就是那时候留下的。"说着话，丁茂指着右胳膊肘上的一处刀伤说道，"那天情况凶险啊，我带着赵健和几个年轻后生想拉开他们两拨人，好几次都没拉开，那男的——就是那女人的汉子跟疯了似的，非要扑上去和苗杰拼命，我一个没拦住，他就被苗杰一刀劈脑袋上了……"

"这苗杰练过武吗？"李子平给丁茂点烟的空当儿打断了他的话头，丁茂抽着烟摇了摇头，否定道："没，就是打架多，下手狠。我接着就报警了，等你们警察来了以后就把他们都带走了。再后来苗杰被判了几年徒刑，前年这不才出狱。"

"他今年多大了？"

"二十八了。"说到苗杰，丁茂的话里话外是贬多褒乏，听得李子平一个劲儿低头做笔记，直到写得差不多了，他才问丁茂，苗杰这段时间是不是在村里。

"前几天见他回来了两次，这几天就不清楚了。前年出狱以后听说他一直在塞北市给一个老板开车，后来和老板闹了点儿矛盾就不干了。"

"在塞北市开车？"

"对，怎么说东平还是小地方，不像塞北市机会那么多。现在人们都咋说来着，打工不就得去'塞北上广深'吗？"

"那个赵健现在在家吗？"

"在，他家开养殖场，啥时候都在家，去他那儿方便。"

"那要不然支书带我去和他聊聊？"

"中，现在走呗。"丁茂说着站起身，才出门就被李子平神秘兮兮地拽住了。他们回到李子平的汽车跟前，丁茂就瞅着他从车里取出两条大中华香烟："支书，你拿上这两条烟。"

"这话咋说的，我不能拿。"

"拿上吧，这是我个人孝敬您的。"李子平不由分说地把烟塞给丁茂，又催着他先把烟放回家，二人这才拐上前往赵健的养殖场的路。此时天色已经暗淡下来，整个天空像是被蒙上一层厚厚的蓝纱，模模糊糊地透着几点稀疏的星光。路两旁的人家里偶尔传出几声公鸡啼叫，继而伴着车鸣犬吠和童叟啼咳声悠然传来，仿佛整个村庄都开始睡意蒙眬了。

赵健是个长得很敦实的青年，看样子不超过三十岁。丁茂领着李子平进屋的时候，他和老婆孩子正在吃饭，见村支书带着陌生人进屋，他一下子就被弄得紧张兮兮，站起来直勾勾地瞅着二人不知道该说点儿什么，还是丁茂一句话打破了沉寂："哎，我说你个傻小子，咋看我来了还犯愣了，猫尿又灌多了？"

"支……支书啊，我还没喝哩。"

"没喝愣啥神儿，我给你介绍介绍。"说着丁茂拉过李子平说道，"这是城里来的警察主任，专门给咱村做专访的，要和你聊聊后进分子的事，到时候杂志上一登，你小子不也上回报纸吗？"

"后进分子，我？"赵健被丁茂问蒙了，一下子不知道该说什么。好在赵子平及时做了补充："就是和你聊聊，做个相关资料补充，每个村都有几个人，像你们村的苗杰，还有……还有谁来着？支书？"

"还有好几个哩，马登奎、李计强不都是后进吗？"

"哦，进屋坐吧。"赵健搔着后脑勺把他们让进里屋，沏茶点烟折腾了好一会儿才说到正题。赵健听完李子平的来意，想了好半天，直到一根烟抽得差不多时才说道："苗杰出狱以后就一直给外地老板开车，后来听说因为工资和老板闹了点儿纠纷，就不干了。好像前几天老板才把剩下的工资补给他。"

"什么单位你知道吗？"

"好像是塞北市的什么物流公司，挺大的单位，老板姓孙。"

李子平听到这里蓦地解颐颔首，说道："你说这几天老板把工资发给他了？"

"应该是吧，前一阵儿他跟我借一万块钱说急用，三天前他回来时就还给了我，我问过他，他说是老板把工资补给他了。"

"他现在在家吗？"

"应该不在。"赵健说到这儿有些欲言又止的样子，看了眼丁茂，直到丁茂告诉他有话就说的时候，他才道，"不过我有他家的钥匙。因为他不常回家，所以我有时候帮他做做卫生啥的。"

李子平没再说什么，只是问支书丁茂，一会儿等赵健吃完饭方便不方便去苗杰家拍几张照片。丁茂想了想，还是决定让赵健给苗杰打个电话。

电话最终没有打通，见李子平照相心切，丁茂遂让他先去照，反正赵健这儿有钥匙。而在前往苗杰家的路上，李子平问起了赵健的生意："养殖场怎么样？"

"还好。"

"没买辆车？"

"买了两辆，货车我经常开。小车前一阵儿借给苗杰了。"

"哦，他没车啊？"

"没有，借车的时候他说那个老板又给他找了点儿活，临了会把钱全给他。我当时还劝他别又让人骗了工资，这几年骗子多。"

苗杰的家位于十里桥村偏僻的东南角，离赵健的鸡舍不远。他们到的时候天已经完全黑了，只能远远看到一个模糊的院落和坐北朝南的四间平房。院里稀稀疏疏地堆了些柴火，地倒扫得干干净净。

开门的时候他们遇到了一点儿小麻烦，好像苗杰家的门锁因为长时间不用而生锈了一般，虽然费了点儿劲，好在最终还是打开了门。不过在赵健看来这门前几天还不是这样："咋和上次我家门被撬过的时候一样？"

屋子里很干净，甚至显得有些落寞。除了最基本的生活必需品以及简单的桌、椅、床外，空无一物，甚至连电视机都是老款 CRT 阴极显像管式 21 英寸的康佳电视，给人的第一感觉仿佛是穿越回了十五年前，无论是家具、家电，还是顶棚的报纸都是那个时代的典型产物。

丁茂见李子平在屋子里转了几圈，随便拍了几张照片后，就要离开的样子，不过好像屋里也的确没有什么有价值的东西可拍。不过当他们转到厨房的时候，垃圾桶里几张被撕碎的复印件材料引起了李子平的注意。当他拿出这些东西在桌子上拼好的时候，丁茂看到那好像是几个人的简历一类的东西，还有模模糊糊的黑白照片，照片下面都用碳素笔潦草地写着名字：孙玏霖、赵津书、林罗和马宇姚。

照完相，李子平默默地把这些东西放回垃圾桶，又返回客厅看了看，最后他们在三屉桌的抽屉里找到了另外一份装在牛皮纸纸袋里的完整材料和照片，这次照片里的人是个挺漂亮的中年女人林秀玫。

2

周六中午，塞北市海港区北环港商业街天垣广场写字楼二楼的"小天鹅火锅"里，成小华和李伟正吃午饭。自从三天前李伟从东平市回来，这还是他们第一次见面。

成小华慢慢地将桌上的蔬菜、菌菇和宽粉分别倒进锅里，然后低头用小勺搅动着自己碗里的调料，秀眉微蹙，缄口不言。对面的李伟见她情绪低落，嗫嚅良久，才鼓足勇气问道："小华今天怎么没精打采？"

成小华抬起头，悠悠地叹口气道："没什么，才上岗不太适应，有点儿累。"

李伟给她夹了一筷子凉拌金针菇，说道："那更得注意身体，我这段时间帮伟刚查孙咛她父亲那个案子，有点儿小忙。"

"嗯，我知道。"成小华淡淡地回了一句，似乎没有追问下去的打算，这倒让李伟有些意外，琢磨了片刻才道："案子快有眉目了，等这事完了咱俩去看看房子，你要是忙，我就先选上几个小区，你再给定一下。"

成小华从李伟的话中好像听到了些许紧张，遂抬起头说道："再忙也得抽出时间去看房子啊，我这个人事多，所以你得做好思想准备。"说完莞尔一笑，"不是说好了我负责装修吗，房子要是看不上眼，我可不掏钱。"

"那成，只要你愿意看，我就愿意陪。"见成小华露出笑容，李伟悬着的心多少踏实一些，就听成小华又道："我其实是有点儿担心你的安全，以前你当警察的时候就那么拼命，结果好几次差点儿出事。"

李伟不禁动容，目光中闪烁着温情，拉过成小华的手紧紧握住，说道："知道你担心，所以才和你说明白呢。再说这事只是调查，没什么危险性，况且凶手的线索已经大致明了，我估计再有一个星期也应该完事了。"

"这么快，不是你张冠李戴了吧？"

李伟嘿嘿一哂，语气中带了点儿不屑："让你说得和真事一样，我李伟做了这么多年警察什么时候张冠李戴过？我告诉你，前几天我一趟东平就把这小子的底儿摸透了。"

"哪个小子啊？"成小华显然听得有些糊涂。

李伟这才想起来之前他们根本就没探讨过案情，忙道歉，又从头讲起："孙咛不是怀疑她父亲孙玓霖不是自杀吗，就让我帮她查查。其实在这个事情上，不仅是我，连郭子郭伟刚，甚至是重案组那边都认为孙玓霖自杀的可能性不大，所以我们都本着一个思路进行了摸排。"

他说到这儿，从锅里夹了一筷子木耳，边吃边说："只是在对嫌疑人的选择上我们有点儿分歧，他们重案组方面选了一个人，我又定了一个，所以干脆都收了。"

"你和我说没事吧？"成小华疑虑地问。

"没事，我现在又不是警察，不用守纪律，再说你又会不往外说，怕什么，我和重案组的王队关系好着呢。现在最重要的问题是证据不足。我觉得有嫌疑的那人叫苗杰，之前做过孙玓霖的司机。我回来以后又找过一次林秀玫，她回忆说苗杰在他们公司工作的时间很短，最多三个月。但这个人她印象很深。一是这个人平时不苟言笑，很少说话；二是苗杰素来好勇斗狠，稍有不慎就和人挥拳头干仗，下手还挺黑。所以，他在公司里人缘也不怎么样。"

成小华知李伟有意在心上人面前炫耀，亦以成全，只点了点头以资鼓励却不插言。就见李伟唾液横飞，兀自在兴头上："但就这样一个主儿，孙玓霖却委以重任，将全公司最好的车交给了他。后来不知道什么原因苗杰却突然辞职，只干了三个月就离开了君林公司。但据他和他的死党所说是因为他和孙玓霖闹矛盾，孙玓霖没给他发工资。"

"那后来呢？"

"这不前一阵他找死党借车说老板把钱补给了他。据我的调查，从他离职到这次出现借车，苗杰整整九个月没有工作，生活却一直无忧，并很少回家。这次出事之后，我不仅在孙玓霖被害的现场找到了苗杰出没的证据，甚至连之前几天都拍到了他在跟踪林秀玫和孙玓霖。"

"真是他？"

"现在的问题是拿不到口供。"

"他不承认？"

"嗯。"李伟肯定地回答，又低下头吃东西，然后说道，"我回来的第二天重案组就找过他了，但这家伙显然有所准备，矢口否认自己所做的一切。据他说案发当天的中午他接到孙玓霖的电话，让他去'巴蜀传奇'饭店雅2房间结账，他等了一会儿没见人，孙玓霖却又来电话让他到1003室红韵公司找他。于是他就上楼到1003室见到了孙玓霖，并从他手里拿到了之前拖欠的工资。"

"那跟踪的事呢？"成小华果然是经历过大风大浪的人，很准确地就抓住了案件的重点。

李伟点了点头，说道："问得好，这个问题就是他最大的嫌疑之处，因为他自己解释不清。"

"他怎么说？"

"他说那是凑巧碰到的，至于他戴口罩，是因为那几天感冒。"

"这么凑巧？"

"谁说不是呢。因为没有证据，重案组就把人放了，谁知道之后重新勘查现场的时候就在屋里发现了苗杰的大量指纹，所以这次要是没问题，应该就可以从他嘴里问出点儿什么了！"说到这里，李伟拿起杯子喝了口水，俨然一副恨铁不成钢的模样。

成小华琢磨了一会儿，觉得这事和自己实在没什么关系，也难提起兴趣找出更多的线索，便干脆沉默下来，也就这一眨眼的工夫，李伟的手机响了。他懒洋洋地拿起电话，刚喂了一声，眼睛就立时瞪圆了，脸色也变得有些晦暗："好，我马上就到。"

放下手机，李伟显然失去了刚才的眉飞色舞，像是一个被深秋的夜霜打蔫儿的茄子，蔫儿巴巴的。成小华见他瞬间反差竟这么大，自然又好奇又担心，虽然天生内敛的性格阻止了她的询问，可眼神却又暴露了一切。

李伟知道成小华关心自己，故不待两个唉声打完已经和盘托出。原来电话是郭伟刚打的，他此时和孙咛在医院里，原因是一个小时前林秀玫出车祸了，危在旦夕。

"那你还愣着干什么，去医院啊！"成小华催促道。

李伟抬头看了她一眼，神色间有些困惑："你说这事怎么这么巧？我刚在苗杰家查出点儿线索，林秀玫就被车撞了，我还为这事提醒过他们呢……算了，先去医院吧，就得委屈你了，饭还没吃完我就得走。"

"没事，我开车送你吧，省得你打车。"成小华说着站起身招呼服务员埋单，然后干脆利落地带着李伟往外走，直到坐车时李伟还有些神不守舍："看来我对苗杰的了解还是不够多啊！"

"慢慢来吧，我相信你没问题的。"成小华带着鼓励的笑容安慰李伟，一路上两个人倒也安静，一个专心开车，一个专心发呆，直到成小华提醒他到了医院的时候，李伟才有些恍然大悟的样子。

市人民医院的第一急诊中心就在医院正门，待李伟和成小华来到抢救室门外的时候，郭伟刚带着孙咛和两个交通队的同志已经等候多时了，见李伟他们过来，郭伟刚三步并做两步地迎了上去："李哥，你来了。"

"人怎么样了？"

"还在抢救，撞得挺严重的，司机弃车逃逸，正在通缉中，遗憾的是附近没有目击证人和摄像头。另外，这人好像是专门守在林秀玫他们公司门口等她出来一样，直接开车撞了过去，然后弃车逃跑，车是一辆昨晚被盗的老款别克车。"

李伟点了点头，好像又回到了恍惚状态。郭伟刚看他没反应，有些习以为常地转过身和成小华打招呼，接着又带着她过去安慰已经哭得不成样子的孙咛。

良久之后，李伟终于说话了，语气杀气腾腾，又急又快："我不是提醒过你们注意林秀玫的安全吗，怎么这么大意？"

郭伟刚这时正低声地和两个交警交流情况，看他急赤白脸的样子也有些委屈："我已经和重案组那边打过招呼了，再说咱们不是也没直接证据吗？"

"废话，等有直接证据，人早死了。"

在两个人正争执时，一个肤色苍白的小护士急匆匆地从抢救室跑了出来，郭伟刚连忙上去拉护士的袖子："怎么样了，护士？"

小护士没理他，只斜睨了一眼外边，解释了两句："大出血，已经休克了，正在抢救。"说着她就跑了出去，不知是取什么东西或找什么人去了。

这时重案组的两个青年干警闻讯赶了过来，可还没来得及站稳，就被李伟连珠炮般的喝问吓了一跳："王队、孔队呢？他们怎么没来？你们都是干什么吃的，这种情况也能发生！就应该派人保护知道吗？"

两个青年警察显然没料到这里有人会向他们突然开炮，一时被问得有些手足无措，不过很快在确认对方不是家属、领导抑或特殊人物的时候立时也火了："你是谁啊？我们怎么办案，有我们的流程，你是干什么的？你以为我们愿意看到这种结果？我们难道不难过？别以为你像什么领导干部一样可以在这儿发号施令，我告诉你，影响了案情，你要负责的。"

郭伟刚一见这种情况连忙过来劝架，正乱着时，一个大夫走了出来："你们谁是家属？她人不行了，刚才抢救之前说了几句话……"

李伟听到这儿猛地一抬头，甩过两个警察一把冲上去，他扯住大夫发疯似的喝问道："她说什么了，快说！快说！"

3

自从父亲孙玓霖去世以后，孙咛的生活就变得一团糟。开始是慰藉继母的同时要把家里的事情安排妥当，以使她能有精力让公司不至于因为失去负责人而导致运转不畅。后来孙咛发现自己也像被卷入深水漩涡中的小舟般不能自拔，因为此时她已经坠入了父亲留下的那团谜一般的线索中，而且理不出任何头绪。于是她希望郭伟刚和李伟能帮助自己弄明白她的父亲，其实这也是孙咛找回自我的另外一个过程。

从很小的时候孙咛就知道孙玓霖和林秀玫不是她的亲生父母，只是这丝毫不能改变他们对对方的爱。自青春期开始，孙咛就模模糊糊地知道自己可能是联系养父母的唯一纽带，她相信那个年龄的女孩儿凭着那特殊且灵敏的嗅觉完全可以捕捉到父母在一起的丁点儿线索。

可惜，她什么都没发现过，甚至是他们一丝一毫的亲热证据也没发现过。至此孙咛才知道父母的爱是多么无私。这种并非建立在血缘关系上的亲情，有时候会显得尤其光辉伟大，在这方面，她的父亲孙玓霖显然更胜一筹。另外，孙咛对第一个养母白丽君却只有模模糊糊的一个印象，那个陌生严厉且冷酷的形象曾深深地在她脑海中驻足了很久很久。

随着孙玓霖去世时间的推移，孙咛觉得自己对他的感情非但没有淡去多少，思念之情反而更加强烈，只是他突然离世带来的负面影响却日渐消弭。

周六这天午饭后，孙咛小睡了一会儿，醒来后，她觉得自己应该把之前的材料和同学们用邮件发过来的学习笔记整理一下，毕竟下周就要回去上课了。于是她坐到书桌前收回凌乱的思绪，尽量把精力投入故纸堆中。

不知道过了多久，尖叫的音乐声把孙咛从书海中拖回现实。电话是郭伟刚打来的，他告诉她，他刚接到交警部门的通知，说林秀玫刚才在公司门口出车祸了。孙咛听到这里脸色巨变，心想继母早上出门的时候还说晚上她们出去吃饭，怎么这就出了事？她简单地在卫生间梳洗了一下，妆都没来得及化，就跑了出去。而郭伟刚已经在小区门口等她了。

医院里人声鼎沸，两个送林秀玫来医院的交警和她父亲公司的几个同事正帮着忙里忙外。他们看到孙咛和郭伟刚来了，就一下子都围了过去，好像整个家庭甚至整个公司的重担都突然间砸到了孙咛身上一样。好在副总裁何绍杰算是个见过世面的人，很快就稳住了形势，在得到孙咛的口头承诺后，他最近一段时间将全权负责公司的一切事务。而郭伟刚则做了现场的临时主管，很沉着地和医院方面沟通相关抢救事宜，顺便安慰已经吓得有些木然的孙咛。

这一切孙咛都看在眼里，脑袋中却空空的，不知所以，直到李伟带着成小华来的时候，这才把孙咛的注意力转移到成小华的身上。

说实话，成小华一点儿都不像是结过婚的样子。这是孙咛第一次见她时的正常反应，只是那天时间仓促，所以她并没有仔细打量对方，如今略一细看就能发现，无论从哪个角度讲，成小华都是一等一的美女：身材高挑匀称、皮肤白皙水嫩、五官秀美端庄，绝对是个让所有男人垂涎的尤物，完全是才出校门的二八佳人模样。

就这样一个女人，她前夫怎么非要和她离婚呢？孙咛想不明白，她也懒得去想，只是隐隐听人说那个叫刘厉的警察辞职以后迷恋上了赌博，恐怕他对女人已经没有了兴趣。

正胡思乱想时，一个中年男大夫从急救室里走了出来，一边摘口罩，一边用低沉的声音告诉孙咛他们："你们谁是家属？她人不行了，刚才抢救之前说了几句话……"他的话好像还没说完就被李伟打断了，可后面的事情孙咛却记不清了，她听到大夫说继母不行的时候已然感觉到天旋地转。

成小华扶住了她，这时候李伟、郭伟刚和重案组的警察已经将大夫团团围住，孙咛则依旧沉浸在自我营造的那巨大的痛苦屏障中不能自拔，似乎一切事情都与她无关了。其实孙咛心里清楚，她这悲伤并非全部来自对继母的情感，更多的则是对自己命运的哀叹和对父亲另外一种形式的追思。

接着她只知道成小华带着她离开了急诊大楼，随后就上了成小华的汽车，孙咛在那儿疲惫地倒下时，她感觉浑身的力气好像都用光了。

她没怎么哭，却感觉到一点儿力气也没有了。

一个月前，她还是个有着温暖家庭的幸福女孩儿。养父虽然并非她的亲生父亲，待她却比待亲生的女儿还要好。她家境殷实，长相美丽，是学校里让人着实羡慕的一个女孩儿。可才短短几天，她就接连失去了仅有的两个可以依靠的亲人。

养父继母都没有什么值得依靠的亲戚，她以后该怎么办？

成小华一直在她身边默默地陪伴着她，这个聪明的女孩儿知道此时说什么都没有用，所以一直在用行动干着力所能及的事情。

当天幕变成藏蓝色时，李伟出来了。他的脸色很不好，显然也是被林秀玫的突然离世影响了心情。李伟告诉孙咛，郭伟刚正处理她继母的事情，让她多休息一会儿。

"我想问问你，听说过苗杰这人没有？"李伟抽着烟，铁青着脸问孙咛。

孙咛重重地叹了口气，默默地点了点头。

"在哪儿？"李伟追问道。

"我以前没听说过这个人。就是前天和我妈聊天的时候，才听她说我爸的死可能和苗杰有关。"孙咛轻轻地说道。

"她是怎么知道的？"

"她好像也是听人说的，而且我爸爸他们打牌的钱也被苗杰拿走了。"

"打牌的钱？"

"对，我妈说他们打牌的时候有时候都好几万好几万的输，可当时案发现场才有几百块钱，你们说这钱不是被苗杰拿走了，还能有谁？我听她话里话外的意思可能是想向警察反映这个情况。”

“她说了吗？重案组知道不知道钱的事？”

“我不知道，我什么都不知道……”孙咛说着又哭了起来，成小华连忙过来安慰她，示意李伟不要再问了。

李伟刚要悻悻地离开，又把头转了过来：“孙咛，我再说最后一句。之前你说你觉得你父亲死得不明白的时候，我还觉得有些小题大做，但如今我越来越觉得这里面的确有事，而且事还不小。所以你放心，既然答应了你和郭子，我一定帮你弄明白。”

孙咛哽咽着点了点头，望着李伟离开，倏然之间巨大的悲怆将她紧紧包围，一种无法承受之重压得她喘不过气来。她再也顾不得此刻的形象，泪水夺眶而出，竟然号啕大哭起来——仿佛哭声可以遗忘一切，可以将所有的伤痛如泪水般弃之而去。

“你继母让我们照顾好你。”不知什么时候，郭伟刚站到了孙咛面前，他边接过成小华手中的湿巾纸小心地为她擦拭脸上的泪水，边说道，“大夫说你继母抢救前所说的最后一句话是‘让他们找到我的女儿’，不过鉴于当时她说话声音很低又不连贯，我和重案组的同志一致认为应该是‘让他们照顾我的女儿’，自然说的是照顾好你。”

孙咛点了点头，心想母亲让他们照顾好自己自是无可厚非，并未多说，就听郭伟刚的声音继续回荡在耳边：“现在最大的嫌疑人依旧是苗杰，之前你说你继母也开始注意到他了，所以我让李伟去查查钱的事，如果确定了就报给重案组，让他们下通缉令。”

她抬起头，仍感觉一点儿力气都没有，更不想再听所谓的案情：“这里的事情你帮我看着办吧，我想回去躺会儿。”

“行，让小华送你回去吧。”郭伟刚说完，和成小华打声招呼后就转身离开了，于是成小华把孙咛安排到副驾驶位坐好。还没开车时，李伟又不放心地跑来，几番聒噪之后，他终于妥协，望着成小华带着孙咛离开。

"你知道吗？我以前看我爸爸吃那些抗抑郁的药物很费解，心想他有什么事情想不开能到吃药的地步？如今也轮到我了，现在我特别能体会他的心情。"孙咛半躺在座位上，低声对成小华说道。

　　"叔叔有抑郁症？"

　　"嗯。以前我知道他经常去找大夫时就追着他问。他开始不想告诉我，后来瞒不住了，他才说生意上的事情比较麻烦，感觉承受不了的时候就让医生开点儿药吃。"说着孙咛低声叹了口气，继续道，"其实我知道他是为了我和我妈妈的生活着想，而且主要还是我。可能他是希望我过得好点儿吧，不得不纵容林罗他们胡闹，公司的好多事情可能也都得靠他们帮忙才行。你知道吗，在学校里，人家都说我是白富美，其实这'富'占了很大的比例，他们都以为我爸爸是大老板呢。谁知道他竟是这个样子。"

　　"安宁医院的心理科和精神科都不错，我有朋友还去过呢。"可能是想到了什么心事，成小华淡淡地回了一句。

　　孙咛没有理会成小华的心思，自顾自地继续说着："我爸小时候其实也挺可怜的，据说我爷爷很早就去世了，是被别人打死的。有一次他借了盘电影录像带，那是一部很早的片子，名字我都忘了。只记得我半夜起来见爸爸哭得泪流满面。电影里一个小孩儿站在好多墓碑前问一个大人这些人是英雄吗，大人说不是。孩子又问他们是不是烈士，大人还说不是。于是孩子很奇怪问他们到底是什么，大人说是历史。这时候爸爸突然把我抱起来说：'你爷爷就是历史，一部沉重的历史。'"

　　孙咛似乎不愿再回忆下去，说到这里就戛然而止了。而成小华显然没有理解她话中的意思，只淡淡地安慰了她几句，甚至有些不知道该说什么，好像一切慰藉忽然都变得苍白无力起来，好在电话不失时机地响了起来。

　　听过电话，成小华平静地告诉孙咛，重案组那边让她们过去一下，说有重大发现。

第四章

1

刘芳把座驾停好，从车库出来就听到手机一直在响，她皱着眉头把购买的所有衣物都腾到左手，艰难地腾出右手接电话，可还没来得及说上几句话，她就看见自己的家门前门神似的站着两个男人，都是三十多岁，一胖一瘦——胖的威风，瘦得精干，此时二人都目光炯炯地瞪着她。

"刘女士心情不错，这是和谁在打电话啊？"胖子嬉笑着调侃道。

"你们是谁啊？"刘芳没好气地站住，用带着敌意的目光打量着二人。

胖子见状笑了笑，从口袋中掏出一本黑皮证件递给她。刘芳疑惑地接过来，却发现是本警官证，上面写着"塞北市桥南分局刑警队"的字样，名字叫郭伟刚。

"这是我的同事李伟。"郭伟刚说着伸出手来问刘芳用不用帮忙，刘芳摇了摇头，示意他们跟着，自己来到门前刷脸进屋，看得郭伟刚一阵一阵地发愣："这就进门了，不用钥匙啊？这别墅就是别墅，和普通的公寓都不一样。"

刘芳带着得意点了点头，介绍道："这是面部识别加虹膜认证，最新的安防技术。再说这个小区也挺安全的，每栋别墅都有两个保安巡逻，你们没见刚才他在盯着你们看吗？"

"我们就是找你聊聊，你不用害怕，也用不着用保安吓唬我们。"李伟的普通话挺标准，可眼神却显得异常凌厉，他不停地打量着客厅，道："装修真豪华，得花不少钱吧？"

刘芳对他的印象不太好，有心想不回答这个问题，可每当那张冷酷的面孔朝向她时，她都有些不寒而栗的感觉，只得应声说道："什么钱不钱的，买房不就图自己住个舒坦嘛。"说着就让他们坐下，去冰箱里取了果汁倒上，小心地盯着二人。

"别紧张，就是和你聊聊。"郭伟刚安慰道。

"你们是为孙玓霖的事吧？之前王队长他们来过两次了。"刘芳说。

"嗯，我们俩负责……"郭伟刚犹豫了一下，"交通这块。你知道前天晚上林秀玫出车祸的事了吧？人死了，凶手还没着落。"

"我听说了，已经转到刑警这边了啊，有线索了吗？"

"嗯，正在调查。"

"她真是个可怜人，丈夫才死了几天，你说是不是让孙玓霖给叫去了，要不然哪儿能这么巧……"

"刘女士。"李伟突然打断了刘芳的话，"这房子多会儿买的啊？"

"啊……"刘芳显然没料到他会问这个，犹豫片刻才说道，"2006年年底交的房，我们是2005年秋天交的钱。"

"哦，这三层楼多大面积？"

"建筑面积三百七十多平方米吧。"

"当时这边房价贵吗？这里也算是市中心吧？"

"算什么市中心啊，那会儿谁来南郊买房，你别看现在这一平方米动辄两三万，我们买这个房子的时候才八千块钱。"打开了话匣子，刘芳也自然多了，对李伟也没有开始的发怵感。李伟点了点头，说道："和同期北京通州房价基本持平啊，够贵的。"

郭伟刚则拿起果汁喝了两口，问刘芳在哪儿上班。刘芳疑惑地打量着这两个人，感觉今天他们真是来闲聊的，一点儿都不像为林秀玫的事来做调查，只得说道："我一直当家庭主妇呢，照顾老公和孩子，没上班。自从老公前一阵出事后，我就把孩子送回内蒙古娘家了，想打理完他的丧事再说。今天这不是忙里偷闲，买了点儿过几天穿的衣服。"

"你老公是林罗吧？"李伟翻了翻手里的一份材料，问道，"我看资料说他现在有一长串头衔，什么中长实业集团董事、君林物流的特别顾问、创投O2O的联合创始人等，我就想知道他的收入怎么样，现在主要在哪个公司任职？"

"收入……还好吧？"说到林罗的事，刘芳一下子变得没有底气起来，支支吾吾地有些欲言又止。

李伟可能看出了点儿什么，和郭伟刚对视一眼，两个人开始有意无意地说起林秀玫被撞的惨状来，最后把话题落到了林秀玫和刘芳都是报案人上面，似乎隐隐暗示刘芳若是不配合，难免不会落得和林秀玫一样的下场。

刘芳看到李伟和郭伟刚幸灾乐祸的样子，真恨不得把茶几掀起来砸到这两个人的脸上，或是扑过去狠狠打上几拳，解解心头之恨。可转念想到如今丈夫已死，没了依靠的她实不敢得罪面前这两个人，只得打落牙齿和血吞，嘤嘤地痛哭起来。

最后，在李伟的追问下，刘芳终于和盘托出。

原来刘芳的丈夫林罗自从认识孙玓霖以后，就一直将其引为挚友，再加上赵津书、马宇姚二人，这四个人一直密不可分。初中毕业后他们三人分别由家里安排了工作，但与孙玓霖的关系仍然交好。甚至孙玓霖考上大学以后遇到学姐白丽君，都是他们三人帮着孙玓霖出主意、想办法而追到手的。后来在白丽君的帮助下，孙玓霖创办了君林物流公司，林罗三人遂分别注资成了股东。

"自打他仨人成了君林的股东就不上班了。林罗其实也没闲着，他和赵津书、马宇姚他们一直在跑关系，还说这些黑白两道的关系就是钱。"

"你就没问过他的收入来源？"

"他开始说是君林物流的分红，后来有一次和林秀玫吃饭，我们俩说起这事，林秀玫说她负责过一阵财务工作，并没有给过林罗他们分红。我回来问他，他和我急了，说妇道人家有钱花就别问那么多事，所以后来我也没敢再打听过。"刘芳似乎怕李伟他们不信，还解释道，"其实我是个特别怕麻烦的人，所以从小到大都是万事不操心，连孩子都是双方老人帮着我们带大的。"

"嗯，看得出来。"李伟扫了一眼刚才刘芳买回来的东西，有意无意地点了点头。

郭伟刚从口袋里抽出香烟，得到刘芳的允许后扔给李伟一根，点着了说道："你就没想过这些收入来源是不是合法？"

刘芳低下头，琢磨了几秒钟后说道："我公公去世前是地委书记，在塞北市也算有点儿知名度。林罗虽然不如他父亲，但他这个人挺有才的，和市里好多部门关系都不错。有一次他喝多了酒，和我说要带我去香港旅游，我就问他谁出钱，他说君林物流埋单。我就说就是孙玚霖同意请咱们去，白丽君也未必答应，那可是个难打交道的女人。林罗就和我说他们不敢，凭他们哥儿仨的，一句话就能让君林关门，所以我觉得他们可能在吃君林这棵大树吧。"

"他们以前的事情你知道多少？"短暂的沉默后，李伟问道。

"我和林罗是在烟草专卖局认识的，当时孙玚霖还在上高中。我记得我们大概每周末都会去找他玩，然后在他们学校附近找个地方吃饭喝酒什么的，他们四个人的关系一直挺要好的。"

"就这些？谁出钱？"

"通常都是轮流吧，不过孙玚霖的家境不是很好，一般都是林罗他们请客的时候多。"

李伟点了点头，一直在拿笔有意无意地在本上记着，听到这里，他合上了本子问刘芳有什么补充的没有："什么都行，最好是关于他们之前经历过的事情。记住，这很重要，也是抓到凶手拯救你们的关键。"

刘芳想了想，眼前突然一亮，说："我想起来，上高中的时候孙玚霖进过看守所。"

"什么时候？"

"高二的时候吧。那次也是他们四个出去玩，但没有带我们几个女孩儿。后来第二天见到林罗就说孙玓霖被抓进去了，还是林罗他们三个人跑关系把他弄出来的。"

"看来他们四个人关系还真好。你说白丽君是林罗他们帮着孙玓霖追上的？"郭伟刚把烟蒂丢掉问。

刘芳看了看面前的两个警察，咬着下唇点了点头："是的，这里面有个事是个秘密，希望你们可以适当地保密。"

"你说吧。"李伟越俎代庖地大包大揽说。

"白丽君虽然长相普通，但是家庭条件特别好。况且当时她看中的是另外一个男孩子，也就是孙玓霖他们学生会的会长钱思平，当时我们也经常去他们大学，这个钱思平的确很讨女孩儿们喜欢，长得帅，学习好，篮球打得棒。"

"后来呢？"

"后来有一次过圣诞，林罗他们帮孙玓霖买了很大一束花送给白丽君，还约了白丽君到孙玓霖的寝室玩儿。那天我和钱思平也去了，都是林罗他们安排的。当时我记得林罗让我提前半个小时到那儿，我一进门就看见钱思平在屋里坐着，一见我进来就冲上来想抱我。我就大声喊，接着白丽君和孙玓霖他们就都进来了。"

"这事是林罗有意给钱思平下套？"

"我也不知道，但后来白丽君有意疏远钱思平是真的，孙玓霖也渐渐地和白丽君好上了。"刘芳说到这里似乎还心有余悸，脸上一阵红一阵白，好像有什么愧疚一般。李伟见她神态有异，遂凑近刘芳的面孔说道："有什么想说的就直接说，不许隐瞒！"

"我……我知道一件事……不过……？"

"不过什么？"

"你们一定得保密，否则还得有人死。"说这话的时候，刘芳幽幽地望着远方，好像根本没有注意到面前的两个警察一样。

2

下午四点，宛言坐在"南都商城"购物中心六楼卫生间外的长椅上玩"开心消消乐"，怀里抱着孙咛的手包和她俩今天在街上购买的几件衣服。

"孙咛怎么还不出来？"宛言朝卫生间的方向看了一眼，正犹豫着要不要抱着这堆东西去找她的时候，孙咛手包里的电话响了。

"喂？"宛言疑虑地看了一眼，发现手机上没有显示电话号码。

"你……是……孙……孙……孙咛的……的朋友……不？"电话里一个结结巴巴的男人用嘶哑的声音问道。

"你是谁啊？"宛言看了眼卫生间的方向，好奇地问道。

谁知道男人比她还警觉："别……看了……她在我……在我……手上，你赶……快……通知……她……家……家家……家人，准备……二十……万块钱来，我……晚……一点儿……联系你。"

"你说什么？"一瞬间宛言就感觉耳畔"嗡"的一声，血液仿佛一下子都集中到了脑子里。她下意识地就想站起来往保安部跑，可转瞬间又冷静下来，她知道这个男人应该就在附近，便强烈按捺住已然快不听使唤的身体，用几乎走了样的声音接着说道："孙咛没有家人了，你到底是谁？"

"别……废话，要是……报警……或是我……拿不到钱……你……你们就……等着……收……收尸吧。"男人艰难地说完这段话，很快就挂了电话。

宛言惊魂未定地望着周遭川流不息的人流，一切都是那么平静，仿佛刚才只是自己幻听幻视的一个梦而已。她很想在人群中把他找出来，可内心深处又害怕，不知道把这人找出来后应该怎么办。

宛言的担心显然是多余的,她不可能做出任何能分辨出嫌疑人的判断,甚至下一步该怎么办都开始让她感到为难。她不知道这是为什么,也不知道这种事怎么会让自己遇到!

好在这关键时刻,一个电话拯救了她。

"喂……"怪异的声音连宛言自己都不相信那是发自她的喉咙。

"孙咛吗?我是成小华。"电话里一个平静的女孩儿的声音打破了静寂的空气,宛言好像一瞬间抓住救星的溺水者,再也不想松开:"我是宛言,是孙咛的朋友,她……她被绑架了!"

"被绑架了?"电话里的人显然吃了一惊,只是声音并没有显得多么惊愕,"什么时候的事情,你怎么知道的?"

"今天我们一起来逛街,她说去洗手间,然后我在这儿等了好久也没见她出来……再然后我就接到一个男人的电话,他说孙咛在他手上,他要二十万块钱……该怎么办啊?"宛言几近崩溃,几乎能感觉到自己那正在崩塌的心理防线。电话里,成小华却异常平静:"别着急,你在哪儿呢?"

"南都商城六楼,餐厅。"

"你去卫生间确认过了吗?"

"啊——还没有。"

"好,你现在去卫生间确认一下,如果没有就不要乱动了,在那儿待着等我过来。"说着话,成小华再次和宛言重复了一遍,得到她的保证,并且自己也承诺很快就到后便挂了电话。

宛言六神无主般地踌躇了一会儿,终于不再碍于那堆刚才购置的衣物的羁绊,撇下它们,她径直朝卫生间走去。果然不出所料,空落落的卫生间里没有孙咛来去的任何痕迹,她好像如一滴水般蒸发得无影无踪。宛言在里面徘徊了许久才想起应该去外面等成小华。于是她回至门外,守着那堆衣服坐下,木然望着从身边走过的人流发呆。一瞬间好像全世界都疏远了自己,好像所有人都成了嫌疑犯。

宛言和孙咛是初中同学,前几年宛言因故住院,差点儿丢了性命,幸得哥哥宛强和孙咛的帮助才转危为安。后来哥哥去世，宛言失去了唯一的亲人，孑然一身、孤独无助，又是孙咛把她接到自己家，将她照料得无微不至，使宛言第一次感觉到了闺密胜似亲人的温暖。

如今孙咛在数日之内连遭变故，宛言本拟购物安慰，怎么料想竟是如此结局？想到此处，宛言不禁泪如泉涌，拿出自己的手机给老公朱海打了个电话，哭着把经过讲了一遍。待轮到朱海边安慰她边商量怎么办的时候，成小华来了，慌得宛言匆匆挂了电话，把电话那头的朱海弄得莫名其妙。

"没事吧，来电话了吗？"成小华看上去比宛言大几岁，长得相当漂亮，皮肤光滑白皙，身材高挑，凹凸有致。在灯光的掩映下，她宛若圣女一样站在了宛言面前，让宛言有些自惭形秽的感觉："你就是小华姐吧？你怎么找到我的？他们没再来电话。"说完话，宛言很奇怪自己怎么会有这种感觉，自己之前也是电视台的主持人啊，论气质就能比成小华差这么多？

成小华可能没注意到宛言的心理活动，听到她说没人再联系她后便长出了口气，说道："这儿就你一个人还不好找？和我走吧，都安排好了。"

宛言这才注意到离成小华身后远一点儿的地方还站着一个挺瘦的小伙子，他的左手微微下垂，一直拿着对讲机。

"小华姐，你没有报警吧？"

"走吧。"成小华没有回答孙咛的话，她和身后的小伙子淡淡地点了点头，跟着他就往外走。宛言惊愕地望着成小华，揣着一肚子的疑问跟着他们走进了地下停车场，上了一辆"长城哈佛H6"，之后汽车就扬长而去。

"别紧张，我们都准备好了。你说说情况就行，孙咛一定没事的。"成小华没有坐到副驾驶位置，而是和宛言并排坐在后面安慰她。宛言此时惊魂初定，琢磨着成小华一定是报警了，看来孙咛命悬一线。

长城径直驶入清水河北岸的桥南分局，那里似乎早有准备。待宛言他们一下车就有三四个男人迎了上来。他们中有两个便装、两个警装，都是三四十岁的中年人，其中站在最前面的两人一胖一瘦，那个胖男人，宛言不熟悉，但她却认出那个瘦男人正是当年负责自己那件案子的刑警——李伟。

"李哥，怎么是你啊？"能在此地见到他，宛言就好像遇到了亲人，激动得简直不能自己。

李伟迟疑片刻，但随即也认出了宛言，不禁笑道："你就是孙咛的同学？"

"对，是我。这案子你负责啊？"听宛言这么问，李伟的脸上掠过一丝淡淡的尴尬，遂解释道："和负责你的案子那会儿不同，我现在不在这儿工作了。"

"哦，你离职了？"宛言惊讶地问道。

"对，我和孙咛也算是朋友。"他们边说边往屋里走，李伟和宛言兀自做着简短的交流："你还在电视台？"

"我也离职了。"宛言笑道，"我后来没和电视台签合同，现在百谊公司上班呢。"

"哦，百谊公司。"李伟咀嚼着说了一句，忽然想到了什么一样猛然转过身，吓了宛言一跳。李伟问道，"百谊公司的老总是白丽君吗？"

"对啊，她是我们董事长。"宛言奇怪地望着李伟。李伟点了点头，然后带着她来到那个穿便装的胖子面前，介绍说他是桥南分局的刑警郭伟刚，然后又给她介绍了队长赵承民等几个警察。只是一时之间宛言也记不清楚许多人的名字，只好一一点头。

赵承民个子不高，但显得精明干练。他先又听宛言介绍了一遍情况，然后开始安排相关的工作。宛言这才知道原来自己打完电话给成小华后，她就报了警，好像郭伟刚一直在帮孙咛处理什么事。而郭伟刚几个人也第一时间去了银行，郭伟刚从他自己和李伟的户头上一共凑了二十万块钱应急。钱都装在一个灰色的大提包里，提包上面还印着"天安门留念"的字样。

"让技术部赶快行动，保证电话一接通就能立即用技术手段进行跟踪，一定要用最短的时间找出嫌疑人的藏身地点。"赵承民皱着眉做着安排，然后又给郭伟刚布置任务，"你做好外勤准备，该领什么领什么。顺便让他俩先回家，在这儿也没什么事。"看意思赵承民是指李伟和成小华。

"都是家属。"郭伟刚平静地回答。

赵承民点了点，不再说话，踱到远一点儿的地方给另外几个警察分配工作，边说话边在桌子上的地图上比比画画。宛言见没自己什么事，便凑近正在和李伟说话的郭伟刚，吞吞吐吐地说道："郭警官……"

"什么事啊？"郭伟刚和蔼地问道。

"孙咛她……没事吧？"其实宛言是想问他，这么兴师动众会不会打草惊蛇，只是这话无论如何都说不出口。郭伟刚可能明白了她的意思，很淡地笑了笑说道："没事，我们一定会把她救出来的。"

"可是……"

"什么？"

"没什么，我就是担心。"宛言叹了口气，后退两步坐在椅子上发呆，恰巧这时候她身边的成小华正向她投来劝慰的目光，两人相视一笑。也就在这个时候，宛言的电话响了。赵承民第一时间示意屋里的几个技术部干警做好准备，然后示意宛言接电话。

"喂！"她声音小得自己都快听不见了。

"你……既然……既然报……报警……就别怪……怪我……无情。"电话里仍旧是那个结结巴巴的男人，"最后……一次……机会了，把……把握好。"电话很快被挂断了，根本没有追踪的机会。

赵承民拿出香烟，刚给屋里的人发了一圈，就听外面有个女警察跑了进来："队长，有个东西。"

"什么？"

"是对面卖烩面的河南人的小孩儿送来的纸盒，说是有个吃饭的让他拿给公安局里的郭伟刚叔叔。"女警说道。

"拿过来我看看，你去把那个小孩儿叫过来。"赵承民说着拿起盒子在宛言身边打开，宛言探过头去看时发现那只是个巴掌大小的小纸盒，里三层外三层地填满了报纸。这时，郭伟刚小心翼翼地推开赵承民，把盒子拿到外面去拆。

"怎么，还怕是炸弹啊？"赵承民冷哼一声点燃了香烟。郭伟刚却小心翼翼地继续拆着，窸窸窣窣的包装声响了一会儿，待完全拆开后他却忽然沉默了几秒。楼道里忽然就传出他恼怒的咒骂声，李伟和赵承民感觉异常，就都冲了出去。

"是什么啊？"宛言问身边的成小华。成小华往外走了几步钟，正遇到回屋子来的李伟："是什么？"

"是……"李伟小心地看了一眼宛言，"是一截人的食指。"

3

郭伟刚坐在办公室的桌子后面，一杯接一杯地喝酽茶。他的不远处，队长赵承民手里捏着一张白纸，正翻来覆去地看。李伟则坐在郭伟刚身边，拿着孙咛那部已经被取走电话卡的手机出神。

办公室里安静极了，郭伟刚几乎听得见自己的心跳声。他焦躁地站起身踱到赵承民面前，几番欲言又止的模样，最后嗫嚅半晌终于下定了决心："队长，就让我去吧，我保证救回人质。"

"你保证？"赵承民哼了一声，翻着眼皮看了看郭伟刚，"你拿什么保证？我不是告诉你等技术部的检查报告出来吗？"

"哎呀，再等，黄花菜都凉了。要是那指头真是孙咛的，这会儿他们见不到钱，真该剁她的手啦。"郭伟刚几乎是用带着哭腔的声音哀求。

赵承民固执地摇了摇头："不行，一是报告，二是准备，不妥当不能贸然行动。"他说到这里把头转向李伟，语气变得客气起来，"李哥，手机你要研究差不多了，还得送到技术部去。"

"这东西没什么值得研究的。"李伟把手一伸，将手机平推到赵承民面前，"刚才宛言不是说了吗，她和孙咛在南都商城外面遇到两个男人说扫码送礼品，她们就一人领了套化妆品，还把手机给人家，让他们帮着扫码，这手机肯定是在那个时候被装上了木马跟踪软件。"

赵承民歪着头想了想，疑惑地问道："那宛言的手机怎么没事？"

"宛言用的是苹果手机，其中的 iOS 系统要是没越狱，是很难被装木马的，而孙咛的安卓手机则正好相反，不过归根到底还是安全意识差，让人钻了空子。"李伟解释完这些，看了看身边近乎抓狂的郭伟刚，问赵承民，"那下一步怎么办？"

赵承民把手中的纸条往李伟手里一塞，说："你看，嫌疑人送手指的盒子里不是有这张打印的指示吗，找个人六点整带着钱，开车去上海道美国领事馆旧址等消息，现在还有半个钟头。"

"那现在需要干点儿什么？"

"等命令。"

李伟微微点头，这时郭伟刚忽然站了起来，他一把推开李伟抢到赵承民跟前，用带着嘶哑的声调说道："队长，你看这成小华和宛言也被送回家了，人员也都安排得八九不离十了，最后这个送钱的就让我去吧，要不然我这心里真不踏实。那什么，我保证听命令还不行吗？"他的哀求声几乎回荡在整个办公区。

赵承民盯着郭伟刚粗犷的面孔，足足五分钟以后才下了决心："你开我车去，保证通信畅通。记住听命令，我不让你动，一定不能轻举妄动。"

"是。"因为赵承民终于开了口，郭伟刚满面赔笑，连声答应着。他和李伟又简单地做了沟通，当他正要去领装备时却被李伟一把拽住了："郭子，你不觉得这事蹊跷？"

"什么意思？"

"咱们刚开始查苗杰，孙咛就被绑了，难道就真是巧合？"

"你是说和苗杰有关？"

"我说不好，但不能排除这个可能吧？你自己小心点儿，我越来越看这家伙像亡命徒。"

"成，你就在这儿别走了，我救了孙咛打电话给你。"郭伟刚边走边琢磨李伟的话，也觉得有点儿道理。自己是当局者迷，竟然连这么简单的事都想不通。其实自从孙咛被绑开始，郭伟刚就感觉自己的智商下降了一大块儿，后来看到手指头，人都要疯了，发誓谁要真伤害孙咛，自己非杀了他不可。

"郭子，注意安全。"即将出发的时候，李伟又跑出来嘱咐一遍。郭伟刚点了点头，知道自己背后几乎是整个桥南分局刑警队的支持，他就放心地开着车前往上海道。

上海道位于塞北市老市中心解放路的最南端，与清水河交叉而过，是塞北市的发源地。解放前这里是个洋码头，从北京通州由水路运来的物品就在这儿被装箱上岸，从张库大道起始运往蒙古乃至苏联。所以，这里一度是塞北市最热闹的地方，如今那座充满异域风情的哥特式大楼暨当年的美国领事馆里驻扎着察哈尔发展银行的塞北市总行，极宽的马路对面是个偌大的永辉超市。

差五分钟六点的时候，郭伟刚把车停到路边，刚用对讲机跟赵承民汇报了情况后就接到了电话，还是孙咛的手机卡，只不过被换到了一部带按键的功能手机上。

"喂？"说话的时候，郭伟刚的心突然被揪了一下，他开始意识到什么叫关心则乱了，做警察十几年，他之前从未遇到过这种情况。

"郭……警官……你看到……到对面……银行门……门……前……前的婴儿车……没有？"

郭伟刚趁他说话的时候就四下踅摸，果然看到银行门前不显眼处，一辆挺大的空婴儿车停在马路边，车上盖了块厚厚的宝蓝色珊瑚绒被单，把整个婴儿车裹得严严实实，一直包到了地面上。

"看到了。"

"你……把……钱放到……车里……用车上……上的蓝布……盖好就……就可以走……了。"

"那孙咛呢？"

"等我……拿……到钱……和……你联系……"

"我要和她说话。"郭伟刚不容置疑地说道。

"郭哥，我是孙咛……"电话里传来孙咛的声音，郭伟刚正要追问下去时电话又断了，不用说肯定是网络电话，这么短的通话时间根本没法儿追查线索。

"照他说的办，把车开远一点儿，这里交给小刘他们。"对讲机里传来赵承民的声音。郭伟刚只得提着钱下车，把包放到婴儿车里，并用蓝布盖好。他又上了车，开着车兜了个圈子又回到不远处，然后紧紧盯着它。

十分钟过去了，没有人来推婴儿车。

二十分钟过去了，依旧没人动婴儿车。

三十分钟过去了，婴儿车静静地停在那里，和暗淡下来的天色一样变得昏暗起来。

一个小时过去了，一个步履蹒跚的老头儿走到婴儿车前，他正要推车时，被早已布控的警察死死地摁到了地上。

"我是收破烂的……"老头儿显然被吓坏了，体如筛糠，痛苦地发出哀号，"刚才有人和我说这辆车没人要，让我过来收走。"

"谁和你说的？"赵承民紧紧地抓着老头儿衣领问。

"我不认识他，他提了个大包，脸挺黑的。"

"大包？"郭伟刚猛然一惊，一把掀开珊瑚绒蓝布，果然发现下面空空如也。原来这个婴儿车是被改装过的，车下一个被压住的井盖竟是空的，想必是人躲在下面，在自己把装钱的袋子放进车里以后，这个人就从下面取走了钱。

他懊恼得一拳打在车上，恨不得扇自己两个大耳光。

线索断了，着急的不只是他一个人。队长赵承民自责地拍了拍他的肩头，安慰道："别急，看看有没有别的线索。"

"这个井通到哪儿？"郭伟刚站在井边，问正在勘查现场的两个干警。其中一个刑警可能刚从井里出来，弄了一头的尘土："这是口老式的污水井，和后面一百米左右对面的另一口井相连，勉强可以爬过一个人。"

"一百米？"郭伟刚终于知道为什么对方要等待这么长时间了，看来对方是在择机出井啊。他脑中灵光一闪，扭头对赵承民说道，"队长，上海道是单行线，如果对方开车离开就必须走过街天桥先到这面来，而过街天桥上面是有监控的。"

"马上调监控，重点要找这个拿包的人。"赵承民吩咐完后又去对面安排，看看是否有目击证人。他正忙得焦头烂额时，电话响了，是李伟打来的。郭伟刚隐约听到李伟说什么追踪器在巢湖路卷烟厂家属区。

"走，去卷烟厂家属区。"赵承民带着郭伟刚上车，路上才告诉他，之前他们在装钱的袋子里安装了一枚 GPS 追踪器，"这是李伟的意思，也是我们商量过的结果。目前这种东西现在咱们局里还不成惯例，我刚才又担心走漏消息，所以没和你说。"

"队长怕局里有内鬼？"

"让你说成《潜伏》了，没那个必要，就是小心点儿好。"赵承民淡淡地说道。他还是一贯的风格，看上去大大咧咧，实则谨慎至极。这一点也是郭伟刚最为钦佩他的地方：为了案情的需要，没把追踪器的事告诉任何人，一是可以防止走漏消息，二来其实是为了将来有什么法律纠纷，他好直接把责任扛到自己肩上。郭伟刚自忖，他没有这胸襟气度，更做不到这份缜密。

半个小时后，赵承民和郭伟刚带着人包围了卷烟厂家属区一栋已经比较旧的六层板楼。按照李伟的指示，他们小心地接近了其中一个单元的 103 房间。

"人质和劫匪都应该在这里吧？"赵承民在电话里问道。在得到肯定的答复后，他一边部署特警，一边用喇叭往里面喊话。一分钟后，孙咛带着哭腔的喊声从屋里传来："快来救我，屋里没人，我身边有炸弹。"

孙咛"炸弹"两个字一落地，警队里就炸了锅。其实平时大家办的案子都相对简单，鲜有这种电视里才能看到的情景。此时郭伟刚第一个反应就是要救孙咛，于是他还没等赵承民那"谁也不能乱动，快去调拆弹专家来"

的命令落实，就突然冲进了房间。

身后是一片嘈杂的惊叫声。

也就在这个时候，一声震耳欲聋的响声伴着一团浓烟从屋里发出，郭伟刚感觉整个身体瞬间都被烟吞没了，接着耳鼓像被几百分贝的响声撕裂了一般，一股巨大的冲击波将他高高卷起⋯⋯

第五章

1

　　警察追上来的时候，邹二虎和哥哥邹大熊正把车停在京塞高速入口处的路边分钱。邹大熊当时拿了两个尼龙袋子，兄弟俩你一摞我一摞地把崭新的钞票往自己袋子里装。按照哥哥的意思，分了钱就分家，该干啥干啥。

　　"给苗哥留点儿钱不？"邹二虎问。

　　"留屁……分……分吧。"邹大熊不耐烦地说。

　　"咋说线索也是人家提供的，又给咱出主意，最后还送炸弹，做人得讲得良心呀。"想起苗杰，邹二虎就佩服得不得了。邹大熊抬起头，恶狠狠地瞪着弟弟："废……废啥话……让你拿你……就拿。我跟你说……老二，分了钱……钱……你就滚，别老……把苗哥……苗……哥挂……嘴边。你……你以为……你……还在号……里给他当……当……狗呢？没出……息……息的东西。"

　　"哥，你说哪儿去了，苗哥在里面可照顾我了。他是大哥，谁也不敢欺负我。这次要不是人家苗哥，咱俩哪能弄到这些钱咧？一辈子我也没见过这么多钱啊。你就说刚才吧，人家苗哥最后还好心打来电话，提醒咱们装好炸弹，要不然被警察追上不麻烦了？"说到这里邹二虎见大哥往自己袋子里多装了一叠钱，连忙伸手阻止。

　　"放屁……没……他……他，我就……挣不上钱……了？我告……你，他是咋……回事，他……杀人……人了，你……知道……不？"

"啥？"邹二虎听哥哥这么说，脸都吓绿了。邹大熊得意地哼了一声，说道："亏……你和他……一个号蹲了……好几……年，连这……事都……不知道。我告……你……你……你，我外面的……兄弟早和我……说了，他跟……一个大……老板开车，人家……大老……板和朋友……每……每星期都……打麻将，好……几十万……一圈。他……他……和我兄弟六子认识，有一次……喝酒，吹牛说……要把大老板干……干了就能拿够……这辈子花的……钱，还说……地界啥的……他都知道……门儿清。"

"真的？"

"可……不真……的。后来……大老板就死了，你……说能是……谁干的？"

"六子干的？"邹二虎问得特别认真。

"你他妈……脖子……上长的……是啥呀？"邹大熊从袋里掏出烟，边抽边说，"能是六子？就是……你苗哥没跑。"

"那他咋不跑，还有闲心给咱出主意？"

"这……就是……了……呗，我告……你他……为……啥，为了把……警察的吸引力吸引到……咱们头上，耗尽警力。这样……警察就没心……思抓他了呗。你没……看过《征服》……啊，他这都是……和刘华强……学的。"

"刘华强是谁？"

"说了你……也不知道。"

"你知道他给咱下套还故意上这个当？"

"谁……和钱有仇啊，快……拿上你的这份走吧。"

"我去哪儿啊，你也不捎我一截？"邹二虎提起尼龙袋子，刚打开车门又像见了鬼一般关上了，"哥，你看那个车咋那么像警车呢？"

"哪个……车？"邹大熊探出头看了眼，脸色突然变得煞白，"警察……来了，二子快……快……"

"啊，往哪儿跑啊？"邹二虎慢了两步，才出来就被赶上来的警察按在地戴上了手铐，他杀猪般地号叫起来："慢点儿，慢点儿，钱都给你们还不成啊！"

"苗杰呢？"一个警察用膝盖顶着邹二虎问。

"我真不知道。"

"苗杰到底在哪儿？"一个胖警察冲上来，恶狠狠地抓起邹二虎的头发说道，他面目狰狞，脸上黑一块紫一块的，身上也都是烟熏火燎的痕迹，好像刚从燃烧的煤堆里爬出来一般："快说！"

"我真不知道。"邹二虎都快哭出来了，"都是他给我们打电话，谁知道他在哪儿，不信你问俺哥。"

胖警察闻言松开手，让人带着邹二虎上了车："我问你，土炸弹是谁做的？"

"苗哥给的，听他说是网上买的配方现做的。"

胖警察点了点头，脸上表情不阴不阳："幸亏做得不专业，要不然非要了我的命不可。我告你邹二虎，我真死了，你们兄弟的罪可就大了。"

邹二虎这才明白这胖警察原来是被炸成这样的，不安地问道："那你没事吧？那玻璃瓶子炸开了也威力不小呢。"

"有屁的威力，净冒烟了，还他妈提前在屋子里爆炸，弄得到处是烟。"胖警察说到这儿忽然一把揪住邹二虎的衣领，"你以为人质和警察都没事，你就没了？我告诉你，绑票最少判十年。"

"咋没事还判那么多年？我把钱退给你们得了呗。"邹二虎忧心忡忡地问。

"想少判几年就老实点儿，和我们合作。"

"中，你说吧，咋合作？"邹二虎回答得倒是干脆利落，丝毫没有犹豫。

"苗杰在哪儿？"

"我真不知道，他都是给我俩打电话。不过……"

"不过什么？"

"最后一次他给我们拿炸弹和污水井图纸的时候，说了一句好像要去香港啥的。"

"去香港？"

"好像是，估计是偷渡，得游过去。"

"游过去？从哪儿游啊？"

"从咱们塞北市游啊，走水路一直游就到了。"邹二虎刚说到这儿，就见车上的几个警察都笑了起来，就不敢再往下说了。好在那个胖警察没笑，还饶有兴趣地鼓励他："继续说，没事。"

"然后到香港再去台湾，到时候路就好走了。从香港到台湾都是山路，带好干粮多走几天也就到了。"

"这是苗杰说的？"

"我哥说的。苗哥就说过一阵儿去香港，我们俩分析他游过去的面儿大。"胖警察点了点头，没再问他。邹二虎琢磨着这是不是就算交代了，一会儿到局里给当官的一说，没准儿能宽大个三年五年的。就是不知道这些钱能给自己剩多少，反正别都没收就行，想着想着他竟坐在车里睡着了。

也不知道过了多久，邹二虎隐约听到手机响，接着那个胖警察推醒了他："别睡了，醒醒。"

"到家啦？"

胖警察冷哼一声，笑道："我说你还真心宽，一点儿也不为自己的事着急啊？"

邹二虎迷迷糊糊地抬起头往外看了看，发现已经到了公安局大门口，正在停车的样子："我哥呢？他咋没一块儿来啊？俺啥事都是听他的，他不在就听苗哥的，说起来这也算从犯吧？"正说着，两个警察打开车门，拉着他胳膊把他拽了下来。

"走吧，你不是想立功吗？有个事和你商量。"胖警察边走边说。

"啥事啊？"

"你看看这个。"胖警察把套着塑料袋的一部手机扔了过来，邹二虎拿起来才发现是自己的手机，上面有一条刚来的短信："二虎，十一点到'篦街小吃城'门口等我，帮我办点儿事。苗杰。"

"啥意思啊？"

"发短信的人是苗杰不？"

"我不知道啊，他每次用的电话都不一样。"

"这是个网络电话发的信息，没办法追查。不过你可以戴罪立功，一会儿十一点儿去见他一面，把他引出来就行。"胖警察说着拿出盒烟，还破例给邹二虎点了一支。

邹二虎狠狠地抽了两口烟，眯着眼睛想了一会儿："我哥呢？"

"你老管他干什么，这是你的事，没他你还活不下去了？"胖警察不耐烦地说。

"哪能呢，就是想……警官你贵姓？"

邹二虎把胖警察问得一愣，胖警察回答："我姓郭。"

"行，我答应你，不过完事之后郭警官得给我和我哥都按立功处理。"

"这不可能。"

"那你们再找别人吧。"

郭警官见邹二虎说得信誓旦旦，乐了："看不出你还真有点儿意思，这样吧，我们可以给你按立功处理，你哥的事我和上面求求情，尽量到时候让你们兄弟少判几年。"

"中，那咋办？"

"你先进来。"说着话他们已经到了分局二楼办公室外面，邹二虎跟着郭警官进去的时候，已经有不少警察在那儿等着他们了，正中坐着一个四十多岁的老警察，看样子是头儿。

"赵队长，这就是邹二虎。"郭警官介绍道。

被叫作赵队长的老警察点了点头，拧着眉打量着邹二虎，好一会儿才压低声音问道："你愿意合作？"

"愿意，俺和俺哥都愿意给政府少找麻烦。"

"少找麻烦，少找麻烦就不应该干那伤天害理的事。"赵队长义正词严地说道。

邹二虎叹了口气，回道："都是听苗哥说的，他说这事好干，钱又来得快，还说他能帮我们，有路子啥的。"

"行了，我知道了。你今天晚上帮我们把苗杰抓住就是大功一件。"

"那行，我指定帮你们呗。"

"好，那你听郭警官安排。"

赵队长说完示意郭警官带邹二虎下去做准备。于是邹二虎再次被带出办公室，在一间空审讯室里一个人等了好久，才有两个警察过来押着他下了楼，这时下面两辆汽车上已经坐满了警察。

"你的工作就是把苗杰引出来，我们做了部署，只要抓住他，你就立功了，明白不？"见他来了，坐在副驾驶位置的郭警官再一次嘱咐道。

"好，我一定把他抓住。"邹二虎说得斩钉截铁。

郭警官点了点头，让邹二虎上车。接着他们从分局出发，前往港口的"篷街小吃城"等苗杰，一路上邹二虎都忐忑不安，一会儿想到苗杰在监狱里对自己的好，一会儿又想他鼓动自己和哥哥绑架没安好心，心里七上八下的，竟有些不知所措。

时间就像能变身的橡皮糖，平时干活儿诸如抢钱、绑架的时候，邹二虎觉得过得好慢，可这会儿一个多小时的工夫好像一眨眼就过去了。这不，他边琢磨还边打个盹儿，再睁眼时已经到了十一点。

"你和你哥的未来可都看你的了。"郭警官拍了拍他的肩头说。

"知道。"邹二虎忐忑不安地走下车，看车停得离"篷街小吃城"还有一段距离，便步行来到小吃城门口，果然见到苗杰和平时一样穿着灰夹克、牛仔裤，背对着他坐在路边的花坛边上玩儿手机。

"苗哥？"邹二虎来到苗杰身后，小心地说道。只见苗杰没有说话也没有回头，背对着他，递过一张打印的纸条，上面写着：到海澜大厦1208室帮我取塞北前往香港的船票一张，我在这儿等你。

"拿着东西回来。"耳朵里的微型对讲机里传来郭警官的声音。

"回来?"邹二虎心里一紧,看样子苗杰这是要跑啊,要是这时候放了他,自己和哥哥不就不能算立功了吗?不如抓住的好。想到这儿,邹杰接过纸条,往警察方面看了一眼,最终决定先抓住苗杰再说。于是他突然一跃而起,将苗杰紧紧抱住。

"郭警官,我抓住他了!"就在他说出话的时候,周围埋伏的警察像孙行者变出的猴子般突然闪现,将苗杰紧紧包围。

这下没问题了!邹二虎歪着头向苗杰看去时,赫然发现自己怀里紧抱着的人竟然是"簋街小吃城"的看门老头儿,自己以前见过的。只是他今天穿了苗杰的衣服,没有说话而已。

这……这是怎么回事?邹二虎瞬间感觉有些天旋地转。

2

邹二虎被抓走的时候,苗杰坐在"簋街小吃城"门口"港九茶肆"的二楼餐厅里目睹了全部过程。彼时他桌上放了几个小小的笼屉,里面装着肠粉、糯米鸡和虾饺,以及一瓶他特意让服务员拿上桌的"老白汾"白酒。

眼瞅着邹二虎和警车都消失于氤氲着淡淡霾雾的茫茫夜色中,苗杰才不慌不忙地拿出手机拨通了老乡八喜的电话:"八喜,我的问题解决了,你过来吧。"

"我就在这里嘛,只不过要确认一下你的麻烦是不是都解决掉了嘛。"电话里八喜有意学着一口带着浓厚广东味的普通话,很谨慎地说道,"我马上就上楼了。"

放下手机,苗杰嘬了一口白酒,不紧不慢地望着一个精干的青年男人从楼梯走上来,走到他对面坐下:"威胁解除了?"

"我都录下来了,你看吧。"苗杰把手机丢给八喜,招呼服务员上一瓶啤酒，"我让他们把车推过来，你想吃什么自己拿。"

八喜很快就看完了只有三分多钟的视频，然后把手机还给苗杰，挑了几样自己爱吃的小菜，边倒酒边说道："熊大、熊二的名气都不小，尤其是熊大在道上很有声望，你这次怕是惹上麻烦了吧？"

苗杰嘿嘿一笑，和八喜碰了碰杯："虱子多了不咬人，我一个孤魂野鬼怕谁？不这样做怎么能把警察甩了？"说完，他从口袋中摸出一张银行卡放到桌上，"这是你要的钱，密码是我手机号的后六位。"

八喜接过银行卡没多说什么，连着几口喝干了杯中的啤酒，又倒满了一杯，一仰脖喝掉后才道："你的事情我不问，也不用知道。我的路子你也不要怀疑，一会儿我确认完以后把司机的电话用微信发给你，你和他联系。"

"他能走？"

"能，他很可靠啦，你上车以后什么都不用说，也什么都不要问。他会直接带你从二连浩特出境去外蒙，到时候那边联系人安排你再去莫斯科。"说完这些他又补充了一句，"不要太多现金，够用就可以了。等在莫斯科安顿下来去取钱就好了，你不是有双币卡吗？"

"好，明白了。"

"那我先走了。"八喜和苗杰打过招呼，头也没回地径直下了楼。苗杰望着他离去的背影，默默地陷入了沉思之中，直到一刻钟后微信上有八喜发来的一个陌生的电话号码。

难道就真的这样离开吗？

苗杰闭上眼睛，短暂地陷入了沉思之中。他记得自己刚出狱的时候，其实有一阵很想做个正常人的，没有工作那段时间，他每天都窝在家里看电视，直到孙玢霖从人才中心找到他的资料，一个电话打破了他短暂的平静生活。在此之前，苗杰总认为不隐瞒自己的入狱经历是个极不明智的选择，似乎没有老板愿意要一个劳改犯。

见面那天，苗杰特意穿得干净一些，还剃了头，以便让自己显得精神点儿。苗杰记得孙玓霖看上去很显老，虽然他穿着得体，精神矍铄，可青黑的眼眶与黯淡的神色还是暴露了他内心深处的虚弱与疲惫。简短的对话之后，孙玓霖给苗杰开出了税后一万元月薪的待遇，条件是随叫随到，不多说不多问。

之后几个月是苗杰一生中最富庶的日子，他跟着孙玓霖出入于高档酒店、茶楼，和塞北市最有名望的绅士名媛吃饭喝茶。如果有时间，孙玓霖就会去东站找亲戚聊天，苗杰则在楼下等。当然，还有孙玓霖每个星期都在嘉诚大厦和赵津书、林罗、马宇姚三个人的例行打牌。

牌局不用苗杰伺候，甚至他们打牌都是在半保密的情况下进行的，所以苗杰只要在车里等孙玓霖下来就行。从表面上看，这几个人与孙玓霖似乎很要好，甚至每当生意上有什么问题的时候，孙玓霖总打电话给林罗，只是他们神情间的那种距离与陌生感，让苗杰感觉这四个人的关系远远不是表面表现出来的那么简单。

孙玓霖是个沉默寡言的人，不太喜欢说话，但做事很有分寸和手腕，思虑之周密让苗杰甚至有些不寒而栗。记得自己刚上班的第三天，林罗就肆无忌惮地在君林公司孙玓霖的办公室里拍桌子。虽然当时苗杰并不在场，但这却不能改变他悄悄从王秘书那儿得到消息的事实。

"这家伙的工资太高了。"虽然不一定是原话复述，但王秘书学林罗说话时仍然让苗杰感觉到惟妙惟肖，那一刻这种声色俱厉险些吓了苗杰一跳，一直到此刻他才相信王秘书所言不虚：老板好像有什么把柄被林罗攥着。

她接着故意绷起脸，尽量用低哑的嗓音学孙玓霖一贯的表情和声音："除了我和孙咛，公司也需要一个可靠的人。新人虽然有新人的好处，但好多事他们做不了，我必须自己跑。"

"还能累死你吗？"王秘书说听得出林罗的极度不满，但却没有继续反对下去。后来他们不欢而散，倒也再没听林罗说起过自己什么。只不过每星期日送孙玓霖去打牌的时候，他总能看到那双阴鸷的双眼。

"小苗，我对你怎么样？"有一天，他送孙玓霖回家的时候，孙玓霖突然在路上提出这么一个问题。苗杰其实不太擅长表达自己的感情，不过他的回答仍然让老板感到满意。孙玏霖点了根烟，抽了很久才问他愿意不愿意帮自己做两件事。

"第一，过几天我给你打电话，你帮我跟踪一下我媳妇，千万不要让她发现。只要看看她干什么、去了什么地方就可以了，回来告诉我。"孙玏霖说这些话的时候，苗杰注意到他一直没有看自己。对于这个任务，苗杰倒不觉得有多难，动机也简单明了：夫妻之间出现了信任危机。

记得那天说完这些话以后，孙玏霖又点了根烟，沉吟许久才说第二件事比较难办，不过他仍然相信苗杰可以办好。说这话的时候孙玏霖扭过头，用一种奇怪的目光紧紧盯着苗杰，好像他随时能从车里消失一样。从这充满沉重信任的双眸中，苗杰感觉到了即将交予自己的事情的沉重。

"我和林罗他们仨人的关系，估计你也知道一点儿，不过这里面有好多事儿说不清楚，所以就不细和你解释了。下星期日我们照例得去嘉诚大厦打牌，到中午十一点的时候你去楼下，那下边有个饭馆叫'巴蜀传奇'，你提前把雅2房间订下来，然后在那儿等我。"

"咱们去那儿吃饭？"苗杰感觉孙玏霖的语气明显和平时不一样，语速很慢。孙玏霖摇了摇头，声音更低了："到时候我们在雅2旁边的房间吃饭，咱们不要见面。你记住听我的暗号，提前把这个药放到茶壶里，到时候我只要喊一声'服务员来壶茶水'的时候，你就把这壶药茶给我送过去。"

苗杰一愣，眼瞅着孙玏霖将一个用白塑料袋装的白色药粉包扔了过来。他不知道孙玏霖这葫芦里卖的是什么药，所以没敢接，也没说话。好在孙玏霖很快就做出了解释："这包东西是慢性安眠药，我会安排在我们吃饭结束时再喝，所以到时候我们上楼以后才能睡着。届时我会提前留门给你，你记得把桌上的钱都装走，然后躲几天，等风头过了我再找你拿。"说完这些，他好像卸掉包袱一样松了口气，用充满挑衅的目光打量着苗杰，好像是问他敢不敢。

"行，没问题。"苗杰连想都没想就答应了，他那时候一万个相信孙玠霖不会害自己。当然，如果放现在，如果知道是这样的后果，他肯定不干。那时候孙玠霖很高兴，下车的时候从包里取了两万块钱给他："这钱你拿上，先说好，牌桌上的钱无论有多少，你都要如实给我，只有这两万是你的。"

苗杰收钱的时候都没想一想，如果事情真这么简单的话，孙玠霖会找自己？另外，出现意外怎么办？还是他考虑得太简单。他记得临下车之时孙玠霖问他要走了自己家的家门钥匙。

"我有个同学在广幕县武装部，过几天我也许去看他，到时我就住你家，你不是光棍儿吗，家里也没人。"孙玠霖那不怀好意的笑分明是在告诉苗杰，自己带着某个女人住宾馆不方便。

看时间差不多了，苗杰结账下楼的同时顺便给八喜安排的司机打了个电话，双方约好半个小时以后在塞蒙高速公路南入口相见。于是苗杰在楼下的吧台取了自己之前寄存的旅行包，然后又从门口的ATM机上取了点儿钱，打车前往塞蒙高速南入口。

后面的事情远远超出了苗杰的预料，甚至让他感到有些迷茫。他记得出事那天是五月十九日，天气难得的晴朗无云，没有雾霾。按照事先的约定，在"巴蜀传奇"，苗杰成功地把一壶下了药的茶送到隔壁孙玠霖的手中。在这个过程中，除了孙玠霖，剩下的三人谁也没有注意到他并不是服务生。

十分钟以后，苗杰收到了孙玠霖让他出发的短信。他上楼的时候，心情其实还是蛮不错的，只是进了1003房间的时候，他才隐约感觉气氛有些压抑，当时里屋套间的办公室桌子上整整齐齐地摆满了百元大钞，粗点之下也有几十万之巨。

他们每个星期都会下这么大的赌注？带着疑问，苗杰把钱装在事先准备好的口袋里，临出门的时候又看了眼昏迷不醒的四人，丝毫没有感觉到任何异样。

第二天早上，孙玠霖并没有像平时那样要求苗杰接他去上班。去公司之后，苗杰从林秀玫的口中得知昨天孙玠霖杀了林罗等人之后自杀了。

自杀？苗杰不相信孙玠霖会自杀，在他看来老板根本没有自杀的理由。

他猜测是他们之间的约定出了岔子，很可能是被人知晓后利用了。可如果真是这样，这个要一心杀死孙玓霖的人会是谁呢？他能不能放过自己？另外那七十四万块钱怎么办？短暂的混乱之后，苗杰想到警方很快就会把矛头对准自己。

首先得拖延一下时间，然后再跑路，如果有时间弄明白孙玓霖留下的谜团就更好了。苗杰一步步地按照自己既定的计划做着安排，虽然时间很紧，他却依然在孙玓霖那看似纷杂无序的线索中找出了蛛丝马迹。虽然得到的信息很少，可这足以让他感到震撼！苗杰相信就凭这一点，自己就能一辈子衣食无忧了。

他看到远处一辆大货车闪了三下大灯，那是事先安排好的信号。

苗杰打开了手电，也闪了三下，然后往外站了站，以便司机能看到自己。就在汽车缓慢驶来的瞬间，苗杰看到大车突然加快了速度，风驰电掣般向自己撞来。他想跑已然来不及了，一刹那，苗杰似乎明白了什么：妈的，果然被那丫头耍了……

3

白丽君办公室与隔壁秘书室的通信线路是单向共享的，所以她只要愿意，坐在屋里就能掌握宛言的工作状态。之前白丽君从未使用过这条线路，一是她日程安排得很紧，在办公室的时间并不多；二是宛言完全值得信赖，她没必要引出什么纠纷来给自己找麻烦。

不过今天，白丽君却非常想听听宛言和李伟的谈话内容。无论李伟的来访是关于前夫孙玓霖，还是林秀玫女儿的事，她都与之有着不能割舍的联系。于是，白丽君微微靠在椅背上，轻轻按下通信器的按钮。

"这么说你现在已经结婚了？"这是李伟的声音。

"是啊，一年多了。我先生是我来百谊公司后认识的，他也是我们公司合作单位的一个部门经理，搞IT的。"宛言做介绍的时候传来哗哗的水声，应该是她在给李伟倒茶，"李哥，你和海虹姐还有联系吗？"

"你说刘海虹啊，早没有了，你们有联系？"李伟关切地问道。

白丽君之前隐约听宛言提起过，她说这个叫刘海虹的女孩儿是自己最好的朋友，如今看来也是和李伟认识的人。

"有啊，她现在在一个全球性的慈善组织工作，经常在全世界飞来飞去，最近一年都在上海呢。好像有个男朋友是国家安全局的。"

"也是个警察。"李伟喃喃说道，声音中貌似带着些许幽怨。就听宛言也叹了口气，才道："海虹姐真是个女强人。"

"要说女强人，我看你们白总才是呢。"李伟爽朗地笑道。

宛言可能通过什么肢体语言表示了认同，待了一小会儿才说："倒也是，我们白总真是女强人，对工作特别认真，你看她到现在还是单身。我们都说她是塞北市的'董明珠'，要是没她，估计百谊公司早就不存在了。"

"现在百谊的效益也不太好吧？"

"嗯，其实还是缺钱。效益好的时候银行追着你贷款，不想贷都不行；现在我们稍微差点儿，他们又不想给贷了，你说企业没贷款怎么活？就为融资，白总天天愁得饭都快吃不下了。"

"我听说你们公司有人说白总是个工作机器，有这回事吗？"

宛言沉默了一阵儿，良久听她小声地说道："一直就有，我看是那些懒人或被白总教训过的人才这么说呢。不过白总的工作精神还真值得敬仰，听说她之前和老公离婚就是因为工作态度。白总就像处女座似的，有强迫症，什么事都要求尽善尽美，特别特别认真。"

"我还头一次听说两口子因为工作态度离婚的。"李伟说了这么一句又问，"你们白总对钱上面怎么样？"

"什么怎么样？"

"就是大方不大方的意思吧。"

"还行吧。"说这话的时候宛言似乎有些犹豫，"老总毕竟要掌控全局，况且现在企业的情况不是特别好……”

“我知道了，她平时就没有什么爱好？”

“除了工作以外，她好像没什么爱好，最多就是开车出去兜兜风。”

“白总还喜欢开车？”

“对啊，别看白总是女的，但她特别喜欢汽车，什么车都开得挺好。”说到这里宛言沉默了几秒钟，又道，“估计电话会议也应该结束了，我给你去看看。”

她说完没多久，走廊里就传出了轻轻的脚步声，接着有人轻声敲了敲门。白丽君说了声请进，就见宛言袅袅闪进，柔声道：“董事长，有个叫李伟的人说是郭警官的朋友，有事找您。”

“让他进来吧。”白丽君颔首应允却不起身，不多时就见李伟囊囊而入，随之刮入一阵凉风。白丽君抬头望去，看见李伟今天穿了身灰白色的休闲运动装，腋下夹了个仿牛皮的大笔记本，显然是刚剃过胡须的样子，下巴青愣青愣的。

“白总，打扰了。”李伟走进来和白丽君握了握手，随后便在侧首沙发上坐下，笑道，“老郭和您说了没有，说我想过来和您聊聊。”

白丽君停下手中正在签字的笔，望着宛言端了茶放到李伟身边的茶几上，又看她闪身离去，才说：“他昨天倒是给我打过电话了，我很奇怪，既然李……先生早已不在警队工作，那为何对孙玓霖的案子这么上心？又哪里来的动力呢？”她故意在“李先生”之间略微停顿，念出的“先生”两个字既突兀又陌生，像刀子一样向李伟划去。

谁知面对白丽君无声的挑衅，李伟竟无声无息地接受了，连面孔上的笑容都没有减少。见白丽君说完，他客气地点了点头说：“也难怪白总疑心，很多人都有这个想法，只不过碍于情面不好意思当面质询我罢了。其实这事得分里外两面看。从里说，是我个人想证明个人价值，挣点儿零钱攒老婆本儿；从外讲嘛，也是孙咛希望加快案件进程，用我的经验帮她和重案组做点儿力所能及的事。”

"我是不是可以理解为孙咛对你们警方的不信任？"白丽君得理不饶人，语气咄咄逼人，仿佛是用行动告诉李伟，她一点儿都不欢迎他一样。可李伟仍然淡淡地笑着，丝毫没有因此而有丁点儿懊恼："也不能这么说，一来我不能代表警方，二来也没有谁规定我们不能这么做，哪怕是慰藉己心也好嘛。只是希望白总能行个方便，帮帮忙。"

白丽君冷哼一声，笑道："没问题，李先生也不容易。冲着郭警官的面子我也会帮，只不过能起多大作用我还真说不好。"

"没事，随便聊聊。"说着话李伟摊开笔记本，用笔在上面戳戳点点，"那我问了，白总。首先想和您聊聊您前夫孙玓霖的事，比如你们离婚的缘由，如果方便的话再说说孙咛怎么样？"

"我们离婚其实没什么可多谈的，就是感情不和。君林物流按理说是我们一起合作的企业，可最终却把我扫地出门，你说这是什么事？有他孙玓霖这样做事的没有，他就是个傀儡，一个窝囊废……"

看不出事情过了这么多年，提起君林公司的事，白丽君还有如此大的火气，声音虽然不高，语气却着实锋刃犀利。

有三五分钟，李伟都没说话，只是平静地等着略显激动的白丽君恢复状态。白丽君也很快意识到了自己失态，很惭愧地笑着："不好意思，我提起这事气就不打一处来。"

"这就是你们离婚的主要原因？"

"算是吧，其实我们的婚姻根本就是个错误。不怕你笑话，李先生，我和孙玓霖客气得不像一家子。结婚七八年，我们两个人在一起的时候，有谁想放个屁都得去卫生间悄悄解决，你觉得这日子能过好吗？"

李伟可能觉得这话不好回答，所以只是笑了笑没说什么。就听白丽君继续说了下去。

"他在西宁遇到过一次交通意外，住了近两年医院后就患了抑郁症，性情大变，而且他还没有生育能力……"说到这儿她没有再继续下去，不知感到了自己委身下嫁的痛苦，还是这么多年的辛苦，竟一阵哽咽。

李伟则吃惊地抬起头，从桌上拿了张纸巾递给白丽君："孙玓霖有抑郁症？"

"应该有吧，反正我见他经常吃'百忧解'。有个心理医生和他关系不错，是咱们塞北市第二十九医院的，叫郑什么来着，挺有名的。"她边说边等着李伟将这些记在笔记本上，接着又道，"你刚才说到孙咛，她是我们领养的，孙玓霖他很喜欢女儿。其实当时我们的感情不太好，经常吵架，我觉得那时并不是最适合领养小孩儿的时候。只不过孙玓霖太喜欢女孩儿了，我就默认了，一切都是他操办的。"

李伟停笔沉默了一会儿，似乎在自言自语："也许选择婚姻有些草率。"

"是啊，当时如果不是……"白丽君叹了口气，不想再说下去了，可她蓦地一抬头竟发现李伟神色有异，似乎有些欲言又止的模样。她眉头一皱，就知道这里面有事："你想说什么，李先生？"

"没什么，我们换个话题吧。你刚才说孙玓霖不育的事，我想知道得详细一点儿。"

"不，你一定要告诉我你想说什么？"

李伟端起杯子喝了两口水，掏出一盒香烟，在白丽君的允许下拿出一根点燃，吸了几口后才说道："这事我是听刘芳，就是林罗的妻子说的。好像是当时你有一天夜里和孙玓霖行房之后才答应嫁给他的？"

"没错。"对于李伟的直言不讳，白丽君多少有点儿意外，好在经过无数风浪的她早非那个不谙世事的小姑娘。她遂站起身，望着窗外天空飘浮的白云，似乎又回到了几十年前的青葱岁月："有一次过什么节晚上喝酒，他骗我去他家坐坐，然后就在酒里下了安眠药，我早上醒来就发现他和我躺在一起。"她停顿一下，好奇地问道，"你想说的就是这个？"

"哦，"李伟踌躇片刻，嗫嚅道，"其实当天他家里不只有孙玓霖一个人……"

"你是说？"白丽君猛然回过身，脸色苍白，"难道是……其他人？"

"对，刘芳说，是林罗……之后，林罗才离开的。"

"这个傀儡、白痴！"白丽君恶狠狠地咒骂了几句，说道，"其实我早该想到，像孙玓霖这么窝囊的傀儡……"说到这里，她的眼泪像从天而降的雨水，无穷无尽地落了下来。

屋子里好一阵寂静，只有白丽君低声抽泣的声音和李伟橐橐的脚步声。白丽君哭了一小会儿，忽然止住了悲声，她擦干眼泪再抬起头来时，若不是那微微红肿的眼眶，看上去就像没有发生过任何事情一样："见笑了，你问吧。"

"我还是先告辞，有时间我们再聊吧。"李伟说完转身就要离开，却被白丽君叫住了，她的声音清冷干脆："我说没事，你问吧。下次我不一定再有多少时间和你坐在这里聊孙玓霖，我也真没什么兴趣。"

"那……好吧。"李伟只得坐下翻开笔记本，"您一直说孙玓霖是傀儡，指的是林罗他们吗？可据孙咛和刘芳说他们是非常好的朋友，要是没有林罗等人的帮忙，君林物流也不会有如今的规模。"

白丽君点了点头，端起桌上的纯净水喝了一口："没错，可以说，没有林罗，就没有君林物流。但我想问你李先生，如果我每个月给你几十万，让你把你妻子或女朋友甚至是你的全部尊严让给另外一个男人，你愿意吗？"

她的疑问声色俱厉，问得李伟哑口无言。

"这……"

"没话了吧？这就是我离婚的理由，我宁可什么都没有，也不想再和孙玓霖以及那帮寄生虫待一天。我可以暂时舍弃一切，但不能舍弃一辈子！"说着说着，白丽君的声音又大了起来。她见李伟已经合上了笔记本，知道他问得也差不多了，才叹口气又坐了下来："算了，过去的事还这么激动，让你笑话了。另外，孙玓霖不育是天生的，反正他自己是这么说的。嗯，过几天我干女儿过生日，我待会儿要去给她买点儿东西。"

见她下了逐客令，李伟忙起身告辞："那我就不多打扰了，您还有干女儿啊？"

"有啊，她母亲刚去世，我得负起责。其实林秀玫来我们公司的时候就是未婚妈妈，只不过那个时候她不敢说出来，所以就把女儿放在乡下老家养。我们关系好坏也和孙玓霖无关，我估计他到死也不知道这事……"

"您等等！"李伟忽然制止了白丽君，"您是说林秀玫有个女儿？"

白丽君见李伟惊异的脸色，就知道他八成头一次听说："对啊，林乐乐在老家，这事你们真不知道？对了，孙咛可能也不清楚。"

正在这时，李伟的电话响了，他接起电话听了一句就懒洋洋地问对方："怎么了？"接着又听他说道，"你有？"

电话里不知道对方说了句什么，李伟明显提高了警惕性，他向白丽君示意后离开了房间，但白丽君仍能从打开的对讲里隐隐听到他的声音。

"苗杰？"她听得出李伟有些激动。他继而问这个人有没有生命危险，听声音似乎是这个人出了什么事，接着又听他说道："一定不能让他死掉，我有话要问。现在最重要的线索都在他身上，可关系着五条人命啊！"然后他又说了句马上过去，就回来向白丽君仓促地辞行，转瞬间便消失在她的视线中，走得甚是匆忙。

第六章

1

"两个敌人！"

夜半三更，霏雨蒙蒙。郭伟刚坐在空荡荡的客厅沙发上抽烟，嘴里翻来覆去地念叨着白天从第一医院急诊室出来，在"西里兰"比萨店吃饭时李伟告诉他的苗杰的遗言。

可是苗杰为什么要这么说呢？到底这两个敌人又是谁？考虑再三，郭伟刚还是觉得没有一点儿头绪，干脆拿起手机给交警队的朋友老张打了一个电话，确认了撞死苗杰的大货车司机属酒后驾驶，并承担了一切责任。

可是郭伟刚仍然觉得蹊跷，电话就又打到了李伟那儿。果真这位嗜案如命的家伙也在考虑同样的事情，这下郭伟刚可找到了能倾诉疑问的对象："按说大货司机愿意承担一切责任也说得过去，可我总觉得这里面有事，而且几乎肯定有问题。"

"咱们想的一样，只过没什么证据。你有发现吗？"

"你想过没有，苗杰无亲无故，他死了对谁有好处？"

"你是说苗杰手里拿的孙玓霖的那七十四万块钱？"

"问题是钱已经被取走了，而且是从 P2P 平台提款。要查的话很麻烦，因为对方用的是假身份证，你知道有些网站的监管很成问题，几乎就是犯罪洗钱的温床。"郭伟刚愤愤地说道。

电话里李伟沉默了几秒钟，突然说："你想过'八喜'这条线没有？"

"重案组在查，但我不抱希望。"说这话的时候，郭伟刚真没对重案组把精力放在八喜身上抱多大希望，最起码他都开始觉得这事渺茫得很。不过就在他和李伟半夜谈话未果的第二天早上，赵承民一个电话吵醒了正在熟睡的他："什么时候了还睡觉，重案组那边有新发现，想让你过去一趟。"

"这事不是不归咱们管了吗？"郭伟刚还记着昨天下班时候的事情，他都到家了，还免不了挨赵承民在电话里一顿臭骂。谁知道今天早上就柳暗花明又一村，竟来了个一百八十度大转弯。

"废什么话，你以为我愿意让你去？王旭鹏队长知道你自己找了点儿线索，想和你碰碰案情。我告诉你，你和孙咛的事，大伙儿可都替你兜着呢，你要是搞不定就别叫男人了。"电话里赵承民一顿褒贬，把郭伟刚说得一愣一愣的。至此他才知道，原来从市局重案组到他们分局，从市局领导到分局同事，竟然都把自己追孙咛这事提到了警队荣誉的高度。

多亏领导睁一只眼闭一只眼。匆匆洗漱过后，郭伟刚开车直奔市局重案组，在王旭鹏他们的办公室里得到了八喜的新线索。

"你知道昨天晚上八喜和谁见面了吗？"王旭鹏面带喜色地问道。郭伟刚接过另外一个同事递过来的香烟，先给对面的王队长点着了才摇了摇头："谁啊？"

"王秘书！"

"哪个王秘书？"

"这个案子还有多少王秘书？我就知道你没想起来。就是孙玙霖的秘书王海欣啊！"

"哦，是她？"说实话，郭伟刚和李伟都对这个人没太重视，连见都没见过。就见王旭鹏跷着二郎腿，带着得意之色告诉他，经过二十四小时的连续监视，昨天晚上八喜竟然和王海欣去酒店开了房。

"还有这事？"郭伟刚这时才有些如梦方醒的感觉。

"那当然，我告诉你，还有更好的消息呢。这个王海欣在酒店开房用的身份证是假的，名字叫胡梅。而之前苗杰经常访问的P2P平台的账号注册人也是胡梅，取走的金额，扣除手续费后，不多不少正是七十三万。"看来今天王旭鹏把郭伟刚叫来，交流案情是辅，报告好消息才是真。

"这么说是苗杰通过邮局汇款的方式把钱汇到王海欣在P2P平台注册的胡梅账户里，再由王海欣本人取出来？"

"对，现在这个王海欣已经是重大嫌疑人了，我们正在对她进行调查。"说到这里，王旭鹏从桌上拿出一份文件交到郭伟刚手里，"这是你来之前的新发现。这个王海欣在去君林公司前并没有什么正式的工作，她一直和社会上一些不三不四的人来往，好吃懒做，而且还有偷盗的前科。"

郭伟刚看了看照片，发现王海欣才二十四岁，是一个长得挺漂亮的女孩儿，但就是那种非同一般的风尘气息和浓浓的装扮暴露了她异于寻常女孩儿的另一面。

"我还要告诉你，这个王海欣有个在龙山县卫生院当主任的二姨夫马占民，而且前一阵儿，她通过马占民的关系搞过一批医用安定。"

"这个马占民的胆儿也真大。"郭伟刚说道。

"你以为马占民是省油的灯？他和王海欣可说不清楚，否则能这么痛快？"王旭鹏说完，指了指正在忙碌的干警们，"我们一会儿就收网，等王海欣和八喜碰头就收捕。"

"他们准备干什么？"

"跑路呗，八喜想和王海欣一走了之，哪儿这么容易？"说着话，王旭鹏让郭伟刚坐着等他们将王海欣带回来。郭伟刚自己不想放弃这么好的机会，好说歹说才被允许跟着行动，不过要听从指挥且没有任务。说白了他就是跟着走一趟，不过这也比让他在办公室里坐着等强。

谁知道拘捕王海欣顺利得让人不敢相信，这位在街上绝对能让路人过目不忘的女孩儿，正穿戴齐整地提了个硕大的拉杆箱，在飞机场等候前往上海的班机，就在即将安检的时候，王旭鹏带着重案组的干警们将她团团包围。

只是从始至终都没有见到八喜出现，这多少让郭伟刚有些失望。回局的路上他问王旭鹏，既然一直跟着八喜，怎么还能跟丢了。听郭伟刚这么一问，王旭鹏没说话，好半天才讪讪地递过一根烟："两个年轻人经验不足，也不是不能理解。当年我们也比他们强不了多少嘛。本来琢磨今天王海欣能和八喜会合的，可目前看这孙子不知道得了什么信儿，买了机票没现身。"

"那现在怎么办？"

"回去先审王海欣，从她那儿突破。"作为重案组的中队长，王旭鹏办事干脆利落，人还没到局里，就已经在电话里做好了一切安排。所以，王海欣回去以后直接进了审讯室，从问讯到笔录一气呵成，既顺利又痛快。所以当郭伟刚当天晚上见到李伟的时候，王旭鹏已经在全力追捕八喜了。

"看这个意思，王队是想结案了？"李伟翻着郭伟刚带来的资料，用油乎乎的筷子头在上面划拉了几下，在王海欣和八喜的名字上画了两个圈。郭伟刚从面前的火锅里找出一片香菇，放到调料碗中蘸了蘸，微微点了点头："没错，王海欣都撂了，还有什么疑问？"

"问题多了。"李伟把材料扔到一边，边吃边说，"王海欣说孙玓霖让她找安眠药，然后再通过苗杰给他自己下药，图的是什么？就是把这七十万块钱送人？"

"对啊，你仔细看了没有？"郭伟刚又重新翻了一页说，"孙玓霖并不知道王海欣和苗杰的关系，他只是想利用他们俩达成自己的目的。他也和王海欣说过，林罗几个人通过打牌的手段讹诈他的血汗钱，他一定得想办法把这些利润保住，所以才有了后面的事。结合现有的材料看，孙玓霖当时的意思是第二天再从苗杰手里把钱拿回来，却不知道螳螂捕蝉，黄雀在后，苗杰一走，他自己却被王海欣和八喜给灭了。"

李伟点了点头，停住了筷子却没停住疑问："这也有问题。难道孙玠霖第一天认识林罗他们？难道他以后都不打算通过林罗的关系办事了？如果他真被麻倒后失窃了七十万块钱，他就没想过后面的事？就都能如他所愿？"

"现在的问题是王海欣没这么做。她不仅搞到了安眠药，剂量还比孙玠霖吩咐的多一倍。等苗杰带着钱走后，早已潜伏在地下车库汽车里的她和八喜回到案发现场，刻意布置了密室杀人的场景。就你说的那个什么斑斓带子蛇或动物都不对，他们用的是在淘宝上买的无人机。"

说到这儿，郭伟刚笑眯眯地望着李伟，惬意道："高明吧？人家两个人租了个改装的小房车开进了嘉诚的地下车库，提前一个月就交了租金，跑上几趟是不显山不露水。等在车上猫了两天，当苗杰得手告诉王海欣时，他们就出来去了1003房间外面。为了躲开摄像头，他们就从楼梯上去，那儿根本就没法儿监控到。"

李伟点了点头，说道："也多亏他们想得出来，这得死多少脑细胞啊。后面的肯定是伪造自杀现场，匕首上有血什么的弄起来也很简单，然后就是取出钥匙做成密室，再用无人机放回钥匙，就是装两块新石膏板那儿有点儿麻烦。"

"不麻烦，人家车上早就准备好了。真正意义上的螳螂捕蝉，黄雀在后，看来苗杰和孙玠霖都被王海欣利用了。"

"还有，既然孙玠霖是死前的一周才和王海欣说让她搞安眠药这事，怎么她提前一个月就租了房车呢？再说签名是怎么办到的？"

"我估计是孙玠霖早就和王海欣说过，因为据她讲，孙玠霖和她发生过性关系。所以这事不就好解释了吗？再说签名根本不叫事，这姑娘早就憋着一个大招呢，人家一年多前就开始替孙玠霖签文件了。"

李伟没说话，似乎在消化这些内容。大约过了一刻钟左右，他突然抬起头，斩钉截铁地说道："老郭，这事不对，这个案子的幕后策划者不是王海欣！"

2

自从林秀玫车祸去世以后，孙咛就再也没有回过家。绑架案发生后，她先是在医院住了几天，虽然没受什么伤害，可依着郭伟刚的意思，她必须留院观察一阵。之后成小华怕她一个人寂寞，就带着她住进了自己的家。成小华的爷爷奶奶古道热肠，孙咛真感觉住得比在家里时还舒服。今天她约了郭伟刚和李伟见面，但显然在成小华家不太方便，她就提出去自己家聊，反正这么多人陪着，她也断不会再出事。

上午九点，四个人坐在孙咛家的客厅里喝茶。今天是周末，楼下多了不少玩耍的孩子，打闹的声音传到三楼来，多少还有点儿聒噪。李伟紧挨着成小华坐下，目不斜视，好像生怕别人发现他和成小华的关系一样，一杯接一杯地喝水，直到孙咛叫他，他才有些拘谨地放下杯子："小孙，你说什么？"

"别老小孙小孙的，你自然点儿。怎么一见小华在，你就不敢说话了？"孙咛笑着说道。

话虽然这样说，可李伟怎么都有点儿放不开，像才出校门的大学生，见到成小华不是想表现，就是有点儿紧张。听孙咛这么说，他可能也想说点儿什么，便问道："你的手没事吧？"

"手？"孙咛愣了一下，才意识到他是问自己被绑架时候的事，便谢道，"没事，谁知道熊大是从哪儿找的那截指头，我当时都不知道。也是后来老郭告诉我的。你们难道检验不出来？"

"从熊大以往的案件猜测，那截手指应该是他从什么地方的尸体上弄下来的，比如太平间一类的地方。当然能查出来，但当时我们的心都在嗓子眼儿里提着，生怕是你的。"郭伟刚插话说。

孙咛感激地看了眼郭伟刚，轻轻地在他身边坐下："今天你们俩说要演大结局，怎么来了都只顾玩手机？"言讫，她把郭伟刚的手机从他手中抢下扔到茶几上，说道："说吧，这大结局怎么演？"

"事情是这样的。"郭伟刚看了眼李伟，见他也正襟危坐、专心致志，便拿起笔记本开始介绍情况，"经过这段时间我和李伟的摸查，并结合重案组的调查，孙玓霖被害案已基本告破。"说到这儿他又瞅了眼李伟，补充说，"当然李伟那儿还有点儿别的意见，一会儿由他自己和你们说，我先说我的。"

"第一个可以确定的结论就是你父亲孙玓霖属于他杀，是他的秘书王海欣与绰号'八喜'的嫌疑人李计强共同作案，这点已经得到王海欣的口供，基本无误。作案手段是通过大剂量的安眠药致死后割喉，并试图嫁祸给司机苗杰，动机是牌局上的七十四万人民币现款。"

"他死得太不值了。"孙咛说着眼泪掉了下来，成小华忙过去安慰。就听郭伟刚继续说道："如果这一点没有疑问的话，我就继续说了，至于作案手段之类的细节不多讲，你们可以看资料。我想说的是你母亲林秀玫的事。"

"撞她的凶手查出来了？"孙咛关切地问道。

"还没有。不过你还记不记得你母亲临终前说的话，当时她说的是'让他们找到我的女儿'，可在场的人一直以为她说的是'让他们照顾我的女儿'，这样自然就成了照顾你。"郭伟刚面色凝重，说到此节时语气极为庄重。

"对啊，怎么了？"孙咛看李伟和郭伟刚神色有异，奇怪地问道。

"但我们现在知道，你母亲在与你父亲结合之前曾经有过一个女儿，叫林乐乐，现在在张南县老家由她的远房二姨抚养，这一点你不知道吧？"

"啊……"孙咛双眼圆睁，好像眼前的郭伟刚突然变得陌生起来，"你是说这事情我爸爸也不知道？"

"对，他很可能不清楚。"郭伟刚说到这里指了指李伟，"这事是李伟查出来的，后来我通过关系找到张南县的同行和了解情况的老人问了一下，原来你母亲林秀玫当年是从张南老家来塞北市打工的。她的第一份工作就是在君林公司，由此结识了你父亲孙玢霖。但在他们结婚之前，你母亲曾与老家青梅竹马的同学段小平好过，并且还有了孩子，只不过段小平在你母亲来塞北市之前就因去山上打柴失足摔死了，这也是她来塞北市的主要原因——一是离开伤心地，二是要挣钱抚养这个孩子。"

"然后呢？"孙咛目光呆滞，喃喃问道。郭伟刚看了眼她的状态，有心过去抚慰，却见成小华微微摇头，他便只得继续说下去："后来她通过白丽君，也就是你的前任养母，和你父亲认识了。在她和你父亲好上以后，就更不敢提这个孩子，谁知道这一隐瞒就瞒了二十多年。"

"现在这个孩子怎么样了？"

"她比你小几岁，据说小时候发烧烧坏了脑子，所以神志不是很正常，由监护人安排的远房亲戚抚养，过得比较辛苦。"

孙咛喝了口水，没再说什么。

郭伟刚又道："现在的问题是你父亲留下的遗产有没有这个孩子的，又该怎么给她。孙玢霖个人名下的现金累计九百余万元，除去银行贷款和相关债务，还剩下将近四百万人民币。另外就是两套房产和一些期权、股票、保险。"他考虑一下又补充道，"我觉得你应该找个律师帮你安排一下，因为还有最重要的遗产——君林物流呢。"

"我母亲自从进了家门，对我就一直像对待亲闺女一样，现在她走了，我不能独享这份遗产，法律怎么规定怎么来吧，我明天就去找律师。"孙咛声音不高，可语气中没有丝毫商量的余地。

郭伟刚没表示反对，说到这里坐了下来，又对李伟道："我这儿说完了，你有什么补充的没有？"

李伟从桌下取出自己那个仿牛皮的大日记本，翻开看了几眼："虽然案子已接近尾声，甚至我可以说比较完整地完成了孙咛之前交给我的任务，但我还是需要说说我的疑问。"

"李哥是说案子还有疑点？"

"当然有，甚至不止一个。比如你父亲孙玢霖吧，据重案组那边提供的情况说，他招聘王海欣来公司不足两年，之前的秘书王丽据说干得非常好，人品也正直。可他为什么偏偏要找王海欣过来呢？难道就是为了满足自己的私欲？"他可能意识到自己说话有些问题，忙给孙咛道歉，"对不起，我就是实话实说，你也别往心里去。"

"没事。"孙咛的回答淡淡的，无甚表情。她现在心里很乱，感觉纷至沓来的信息像潮水一般涌入大脑。如此大的信息量恐怕早已让她那可怜的脑CPU宕机了，哪儿还有功夫细思李伟话中隐含的意义，只机械地听着李伟继续说道："而且据我与何绍杰沟通得知，你父亲孙玓霖做事一向认真，用人一丝不苟，有时候连保安都亲自过问。对人员的综合素质要求严格，他怎么用这个王海欣的时候如此轻率？"

孙咛定了定神，这会儿才听出李伟的意思，她不得不把精力从遗产、林秀玫的女儿等事情上转移过来："没什么难猜的，两条。一是我爸爸当时肯定让她迷住了，两人有什么地下恋情也说不准，这也正常；二来王丽是赵津书的邻居，算是他的人，我爸肯定想换自己人呗。"

听她这么说，李伟愣怔片刻问道："那你有什么看法？"

"没看法。让郭子给我找个律师，帮我安排一下遗产的事。我爸爸的案子就到这儿吧，等那个八喜归案后用不用我去重案组啊？"最后半句话，孙咛显然是对郭伟刚说的。郭伟刚愣了一下，才连声应道："不用，不用，我到时候处理就行了。"

她刚说到这儿，李伟却厉声打断了他俩："等等，你们不是说案子就这么结束了吧？"

"那不结束能怎么着？"郭伟刚反问道。

"我不是说还有疑点没解决吗？另外，苗杰的事也不清不楚，我觉得好多事人为的痕迹太重。譬如王海欣既然有办法能从苗杰手里弄到钱，干吗还要杀了孙玓霖，再布置成自杀现场，你们不觉得多此一举吗？"

郭伟刚愣了一会儿，咀嚼着李伟的话半天才说道："人不死怎么拿到钱？况且王海欣他们的目的也是杀人嫁祸给苗杰，因为安眠药是苗杰下的嘛，尸检后很自然就能误导警方，让矛头对准他。最后苗杰一死，整个案件形成了一个闭环，只有把凶手假定成苗杰才能解决问题。不过八喜和王海欣他们都忽略了八喜是蛇头的这个身份。而最终我们能找出他俩自然也是因为苗杰认识八喜，想找他偷渡到俄罗斯去。"

"那也不对，如果是我的话，就应该想到警方会查出安眠药的来源。"李伟不依不饶地说道。

"你以为他们像你啊？我告诉你，这些人没有那么缜密的思维，想不了那么多。"郭伟刚边说边拍了拍孙咛的肩膀，"你看孙咛不也说了吗，案件结束了，请你吃饭还不行？"

"不是吃不吃饭的问题。"李伟说着说着竟来了轴劲儿，"这么多疑点怎么能不查？你还记得你之前说过孙玙霖老去东站的老房子那儿吗？我们是不是应该找那个心理医生谈谈？"

"没必要。"郭伟刚把头扭向成小华，"小华，你说说他，是不是有毛病，怪不得警队不让你干了。冲这，连结案报告都没法儿写，领导非批你不可。"

"你别跟我扯警队，和他们没关系。这事你们不管了的话，我自己就去查到底，做事就得丁是丁，卯是卯，一是一，二是二，要是……"李伟刚说到这儿，郭伟刚的电话就响了，他接起来"喂"了一声，立时变得喜笑颜开："好，我们一会儿就去。"说完他挂了电话，告诉孙咛，重案组抓到了八喜，已经基本确定之前的推论正确，即日结案。另外撞林秀玫的偷车小混混儿叫胡旭龙，也找到了，纯属意外。

不过就在郭伟刚、孙咛和成小华说话的时候，他们发现李伟不知什么时候已然出去了，只留下那还冒着热气的茶碗和大牛皮笔记本。

3

已经是六月二十二日了，从被捕到扣留在羁押室整整两天两夜，王海欣却不知道还要在这里留多久。除了翻来覆去地问讯笔录，她不明白，早已经交代清楚的事情怎么还会有问题？现在想想，如果自己甩开八喜和苗杰提前一步离开塞北市，也许还不会走到今天这一步。

整个上午都没有人进来，王海欣昏昏沉沉地靠在椅背上休息。临近中午的时候，王旭鹏带了个青年男人进来。王海欣抬头瞧了一眼，见来人长得还行，三十多岁的样子，身材高大，浓眉大眼，有点儿像年轻时候的朱时茂，手里提了个大塑料袋，鼓鼓囊囊的，也不知里面装着什么。只是不知什么原因让他眉头紧锁，脸上愁云不展。

"她就是王海欣，你们聊吧。"王旭鹏简单交代了一句就转身离去了，屋子里只留下王海欣和那个男人。王海欣就见他把手中的塑料袋放在身后的桌子上，取出里面四个餐盒并打开，竟是热气腾腾的饭菜。

男人将三盒菜、一盒饭小心翼翼地摆到她面前，掰开筷子交到她手里，又指了指饭菜，柔声道："先吃饭，咱们边吃边聊。"

王海欣点了点头却没动筷子，只愣愣地瞅着面前的这个男人发呆，心里充满了疑问。

"我不是警察。我叫李伟，在咱们市城投公司做外勤，业务主办。"李伟介绍完自己的情况后，可能是看到王海欣还没明白，便又解释了几句，"早先我干过警察，后来犯了点儿错误就被除名了。最近帮一个朋友打理她父亲留下的业务，想来和你聊聊。"

"是孙咛叫你来的？"王海欣说话声音很低，语速缓慢。李伟从口袋里取了根烟却并未点着："对，我想和你聊聊孙玓霖的事。"

"我都和警察交代过了。"王海欣说着拿起筷子慢条斯理地吃起饭来。李伟看了她了一阵才笑道:"我说了我不是警察,聊的事也和案情无关。"

"那你想问什么?"王海欣停止咀嚼,抬起头紧紧地盯着李伟问。李伟哂笑半晌,颔首道:"那就谢谢了,我就是想和你聊聊孙玙霖的事。要不然先从苗杰谈起?"

"苗杰?"王海欣冷笑一声,"没啥新鲜的,该说的都说了。我就是利用他从孙玙霖那儿拿钱,然后骗他一块儿去俄罗斯。不过杀他是八喜的主意,人也是他找的。"

"我说了和案情无关。"李伟说完抽了几口烟,问道,"你和孙玙霖也认识挺长时间了吧,你觉得他是个怎样的人?"

"他是个好人。"王海欣很快就回答了李伟的问题,"他人很好,不过有点儿迂腐。"

"迂腐?"

"对,他一直相信林罗是他的朋友,所以对方骑在他头上,他也不敢说什么。依我看那仨人都是附在君林公司的吸血鬼。说是疏通关系做顾问,其实就是拿着高薪不干活儿。"

"那孙玙霖就不知道这些?"

"他当然知道,可他不敢惹他们,甚至还相信他们能帮他。不仅如此,林罗几个人每周都带着孙玙霖打牌,说是打牌,其实就是赚他们自己的生活费,然后把孙玙霖的钱装进自己的口袋里。"

"孙玙霖是不是有什么把柄在他们手里?"

"据我所知没有。"

"那他为什么不敢惹这几个人,凭他的关系人脉不至于害怕成这样吧?"李伟不解地问道。王海欣这时候已经吃得差不多了,忽然向李伟伸出手来:"给我来根烟。"

李伟转头看了眼监控,然后走到王海欣面前点了根烟给她。王海欣抽了一口,边喷云吐雾边说道:"依我看是习惯,你知道被人欺负习惯是什么状态吗？几十年如一日，让他看到这仨人就和见到瘟神一样。"说到这儿，她看了一眼李伟，又道，"我小学二年级的时候和一个外班的男孩儿打过架，让人打得满地打滚。也就是从那时候起，我一见到他就感觉自己浑身发抖，虽然他给我道了歉，并且我们言归于好，但我还是害怕。直到前几年我在大街上见到他，仍然感觉得到自己心底冷森森的惧意。"

屋子里空荡荡的，只有王海欣清脆的声音在房间里回荡："不怕你笑话，那会儿他要是过来把我强奸了，我估计我都不敢反抗。你知道这叫什么？对人的惯性恐惧。我知道这一点，所以我才能看清楚孙玓霖对林罗的感觉，他从小被他们欺负怕了，根本不敢反抗。就像狼入羊群一样，是一种个体的类羊群效应。也许某一天爆发了就会很激烈，像火山一样，只不过在没有爆发之前还是沉寂，那种冷漠得可怜的静寂。"

"王小姐不愧是一本院校的高才生，连我这个做过警察的人都自愧不如。"李伟感慨地说道，"你认为孙玓霖的心底就是因为有这种深层次的恐惧，才致使他不敢有反抗精神？"

王海欣很快抽完了烟，又伸手和李伟要了一根："没错。如果他不是为了留点儿钱给他女儿，我估计他也不会提出用安眠药的这个计划。"

"这件事是他提出来的？"

"对，有一次我们俩在一起之后，他问我怎么才能留点儿钱给他女儿。他说这话的时候，我感觉那是他的无心之言，但却也真正出自肺腑。我知道他是在害怕整个公司将来都会被那三个吸血鬼吸干了，就说你每个星期打牌都输那么多钱，把那些钱留下来一次也够你女儿结婚之前用了。"

"然后呢？"

"后来他没说话，过了很久才说让我找点儿安眠药，他会找个人做这件事，之后就找来了苗杰。其实开始我没想过要弄这些钱，只是八喜听说以后很高兴，让我……接近苗杰，想办法弄死孙玓霖，把钱搞到手，还说到时候让苗杰给我们背黑锅，大不了出了事由他搞定。"

"你就答应了？"

"我也是被钱冲昏了头脑。听孙玓霖说每次都输近百万，便琢磨着这事可行，谁知道只有七十四万，而且还出了纰漏。"说到这里，王海欣真情流露，眼圈竟然有些红润，"其实孙玓霖对我不错，每次在一起的时候都尽所能给我不少好处。"

李伟听她说到这儿，忽然想起了什么："对了，说起这个我还想问你个问题，要是不好回答，你有权拒绝。"

"说吧。"王海欣平静自然地回答。

"我听说孙玓霖那方面有点儿问题，是不是真的？"

王海欣嫣然一笑，笑容中包含了诸多含意："没错，一般情况下他没那个能力，只能……不过……"她似乎有些踌躇，略沉吟才道，"偶尔也有，但情况很少。"

"能说说什么情况吗？"

"有两次，或是三次，他出去和别人喝酒，然后突然半夜打给我，说让我去宾馆等他，不能开灯。接着喝得醉醺醺的他冲进房间，完事就走，每到这个时候他都行。后来我问过他，他说他自己酒后在黑暗中有时候会行。"

"他这方面是天生的？"

"好像不是，他说是小学六年级在老家被人误伤的，之后才转学到塞北市的。"

"孙玓霖老家在什么地方？"

"东平市三桥县小江京镇，不过我没去过。"

李伟把这些都记到笔记本上，抬起头疑惑地说道："我知道孙玓霖是在初中以后才认识林罗他们的，但他为什么会有你说的那个什么惯性恐惧呢？纵使他现在想摆脱林罗也不成问题啊！"

王海欣叹了口气，幽幽地说道："你还是不懂孙玓霖啊。一个从小被人打残废的孩子到了新学校，能不被人欺负？林罗他们开始充满功利性地帮助他就是为了利用他去追女生。据说他小时候长得很清秀，非常受女生欢迎。后来孙玓霖上了高中，成绩一直很好，我想是不是林罗这些人看中了孙玓霖的潜力？要说看人的眼光，常混社会的林罗比一般人成熟而且毒辣。"

"你看人也很毒辣啊！"李伟笑道。

"我差远了，只是了解孙玓霖比你们多，我甚至比林秀玫更懂他。"

"为什么？"

"因为他爱我啊，否则我为什么去花心思弄明白一个不爱我的人？"听她这么说，李伟笑了："这么说，孙玓霖是因为喜欢你才让你去君林物流的？"

"对啊，我们是在酒会上认识的，之后他就要了我的电话。其实我去君林公司也是帮他的忙，因为我是他这边的人啊。"

李伟看了看笔记本，又问道："孙玓霖有抑郁症你知道不？他在东站那儿的房子你去过没有？"

"知道。去过几次。"看李伟还瞪着眼睛，她补充道，"通过我们刚才的谈话，你觉得他有抑郁症还很难理解吗？听说北京开奥运会那年，西宁市召开全国物流系统的工作会议，孙玓霖去开会的时候出了车祸，住了近一年的医院，后来还去韩国做了整容手术。回来以后，他就有了抑郁症，不知道和车祸有没有关系。至于那个房子，我之前去过几次，后来听说是租给什么亲戚了。"

"我怎么听说他自己经常过去住？"

"林秀玫老家有亲戚，也不是姑姑还是姨姨来着，所以她经常回去。不过孙玓霖说他不喜欢那个地方，就很少跟林秀玫一起回去。每次林秀玫一走，孙玓霖就去东站住，说那个地方他从小住惯了，安静。我有时候也去陪他，但大多时候是他自己住。后来租出去以后，估计他是回去看亲戚吧？"

"孙玓霖老家还有没有亲人，你知道不知道？"

"好像没了吧？他很少提那时候的事，好像也不太愿意提。"李伟沉吟片刻，站起身来向王海欣致谢，"我没事了，太感谢你了。"

"没什么，谢谢你请我吃饭。"

"如果有什么需要我做的可以让王队长找我。"李伟说完站起身离开，出来时，他轻轻地关上了羁押室的大门。

第七章

1

　　小江京镇地处塞外边陲，虽然紧邻省道却有三面被燕山山脉包裹，自古就是个容易被遗忘的地方。由于这里无论是距离四十公里外的三桥县城，还是更远的东平市，都只有一条路可走，故而时间久了，这里倒真成了东平市另类之所，除了能独享清宁之外，还多少有些陶渊明笔记下"不知有汉，无论魏晋"的桃花源味道。

　　七月中旬，当大江南北的多半个中国都在"水深火热"中挣扎的时候，小江京镇却正惬意地在群山环绕中拥有一份得天独厚的清凉。镇上不通火车，唯一的汽车站就设在已至尽头的省道边上，每天有几趟车去往三桥县城。穿过汽车站就是所谓的"镇步行街"，两三百米的街道两侧鳞次栉比地挤满了高低错落的各式平房、二层小楼，甚至是中西合璧的洋楼风格底商，只是生意却大多萧索，除了赶集，平常难以聚拢太多的人气。

　　下午三点，镇上的居民们仿佛才都刚刚从集体午睡中醒来，懒洋洋地唤醒家人、宠物，慢慢悠悠地绕着步行街闲逛，让人不禁怀疑这些人是不是真有什么目的或只是单纯地遛狗。班海这时候也刚照例支开逍遥椅，坐在自家"鸿福烟酒"店前的太阳伞下边喝茶边望着人群发呆。对于这种千头一面的生活，班海其实感到乏味极了，平淡得提不起精神来，恨不得出点儿什么事调剂一下才好。可如果让他自己放弃一切离开小江京，恐怕他永远不敢也不会跨出那一步。

正在班海胡思乱想之时，一辆由省道开来、漆着红白保险公司标志的捷达轿车停在了路对面。接着，一个戴着墨镜的青年男子跳下汽车，手里提了个仿牛皮的大笔记本向班海这边橐橐而来。望着那辆挂着外地车牌的汽车，班海心里琢磨着这人八成是冲自己来的，只是来意猜不清爽。此时男子已至他的面前，晒得黝黑黝黑的脸上油光锃亮，像个野外工作者般散发着健康的古铜色。

"您是班海吧？"男子低下头，很客气地问道。班海见状连忙起身相迎，笑道："对，你是？"

"我是塞北市三泰保险公司的事故稽查员张勇，这是我的名片。"张勇言讫取出名片，又拉过一把椅子在他对面坐下，始述来意，"我今天来找您是有件事想和您聊聊，与您个人无关，但我希望能得到您的帮助。"

听说和自己无关，班海一直吊起的心终于放下，紧闭的话匣子也哗啦一下子就打开了，他大包大揽地笑道："哦，有什么事你说吧，我言无不尽。"

"您认识孙玓霖吗？"张勇从口袋中摸出烟，拆开了，递给班海一根，"他应该是您小学同学。"

班海接过烟先是愣了一阵，直到听张勇说起"小学同学"几个字时才豁然开朗："哦……哦……对，你说他呀，没错，是我小学同学，不过我们好多年都没有来往了，他出事了？"

"对，他前一阵出了点儿意外，涉及我们保险赔付这块儿，所以我想找几个他当年的同学聊聊。"张勇边说边摊开笔记本，看样子是想记录点儿什么东西。班海闻听此言一阵晒笑，说道："他是不是自杀了？我可知道在你们保险公司购买保险三年内自杀不给赔付，也就是说他早就买了对吧？"

张勇可能被班海的话勾起了兴趣，默默地吸了两口烟说："我可什么都没说，您怎么就这么肯定孙玓霖自杀了呢？"

"哎，凭我对他的了解，这还用说吗？要不是他自杀了，你巴巴地跑好几百公里来这儿干什么？我告诉你，你问我就问对人了，我对孙玓霖的了解那可不是一般的多。"

"为什么？"张勇似乎感到很奇怪。

"这事还得从头说起。"班海端起茶壶给张勇倒了杯茶，然后回屋又端了盘干果放到桌上，方半眯着眼睛回忆起来，"孙玓霖和我小学一个班，那时候他长得挺清秀的，像个女孩儿。我们班主任是个姓赵的老头儿，当时有五十多岁，据说几十年前受过点罪，死了儿子折了妹妹。所以对我们学生特别严厉，甚至厉害得有点儿过头，尤其是对孙玓霖。我记得当时我们要是不完成作业最多是罚站，可孙玓霖要是没完成作业，他就咬牙切齿地冲到他面前，揪着他的耳朵大声问他：'你昨天吃屎去了？'语气特别地冲，我在旁边听着都感觉震耳朵。"

"这是经常发生的事情吗？"

"经常，可能说的词不太一样，但都不好听，什么骂孙玓霖'八扛子压不出一个屁''老天爷白给你披了张人皮''就你这成绩扎茅坑里得了'啥的，而且姓赵的老头儿揪他耳朵也特别狠，每次都揪得挺红，甚至有几次还揪破了流了血。他对其他学生也不太好，但对孙玓霖尤其差。我们也许是当时比较小的原因，也没考虑过这是为什么。那个时候老师打骂学生也不是特稀罕的事，哪儿像现在学生都金贵着呢！"

"孙玓霖的成绩怎么样？"

"不太好，所以，以赵老师为首的一帮老师对他都不太好。由于他比较内向，所以别的孩子都欺负他，欺负得还挺厉害，不仅是在学校，在外面也是一样。我记得每天放学都是他最后一个留下做卫生，从二年级到六年级，天天都是他一个人做，每天早上生炉子的也是他。"

"你们不分组值日吗？"

"分啊，我们分组就是拖拖地、扫扫地啥的，生炉子和放学的卫生他一个人包了六年，没人管。开始有几次他起晚了，赵老师就让他在外面站一上午，把一天的卫生都包了，以后他就都没晚过。"

"他也没有向学校反映过这事？"张勇奇怪地问道。班海默默地摇了摇头，吐了个烟圈儿："一来，那时候的学生不敢；二来，赵老师他二哥就是校长，他能和谁说？况且校长绝不会向着孙玓霖。因为我们有一回下体育课，偶然听到赵老师和他二哥在办公室聊天，校长就说：'教训教训得了，也别太过分，别让人看出来'……好多人都听见了，你说孙玓霖敢去告状？"

"他家里的情况呢？"

"他家里有一个爷爷、一个奶奶，奶奶长年瘫痪在床。他爷爷打零工维持生计。听说他爹在几十年前就被人打死了，他妈之后就跑了。"班海说着想了想，又道，"镇上没人和他好，一放学他就是被人欺负的对象，像赵老师孙子也是我们年级的，就经常带着孩子们欺负他。让孙玓霖当马给人骑，让他吃狗屎，趴地下撕他的书。"

"我经常看见孙玓霖自个儿在背人的地方偷偷地哭，哭得眼睛和桃儿似的。那时候我在班里多少有些声望，有时候多少护着他点儿，孙玓霖后来和我关系一直不错。虽然这样，他的性格还是有点儿那个……你明白我的意思吧？所以我猜他是自杀，因为从小养成的这种性格嘛，遇事想不开。"

"那孙玓霖后来转学是在小学毕业以后？"

"我们小江京镇地理位置比较偏僻，你看现在有条省道经过，但当时就有一条小路，没几辆车。所以镇小学的孩子们大都是上镇中学，有条件的家庭才把孩子弄到县里上初中。孙玓霖家没这个条件，他和我们一样上的是镇中学，虽然他从小被人欺负到大，但有我在他后来就好多了，估计他也是习惯了。转学嘛，我记得原因是两条，其中他被人打伤是起因。"

"被谁打伤？"

"赵军军呗，就是赵老师的孙子。说起来，赵老师的小儿子也是几十年前死的，具体原因我们不清楚，就留下了这么一个根儿，所以有点儿娇生惯养。出事那天我不在，听人说是赵军军找孙玓霖要钱引起的。当时是初一下半学期开学，学生们都带着学费，赵军军就带人和孙玓霖要，孙玓霖不给，就打起来了。后来可能孙玓霖实在给打急了，就从路边抄起块砖头砸在了赵军军脑袋上，赵军军就被开了瓢。和赵军军一块儿来的孩子们就不干了，一拥而上，打得孙玓霖浑身是血。"

"附近没人注意到这事儿？"看张勇的意思可能是觉得学校应该干涉一下。

班海则苦笑着摇了摇头："开始没有，后来有人看闹大了才报的警。派出所来人把俩孩子都送到镇卫生院，但卫生院的牛院长说孙玓霖伤得太重，不接。他爷爷和工友们就张罗着把他送到了县里，听说他伤得挺重的，而且下身被赵军军打坏了。你想当时赵军军头上有伤，下手能轻吗？为这事，赵老师专门给孙玓霖他爷爷赔礼道歉，还赔了不少钱，这也是赵老师他们第一次给孙家道歉，后来他爷爷就没再起诉。可我听说孙玓霖这辈子都没有生育能力了，让人打残废了。"

"你听谁说的？"张勇问道。

"我们班宋婷婷的三姐嫁到县里了，她姐夫是县医院的大夫，这事我们都是听宋婷婷说的。后来镇里人也说起过，应该没错。人这辈子这事其实挺有意思，就像咱们小时候学的课文中说的：'塞翁失马，焉知非福。'这事过去以后，赵军军这伙人竟然再也没有欺负过孙玓霖，也算是好事吧。虽然平时他们还是一块儿上学、放学，但有点儿井水不犯河水的意思。其他人欺负他，他们也不管。"

"那孙玓霖的情况没好点儿？"

班海又点根烟，喝着水摇摇头："没好多少，该做的卫生还得做，该挨的打还得挨。镇上的孩子们认识赵军军的都有意无意地想给他报仇，赵家人缘好啊。不认识的都是柿子拣软的捏，见你好欺负，还不占点儿便宜？有一次，应该是孙玓霖伤好后上学不久，几个在校门口抽烟的混混儿拿他找乐子，扒了他的裤子，让他光着下身在操场上跑圈。我那天写作业出来晚了，眼瞅着孙玓霖边哭边跑。天黑了，可周围、远处还是有经过的人。你说都在镇上住，谁不认识谁？可就是没人管。后来还是我去学校找人，体育老师出来把他们赶跑了。"

"那几个孩子不是你们学校的？"

"是，比我们高两个年级。第二天孙玓霖去赵老师那儿告状，赵老师说那几个孩子当时都在家，还怪孙玓霖招惹了不三不四的人，这事也就这么不了了之了。孙玓霖家也没能力再纠缠下去，要不是第二件事的发生，我估计他们都不会搬家。"

"什么事？"可能是看到班海说得越来越严肃，张勇很好奇地问道。班海又点了根烟，看了看天上悠然飘过的白云，凝重地说道："孙玓霖的妹妹死了。"

张勇显然不知道孙玓霖还有个妹妹，听到这里吃惊地望着班海，脸上写满了深沉和惊讶。

2

听班海说起孙玓霖的妹妹已死，张勇眉棱骨下意识地抖动了一下，紧紧盯着班海翕动的双唇，好像生怕听漏了一个字。班海则一口喝干杯里的茶，抹着嘴唇惨笑道："这事是我们上初一那年发生的，正好是冬天。我记得那天晚上特别的冷，一出门就能感觉到风像刀子一样往骨头缝儿里钻。那时候晚上没啥娱乐活动，整个镇上有电视的人家也没几户。所以天一黑，我们就躺下睡了，我磨着我爹给我讲几个聊斋里的故事，正迷迷糊糊地刚睡着，就听见有人砸门，声音那一个大呀，我躺床上好像都能感觉到地在颤动。

我爹没好气地喊了声谁，让他轻点儿砸。就听门外传来孙玓霖的爷爷孙老汉的声音："班大兄弟，班大兄弟，快救救宁宁吧，宁宁肚子疼得打滚……"

"你等一下。"班海说到这里时被张勇打断了，他有些不耐烦地皱起眉头，就听张勇问道："孙玓霖的妹妹叫宁宁？"

"小名小宁宁，大名叫孙玉梅。"

"哦，不好意思，你继续吧。"张勇脸上闪过一道怪异的表情，在笔记本上记了一句什么。班海喘了口粗气，继续说道："我爹一听就蹦起来了，披上衣服就往外跑。后来我听他说孙老汉当晚连敲了九户邻居的门，只有我家给他开了。其实他们家和我们家离得挺远，中间隔着作家王教授、赵老师、镇设计局的李工程师等三四户呢。"

"后来呢？"

"我爹回来的时候已经是第二天早上了，神色不太好，显得挺累。我娘问起来，他才告诉我们，当天晚上镇卫生院值班的是刚分配过来不久的年轻大夫宋医生，她是作家王教授的儿媳妇。她说宁宁病得不轻，让转院。只给开了张条子，喂了孩子两片止疼片。我爹想让她把院长牛大夫找来看看，她说牛大夫当天可能回县城了，家里没人。"

"镇里的人经常往县城跑吗？"张勇阴沉着脸问道。

"我不知道，那天是周三，据说牛大夫只有周六才回在县城的家。不过也难说，兴许那天人家真的有事呢？"说完这句话，班海又点了根烟，默默地抽了一阵，"我爹和孙老汉听说牛大夫不在，就张罗着找车送宁宁去县医院。你想那时候都着急啊，谁会琢磨宋大夫说的话的真假。当时只有镇政府和派出所有汽车，可他们去了后都扑了个空，派出所的车不在。镇政府看门的老头儿打了好几个电话也没找到领导，我爹一看时间不等人，只好和孙老汉去煤铺套了辆马车，赶了四十多公里夜路把宁宁送到了县医院。"

"怎么样？"张勇问。

"在路上人就不行了。是急性阑尾炎，病得急，又没处理，到县医院都穿孔了。再加上这孩子平时体质就不好，当晚就死了。孙玓霖和她妹妹关系最好，我听说他整整哭了一天一夜，还大病了一场。后来有好长一段时间，他家经常就有人整夜地哭，半个镇都能听见。"

说到这里，班海可能意识到话题有些沉重，叹了口气后有意放松一些，遂笑道："都二三十年过去了，估计这孩子早投胎了。"

"后来怎么样？"

"孙玙霖休了一学期，这期间他奶奶死了，估计也是想孙女想的。出殡那天我爹带着几个人去了，听说冷清清的，就孙玙霖和孙老汉两个人。守着殡仪馆门口的孙玙霖抱着骨灰盒，爷儿俩都和雕像一样。这以后没几天他们就搬走了，走得悄无声息的。镇上也没什么人关心这事，就好像这家人从来没出现过一样，默契的连在街上闲聊的大妈们都不提。你说石头掉水里还能起个水波呢，可这走了一家人连个水波都没有。"

张勇像石头一样望着天空飘过的白云，良久无语，直到香烟燃尽才幡然醒来，把烟头扔到地上，又点了一根，默默地抽着。班海陪着他一杯接一杯地喝水，也不想再说什么。约莫半个小时，才见张勇合上笔记本准备要走。

"怎么了？"班海问道。

"没什么，我得走了。"张勇喃喃地说道。

班海拧着头往步行街里面看了看，忽然扭过头问张勇想不想去赵老师家坐坐。正站起身的张勇本已迈出的腿蓦地停住了，疑问写满了面孔："他还在这儿住？"

"和大儿子一家住，快八十岁了，身体还不错呢。"张勇说着往北边指了指，"你看那边第一条胡同没，最里面就是他家。"

"你们熟吗？"

"我们这个年纪还在镇上住的人有一半都是他的学生，也谈不上熟不熟的，平时遇到了也还会打招呼。你既然想弄明白孙玙霖的事，他其实是个绕不过去的人物。"他想了想，又补充道，"一会儿你也别走，我给你找几个朋友，咱们晚上坐坐，他们都是孙玙霖的同学。你要是运气好碰到老马也在的话，没准儿还能知道点儿我不知道的消息呢。"

"老马是谁？"

"我们一个同学，自己开了个公司在塞北做医疗器械生意。他爹娘还在这儿住，所以他经常回来。孙玓霖后来当上大老板的事，我们就是听他说的。"说完班海从口袋里拿出手机拨了个电话，之后喜笑颜开地告诉张勇，"你运气真好，老马正好在。一会儿晚上就别走了，我请你喝酒，咱们好好聊聊。"

张勇笑了笑没说话，班海便拉着他先去找赵老师。于是两个人步行十多分钟，来到一片古香古色的院落前站住了脚，班海给张勇介绍说，这是小江京镇最古老的房子，据说清朝中期就建成了，俗称"赵家大院"，是赵家先祖点了翰林后盖的，从前还有门楼牌坊，几十年前被孙玓霖他爸孙卫军带人给砸了。

说着话他们已经进了赵家，正遇到在门口拣菜的赵家大儿媳妇，她五十岁出头的样子。听班海说要见老爷子，便领着他们来到里屋，张勇也终于见到了班海口中的这位赵老师。

见班海进屋，正在书房挥墨丹青的赵老师停笔相迎，目光落在张勇身上时微微一顿，继而笑着点了点头："小班，你怎么来了？"

"赵老师，画什么呢？"班海说着拉过张勇，"这位是塞北市保险公司的张经理，想来和您聊聊您过去的学生孙玓霖，他最近出事了。"

听到班海提到孙玓霖的名字，本来满面堆笑的赵老师突然僵立当场，刚才还颇为舒缓的神色立时变得严肃起来。虽然年近耄耋，可赵老师的目光仍然犀利，矍铄的精神头中带着些许凄苦："哦，他出什么事了？"

张勇见此情景也再不好哑声，只得上前一步说道："他死了，死亡原因正在调查……"

"肯定是自杀了呗，那还用说？"班海大大咧咧地坐到赵老师对面，指着张勇道，"要不然保险公司来干啥？他们就是通过这个人的性格、生平做出判断，再决定要不要理赔，看这意思，孙玓霖买了不少钱的保险呢。"

"他有钱，有什么不能干的。"赵老师淡淡地坐下，让大儿媳妇给他递水，听过张勇简述来意后沉吟片刻，才说道，"我教过的孩子太多了，这镇上大多数人都是我的学生。你要马上问我谁是谁，我还真不一定能记得住。这孙玓霖当时好像是一个挺老实的孩子，就是心眼儿挺多，不太学好。那时候我也没少下功夫说他，甚至给他开小灶单独补课也不是没有过。我们那会儿的老师都负责任，哪里像现在的老师吃拿卡要，连过个教师节都变着法儿和家长要钱……"

"赵老师……"张勇小声打断了赵老师如梦似幻的絮叨，很谨慎地问道，"您知道孙玓霖的家庭情况吗？"

"家庭情况？"赵老师愣了一下，似乎要想一想才能回答，"他爷爷奶奶都是贫农，别的就不知道了。"

"那你还对孙玓霖有其他印象吗？"

"印象不深，你知道我教的学生实在太多了。"不知道是不愿回忆，还是的确记不起来了，赵老师提起孙玓霖的时候总是给人以顾左右而言他的感觉，翻来覆去地说只知道他后来发了财，至于当年的事一概不知，好像在他的记忆中和孙玓霖有关的那一段内容突然间凭空消失了一样。

"赵老师，孙玓霖当年还有个妹妹叫孙玉梅，在咱们学校育红班念过中班，得阑尾炎死的那个，你不记得了？"班海也替赵老师着急，一个劲儿地给他提醒。

"是吗？"赵老师歪着头想了很久，惭愧地笑道，"老了，不中用了。"说着，他颤颤巍巍地起身要给张勇他们续水，被张勇婉拒了，接着，他们就又听他道，"不想啦，我也没几天好活了，以前的事就让它过去吧。你们一会儿在这儿吃饭？"

"不，我还得回塞北。"张勇起身告辞，随着班海回到烟摊的时候，已是夕阳踯躅。太阳伞下有三个中年壮汉正对坐着互相吹牛，见他二人回来立即大笑着挥手示意。班海知道张勇在赵老师那儿挺失望，便拉过老马来给他介绍。

"我说张经理，这位就是老马，他可是真有料儿的人。"

张勇淡淡地点了点头，简单地寒暄后拿出车钥匙就想离开，看样子他似乎对老马并未在意。这下经常被同志们暴刷存在感的老马脸上有些挂不住了，突然起身在张勇耳边说了一句话。

也就是一瞬间，张勇的脸色立时变得紧张起来："你不是开玩笑吧？"

他死死地盯着老马，好像对方能突然消失一样。

"真的，不信，一会儿喝两杯，我和你细说。"老马得意地说道。

"行，我请。"张勇本已拿起的仿牛皮日记本又放回桌上，慢慢地坐了下去，面孔中充斥着极度的渴望。

3

吃饭的时候，班海拉着几个朋友给张勇分别做了介绍，哥儿几个开怀畅饮，显得好不热闹。其实就班海本人来说，孙玓霖的事对他来说毫无吸引力，无论孙玓霖的死因是什么都和他无关，更何况他们已经二十多年没有见过面了，能谈得上什么感情？只是张勇的到来能给他本已乏味至极的生活增添一点儿乐趣，有个理由和媳妇告假宿醉却已是极好的事情了。

班海这哥儿仨都是酒腻子，不用别人灌就能把自己喝多了。所以一开席老马就红光满面地站起来和班海拼酒，把刚才对张勇的许诺都扔到了脑后。直到张勇又提起孙玓霖时，几个人才想起这位来自塞北市的保险公司经理是来调查案情的，于是这才把主题引到正轨上。

老马先说话了，他端着杯子声若洪钟："张经理，咱们干了这一杯，我给你爆干料。我告诉你，我们家以前就在孙玓霖家后巷，厨房的窗户对着窗户，连放屁声都能听见。"说着话，他和张勇喝了杯酒，抹着嘴唇继续说道，"我小学时，是和孙玓霖、班海一个班，而且我们两家是世交。我听说以前孙玓霖家的条件还不错，是外来户，虽然穷点儿，但大多数人那时候都不富裕，所以小镇上每户也处得挺好。像我们家、孙家、赵老师家、王教授家的孩子们都是从小互相瞅着长起来的，谁家包顿饺子、炸几个江米面油炸糕都互相送点儿。"

张勇听得可能有些迷糊，疑惑地看了班海一眼问道："你说的这是什么时候的事？"

"应该是我们出生之前，解放以后不久，孙玓霖他爸爸孙卫军小的时候。那会儿孙玓霖他爸还不叫孙卫军，叫孙洪军，卫军是后来改的。赵老师家只有两个孩子，就是赵老师和他妹妹，赵老师叫赵海罗，他妹妹叫赵辰辰，他比他妹妹大九岁。他是在十八岁那年，也就是后来那个著名的摩纳哥王妃结婚的第二年，从中专毕业分配到小江京镇中心小学教书的。后来困难时期家家户户都吃不饱饭，赵辰辰和孙卫军还有我爸都是一个年级的，互相帮衬着才渡过了难关。而且赵辰辰和孙卫军初中毕业以后还好过一阵儿。"

"这么说以前他们几家关系都不错？"

老马点了点头，喝了口酒道："我听我爸爸说困难时期家家都难，就赵老师他妈在镇机关食堂工作，可能有点儿富裕粮食。所以，刚工作的赵老师把我们家、他们家、老孙家，一共十多口人接到他家吃饭，当时大伙在一起整整吃了一年半，你说这得多好的关系？"

"还有这种事？"

"对啊，要不然为啥后来孙卫军和赵辰辰好了，两家人谁都没反对？听说……"

"听说什么？"

"听说赵辰辰死的时候肚子里都有了。"

张勇闻言脸色微变，眉头紧锁地问道："你没搞错吧？"

"这事不光我知道，他们都知道。"老马说着往班海等人身上一指。

班海见张勇面带困惑，遂应道："咱们不是说孙玓霖的事吗？他爸爸那代人我就没提，而且我也知道得不多。反正孙卫军和赵辰辰的事，倒是镇上一大半人家都清楚，我们这代也是听老人说的。"

"那后来两家缘何交恶？赵辰辰又是怎么死的？"当张勇抛出这个问题的时候，老马等人立时变得扭捏起来，或支支吾吾，或语焉不详，直到班海见气氛有些尴尬了，忙出来圆场："孙卫军的事情，我们真知道得不多，张经理要想知道还得问亲身经历过的人，现在最能说清楚这事的，我估计除了赵老师就是于博士了，你有条件可以找找他。"

"于博士是谁？"

"我们小江京镇出来的老教授，叫于惠海，今年也有七十多岁了吧？不过他这几年一直在他姑娘那儿住，他姑娘现在在北京，所以他现在回来的时候也少。"班海说道。

张勇点了点头，问起于博士的其他事情时，几个人却都想不出什么，老马皱着眉头想了半天说："要是我们家老爷子在就好了，这事他都门儿清啊。"

"您父亲怎么称呼？"

"我爸爸叫马顾城，北京开亚运会那年就去世了。"老马抬起酒杯喝了一口，忽然抬起头问张勇，"你怎么不问我刚才和你说的那事？"

张勇一愣，继而点了点头笑道："光顾说孙玓霖他爸爸的事了，这事你听谁说的？"

"怎么你不相信啊？"老马涨红着脸，似乎对张勇的怀疑有些愤怒，"我在塞北市做医疗器械的生意，马宇姚他妻妹正好在中德友谊医院上班，我们处得还不错，我是听她说的。"说到和马宇姚妻妹关系的时候，老马暗红的脸上蓦地多出几分得意，班海在边儿上暗暗一笑，心里说，就知道他们的关系不一般。

张勇可能也注意到了老马的神态，淡淡地点了点头鼓励他："你继续说。"

老马吃了两口菜，抹着油乎乎的嘴道："孙玓霖那方面不行，林罗这帮人和他关系又近，况且孙玓霖他媳妇长得还挺好，你说谁不近水楼台呢？"

"你刚才和我说你知道林罗的艳遇就是指她？"

"不光是她，我听说林罗和孙玓霖的前妻也有一腿，但具体细节或孰真孰伪就说不清楚了。"老马说完这番话又停下想了想，继续说道，"你知道他们怎么认识的不？"

"谁？"

"孙玓霖和林罗他们哥儿几个？"

"你说说。"

"我告诉你啊，这个孙玓霖也不是一般人。我听马宇姚他妻妹说，孙玓霖刚转到他们学校的时候长得和女孩儿一样，长得清秀，人又老实，经常被人欺负……"说到这儿，他打了个嗝儿，停顿几秒钟方道，"当时他们三十九中最牛×的人就是'大霸王'林罗，和赵津书、马宇姚号称'三害'，他们看见孙玓霖也时不时欺负他。那会儿三十九中有个漂亮的女生是校花，家里条件好，父亲是检察院的头儿，没人能动。林罗当时一直在追这个女孩儿，但就是追不上，当然他也不敢硬来。后来有一天晚上，林罗他们仨人在学校门口的小卖铺喝酒，孙玓霖突然进去和林罗说：'我能帮你联系上刘倩。'刘倩就是那个校花。孙玓霖的话把林罗哥儿几个吓了一跳。好在后来孙玓霖还真帮上了这个忙，不过后来刘倩还是和林罗分手了。"

张勇就坐在班海身边，他伸头往张勇座上瞅了一眼，看到他本子上密密麻麻地写满了东西，最后一条是"刘倩"两个字。这时候跟他们一块儿来的唯一瘦高个儿，也就是班海的发小杜秉龙说话了："孙玓霖和咱们一个年级，人家小时候尿，后来却发了财，自然很多人都气不过。上次同学聚会就有人说孙玓霖都能这么有钱，咱们混得还不如他。当时就有人说了一句话，把先前那人噎得够呛。"

"说什么了？"

"孙玓霖能给林罗当狗，你行吗？"杜秉龙压低了嗓子，故意摆出一副正经八百的表情。继而又道，"其实他们都错了，我觉得孙玓霖是想在林罗那儿找点儿温暖，找点儿家的感觉。或者……"他夹了片酱牛肉放到嘴里，含混不清地说道，"力量！一种可以安慰他自己的力量。"

"看不出杜哥内秀，不鸣则已，一鸣惊人啊，来，我敬你一杯。"张勇说着端起杯子给杜秉龙敬酒。杜秉龙笑着指了指班海说道："小学时候班子也牛×着呢，带着我们几个人也号称班上的'二王'。当时孙玓霖就跟班子示好呀，他俩考试前后桌，孙玓霖就主动把试卷给班子抄，闹得有一阵班子也排前几名……"

杜秉龙说到这儿，班海可能觉得没意思，笑着过去拦他，杜秉龙一推他，继续说："后来赵军军放学拦着孙玓霖，非要骑着孙玓霖回家。当时咱们班哥就在孙玓霖身边啊，带着两个兄弟就那么看着赵军军一伙人，他们二话没说，吓得扭头就跑了。"

"扯淡吧'杜驴'，我怎么没记着有这种事？"班海黑着脸说道。

"你占了便宜当然不记得，这也是为啥孙玓霖到哪儿都想找靠山的原因。那个林罗不是啥好鸟，只是有点儿关系能帮忙。我听说刚去塞北三十九中的时候，孙玓霖还想和社会上的人有来往，只不过后来被他爷爷拦住了。"

说起孙玓霖的爷爷，张勇又在本子上记了点儿什么，然后问他们，有谁知道他后来的情况，这时候一直在边儿上默不作声的肖维城说话了："老孙头家穷，山西来的，做过工人，有一阵儿被遣返回山西，后来第二次回来就在镇上做篾匠，老来得子，就孙卫军一个孩子。后来老孙头到塞北市以后，听说去了什么轻工局下属的一个毛纺厂工作，没几年就得癌症死了。那会儿孙玓霖还没上高中呢，幸亏厂里的邻居看他可怜，给老孙头评了个什么先进，他分了笔钱，一直到大学毕业。"

"哦，这么说孙玓霖也没什么背景。"

"他要是有背景的话，同学们还能不服气？也就是林罗太不争气，要不然真轮不到他。"杜秉龙说道。

"我爸爸说那些年论成分出身，老孙一家是全镇最红的家庭，根红苗正。要不然为啥孙卫军那么猖狂呢？拿出身当借口，整个儿就是一个神经病拉了一群神经病在特殊时代做翻身梦的故事。"可能是喝酒的原因，杜秉龙说话亦有些口无遮拦起来。

班海正想找个什么借口阻止杜秉龙的时候，张勇放在桌上的手机响了，他歪头瞅了一眼，发现来电竟然是"李曙光"，不禁一怔：李曙光不是塞北市著名的精神病专家吗？难道这张经理还和他们有业务往来？

电话里，张勇的表情蓦然变得严肃起来："好的，我马上到。"说完再也顾不上与他同桌吃饭的三个人，匆匆道歉后转身离席，好像发生了十万火急的事情一般。

"班哥，这哥们儿真是保险公司的吗？"肖维城看着张勇离开问道，"我可认识塞北市这个保险公司的人，没见过他。"

"什么意思？"

"你说他不会是精神病院跑出来的神经病吧？我听说私立医院管得不是特别严。"肖维城忧心忡忡地说道。

第八章

1

　　星期天，难得姑娘、儿子两家都要来吃饭，李大妈老两口儿早早就张罗上了。想到孙子、外孙都爱吃饺子，李大妈特意买了韭菜、虾仁准备回家包三鲜馅儿饺子。她提着东西从超市出来又换了一趟公交车，还没到家的时候就已经累出了一身汗。眼瞅着离七月份还有一个星期，天气却已和往年三伏天一样炎热。路过小区门前的时候，保安室新来的河北小保安叫住了李大妈。

　　"李大娘，有个人找你。"这孩子来塞北市时间不长，普通话说得不太标准，还带着浓浓的老家味儿。李大妈抬头看了一眼，就见一个身材高挑的小伙子已经站到了自己面前。看年龄，这人也就是三十出头，穿着时下年轻人流行的蓝白相间运动休闲装，肩膀上背了个男士单肩包，正冲着她微微笑着："李大妈，您好啊。"

　　"你找我？"因不认识这人，李大妈的戒心多少提起来一点儿。小伙子很自然地冲李大妈点了点头，指着身后的小区问道："您是住在铁园小区19号楼2单元302室吧？"

　　"对，你到底是谁啊？"

　　"我是孙咛的表哥，我叫李伟，她说给您打过电话来着。"

　　"哦……"李大妈拍着脑袋摇了摇头，"你看我这记性，她昨天中午

114

是打来过电话，说你要来。"说到这儿，她和小保安点了点头，带着李伟进了小区，边走边说，"说委托你来了解了解他们家租户的情况？"

李伟见李大妈东西多，拿得有些吃力，连忙上前帮忙拎了两个塑料袋，回道："对，这不是孙总和大姨都去世了吗？警察和保险公司都要调查取证，我正好作为她的家人把孙总的遗产啊、留下的东西或资料什么的整理整理，东站的这套老房子也算。"

"应该的，应该的，你说这人怎么说走就走了，我前一阵儿还见过他呢。"李大妈说着话就带着李伟来到了楼下，他们经过楼下一个小乞丐身边，李大妈一边掏出钥匙开楼层防盗门，一边说，"他说他是过来收房租的，我们还在楼下聊了几句。"

"既然您住在他们家对面，那孙总的亲戚，就是租他们家房子的人，您应该见过吧？"李伟好奇地问道。李大妈点了点头，带着李伟爬上三楼，指着301室说："这不，就这间，田云峰一直住着，不过我有一个多星期没见过他了。他说他是孙玓霖的什么亲戚，和他口音挺像的，长得也像，不过说的不是普通话。"

"方言？"

"对，应该是山西口音。你知道龙山县挨着山西，那边的人说的都是山西话。这人比孙玓霖高一点儿，可能他眼神不好，长年戴着墨镜。嘴唇上面留着小胡子，这里还长个了痦子。"李大妈说着就在自己右脸的颧骨位置比画了一下。这时李大妈的老伴儿老李头把两个人迎进屋，给李伟端了茶，也坐在他们身边听。李伟从包里取出一个仿牛皮纸的笔记本，将李大妈所说的逐条记下，才问道："他和您经常说话吗？"

"说得少，最多就是打个招呼。"

"最近没回来？"

"可能是，反正自从我们听说孙玓霖出事后就没再见过他。"

"他在塞北市干什么，您知道吗？"

"说是在三泰保险公司跑保险，也在孙玓霖那个公司上班。"

"那孙玏霖经常过来吗？"

"来得不多，一般每个月来一两次吧。"李大妈说到这儿，她身边的老李头好像想说什么，就轻轻地用手指捅了捅她，李大妈面带愠色，用下巴点了点李伟。老李头遂笑道："有件事我觉得奇怪，她老不让我说。"

"您说吧，咱们都是自己家人聊天，又不是警察办案，怕什么？"李伟笑着鼓励道。

老李头清了清嗓子，说道："我是说这个孙玏霖虽然把房子租出去了，可每次来他都自己用钥匙开门，你说奇怪不？"

"那有啥奇怪的，人家是亲戚，房子又不是租给了外人。"李大妈抢着白了老李头一眼，插话说道。老李大张着嘴想了想，忽然又道："你说关系好，他俩吵架吵得那么凶咋解释？"

"他们还吵架？"李伟好奇地问道。这次李大妈和老李头却难得地一致起来："吵，经常吵。"两个人说完这句话，你看看我，我看看你，然后李大妈抢过了话把："有时候我们不知道孙玏霖什么时候就来了，和田云峰吵得不可开交，两个人你一句我一句，经常吵到半夜，然后就突然没声了。"

"吵什么能听清吗？"

"听不太清楚。"这次是老李头说的，"虽然他们吵架的声音很大，可毕竟在隔壁，况且那个田云峰的山西口音挺重的，不过每次的原因应该都不太一样。有几回嚷嚷着好像是因为钱的事。还提到了个人名，应该是欠他们钱，田云峰让他去要，孙玏霖不敢去，大概这个意思。"

"什么人名？"李伟问。

"林罗，是这个人没错。"老李头歪着脑袋想了想，"这个名字是孙玏霖说的，说了好几次，挺清楚的。"

说到这里，老大妈突然把头往前伸了伸，压低声音说道："孙咛从小是我看着长起来的，是个好孩子，这么多年也没忘了逢年过节来看看我们，我就和你说。"说完这句话她还小心地往外看了看，"这个人怕不是好人。"

"您怎么说？"李伟似乎很惊讶的样子。李大妈连着叹了好几声，说道：

"我不止一次听这个田云峰说过要杀了林罗，虽然是用山西话说的，可这杀谁几个字还是听得清楚的。"

李伟笑了，摆手道："那也许是气话呢。"

"可三更半夜地出去，早上再回来，就不是一般人能干出来的事了吧？"李大妈似乎有些后怕，说话的时候让人能明显感觉到她的声音在微微发抖，"他经常半夜出门，然后早上才回来，我有好几次早晨出去跳广场舞的时候见他从外面回来，不像什么正经人。"

"你这是瞎猜，别没根据地乱说。"老李头有些不满意地对老伴儿发着牢骚。李伟点了点头，问有没有过什么人来找过田云峰。李大妈不假思索地回答："有啊，有一次过年，他老家的媳妇还带着孩子来过。"

"哦，您见到了？"

"见了，都是农村来的，好像挺苦的，看哪儿都新鲜。当时这个田云峰还开着车带他们玩了几天，温泉、游乐场啥的，我还和那个女的聊过天。她说他们也好多年没见过面了，一直只知道田云峰在城里打工给家里寄钱，这次趁孩子放假过来看看。"

"他们是龙山县哪个乡的，您知道吗？"

"没问，就是看着挺朴实的。"李大妈说着叹了口气，"要说这个田云峰来塞北市也好多年了，老婆孩子就来过一次。"

"女孩儿男孩儿？"

"小姑娘，十岁了，在老家上小学。我还给了她一个我孙子替下的铅笔盒呢。"李大娘说着指了指厨房，"当时他们还给我家送了点儿核桃。"

李伟点头翻了翻手中的笔记本，又问这个田云峰在这里住多长时间了，老李头抢着说道："他是 2010 年春节后搬来的。这个人出现的时候，我们都不知道是谁，孙玓霖也没说过，后来社区给他打了电话，我们才知道他把房租给田云峰了。"

"除了偶尔遇到打个招呼外，田云峰和周边的邻居们有没有来往？要说也住五六年了，平时就不打个麻将、买个菜什么的？"李伟好奇地问道。

李大妈摇了摇头，慢吞吞地说："这人神秘得很，早出晚归的，平时和谁也不来往。对了，我还想起个事来。"说到这里她把椅子往前拉了拉，"我和你说，你告诉孙咛，他真不是好东西。"

"到底是什么啊，大妈？"李伟显然被李大妈的话吸引住了。就听她继续道："前一阵，有一天早上我出去锻炼，就听田云峰在楼道里打电话，电话里他就说杀人啥的，我当时就想报警，可这个老头子非说人家在拍电影。"最后半句显然是李大妈说给老李头听的。

老李头见李大妈指责自己，脸上有些挂不住了，臊眉耷眼地说道："多一事不如少一事，我是为你好。"

李伟深深地吸了口气，问李大妈记不记得他在打电话时说了什么内容与他通电话的那个人的称呼什么的，李大妈摇了摇头，忽然冲老李头指了一下："当时他在里屋准备去送小孙子上学，也听到了，小孙子还说那人名字挺有意思，对吧？"

老李头闻言连声答应，说道："对，他说那人名字是个啥吃的来着？"说完两人互相对视，但就是想不起来，一时屋里沉寂下来。

"要不然我们再……"李伟刚想打破静寂说点儿什么时，老李头突然像中了彩票一样一拍大腿："我想起来，当时我们小孙子说'打电话的那个叔叔在和冰激凌说话'，我就说别瞎说，然后就领他走了。好像这时候田云峰也进屋了。我还记得他那天打电话的时候，虽然有山西味，但不是很浓，还琢磨他普通话有进步了。"

"对，是冰激凌。"李大妈笑着给李伟续水，"你说我这脑子，说想不起来就想不起来了，超市里还给孩子买过，挺贵的。"

"冰激凌？"李伟听得有些糊涂，继而又听李大妈说起超市的时候，两个字却脱口而出，"八喜？"

"对，八喜！"老李头神采奕奕地望着李伟，似乎对自己的记忆力颇感自豪。

2

走进审讯室，八喜发现那个叫郭伟刚的警察又坐在了他的面前。凭着之前的了解，他知道郭伟刚不是好惹的主儿，眼睛里揉不得沙子，这件案子不知出于什么原因，让他特别上心。他故作轻松地坐下，看着郭伟刚扔过一盒才拆包的玉溪香烟和一个打火机。

"聊聊呗。"郭伟刚言简意赅，一语中的。八喜低头看了看烟，带着得意的神色笑了笑："怎么，想贿赂我？该说的我可都说了。"

"你以为你有什么啊？值得我贿赂？我告诉你想聊不想聊随你的便，我就手里这根烟的工夫，你不愿意说我就走，也不打算再麻烦你老人家了。"郭伟刚话里带刺，听着还真有随时拔腿就走的意思。八喜知道再这样说下去，自己占不了便宜了，他也怕真惹恼了郭伟刚，便嬉笑着抽出根烟点着，慢悠悠地说道："有什么能帮你的，郭警官，说说吧？"

"你先看看认识这个人不？"郭伟刚说着将一张打印的照片扔到他的眼前。八喜拿起来看了看，照片好像是在什么地方用摄像头偷拍的，有些模糊，好在还能分辨出模样。他端详了一阵，把照片放下，吐着烟圈点了点头："我们都叫他老田，真名不清楚。这个人可以搞到各种车皮、大车拉货，有时候他有办法让车走小路不被查，我们往南边拉人有时候就走他的车。"

"怎么认识他的？"

"我和王海欣还有点儿正经生意，代理了个小品牌的空调风扇。有时候夏天往百货大楼放点儿货，一来二去就和百谊公司的白总熟了。有一次跟她聊起来时，我获知孙玓霖就是她前夫，当时我琢磨认识一下孙玓霖兴许有用，就和白总提了这事。我估计她不愿意惹我们这种人，所以就答应了。"

"你们这种人是什么人？"郭伟刚似笑非笑地问道。

"反正不是好人，也不算坏人吧？"说完这句话，八喜喘了口气，继续说道，"后来她就打电话帮我约了孙玓霖一下，之后的我们就认识了。生意上的事，孙玓霖让我找老田，我们就这样熟了起来。"

郭伟刚没做记录，好像今天他真是想陪八喜聊聊天一样。他端着杯子出去倒了杯水，回来的时候给八喜也端来一纸杯水："你知道他们的关系吗？"

"孙玓霖说老田是他的亲戚。"

"你们仨人见过面没？"

"仨人在一起的时候没有过，和老田见过几次。"

"什么时候见的？"

"都是晚上。"

"晚上？"

"对，这家伙是属耗子的，每次约我见面都是十二点以后。"

"在哪儿见面？"

"'篁街小吃城'对面的酒吧一条街。"

"聊什么？"

"都是生意上的事，这个老田话不多，山西口音，看意思也是替孙玓霖卖命。"

"为什么这么说？"

"除了孙玓霖，塞北市没人能做这行，其实说白了也是打擦边球钻法律空子。况且要是没有林罗的关系，孙玓霖也做不了。"

"你知道孙玓霖和林罗的关系？"

"有所耳闻。"

"说说。"

"孙玓霖就是林罗的马仔吧，说白了君林物流就是林罗的企业。他孙玓霖想多动一分钱都不容易。"

"林罗又不大管，再说总经理、法人可都是孙玓霖。"

"那不算什么，明面上的事谁都知道。君林物流干了那么多不守法的事，要真仔细追究起来肯定有问题。啥时翻了船，肯定是孙玓霖背黑锅。会计师、会计、出纳，好几十个人没一个是孙玓霖的心腹，你说他能做什么？我知道他个人账面上钱也不少，但你记住他就是林罗的看家狗，替人家卖命的主儿。"

"这是不是你弄死他的原因？"

"我没弄死他，他是自己弄死自己的。"说完，八喜又点了根烟，"七十万他都看在眼里，你觉得这老总活得还有什么意思？"

"你不也看在眼里吗？"

"我和他不一样，他开的什么车？S级的奔驰！我开的什么车？雅阁！能一样吗？不过车也不是他的，他就是一司机。"话里话外，八喜对孙玓霖表现出强烈的不屑，"窝窝囊囊活了一辈子，戴着绿帽子给人家打工，最后还落一身不是。但他运气还算不错，死了还能给前妻和闺女留点儿钱，也算值了。"

"你怎么知道这么多，谁和你说他戴绿帽子了？"

"圈里人谁不知道林罗和林秀玫的事？况且孙玓霖家以前的事在我们老家也风传过一阵，多少有些耳闻。"

"你老家？"

"对，我老家是东平的，孙玓霖老家也是东平的。只不过他是三桥县人，我是广幕县人，这俩地方离得非常近。广幕县在解放前叫广幕镇，那会儿属于三桥县，解放后才升为广幕县的。"

"他有什么事啊？"郭伟刚似乎对孙玓霖挺有兴趣。

"挺复杂的，具体的我也说不清，你可以自己去打听打听。我们村有人嫁到小江京镇，说过孙玓霖的一些事。她说她是从邻居班海那儿听说的，可能他们是小学同学。"

"谁跟谁是小学同学？"

"班海和孙玓霖。"

"你认识这个班海？"

"不熟，他开了个店，叫'鸿福烟酒'，在小江京镇步行街，非常好找。"

郭伟刚点了点头，不再纠结这个事，问八喜对孙玓霖还有没有其他的印象。八喜阴恻恻地一笑，说道："这家伙那方面不行，可还非常好色。就和古时候太监一样，没有还硬要娶媳妇，你说这不是自己骗自己吗？"

"你为什么说他好色？"

"我告诉你，我和王海欣见他第一面时，他就让王海欣迷住了。第二天也不是第三天他就单独约我出来，当时我们不是谈了个生意嘛，他就说生意没问题，但条件是想让王海欣给他当秘书。他这么一说，我就知道他憋着什么屁，但为以后的生意着想还是同意了。"

"那王海欣也答应了？"

"谁跟钱有仇啊！"

"你怎么对自己的女人这么不负责任。"

"有钱还怕没女人？再说我要娶也不是娶她呀，我得娶个能过日子的。"说到这儿八喜又毫无征兆地大笑起来，笑毕方道，"智者千虑，必有一失，我这次真栽了，恐怕下辈子才能娶媳妇了吧？"

郭伟刚没有正面回答八喜的话，而是给他递了根烟："踏踏实实地待着，别瞎想。"

"我就知道你不会说，得了，我也不问了。"接过烟，八喜反问郭伟刚，"还有什么没有？没有送我回去吧，困了，我得睡一会儿。"

"急什么？我在这儿陪你都不急，你倒急什么？"郭伟刚拿着笔低头在材料上划拉了一阵，最后在一个人名上画了个问号，"再问你一句吧，说说你和白丽君的事。"

"刚才不是说了吗？"

"没说清楚，你和她按理说应该是两个世界的人，怎么能这么熟呢？"

"郭警官，你不是头一天从警校毕业吧？这世界上有干净的人吗？你看白丽君整天事业长事业短的挂在嘴边，其实她也不干净。我和你说她是女强人，是有事业心，可有些事光靠事业心是干不了的。"

"那你帮她干了点儿什么？"

"没错，我就知道你是一点就透的主。"八喜笑着伸了伸大拇指，"所有她解决不了的问题，我通常都能替她出头，有时候也办一些别的事。比如前几天她让我把一个文件袋趁苗杰家里没人时放他家抽屉里，说是给苗杰的私活。"

"袋子里装的是什么？"

"我不知道，和我没关系的，我就不能看，这是这行的规矩。"

"你有钥匙？"

"我去哪儿都用不着钥匙。"

"揽的活不少啊，又当蛇头又溜门撬锁。"

"都是混饭，谁和钱有仇啊！"

"苗杰一个司机怎么和白丽君还认识？"

"白丽君是卡丁车俱乐部的会员，苗杰也是。白丽君的车开得相当好，别看人家是女流，但她的车技真不是盖的，我都比不上她。还有一点是苗杰也特别喜欢车，我估计因为这个，他们就认识了。另外白丽君这个人虽然一心扑在事业上，可平时却好交三教九流，而且待人很讲义气，像她公司营销中心就有几个这种人，据说都是能替她卖命的主儿。大家都说她是'塞外女孟尝'。"

"苗杰也算这种人？"

"这我不知道，这都是道上传说，具体是不是说不清楚。"

"你肯定苗杰和白丽君认识？"

"对，他们肯定认识。再说市里的这种大老板也没几个人不认识我们。"说这话的时候，八喜的语气中还带着得意。

郭伟刚想了想，又问："田云峰和你在电话里说的杀人之事就是关于孙玓霖？"

"对，是他给我出的主意。"

"你怎么这么相信他？他毕竟是孙玓霖的亲戚。"

"他只是说想让我在牌桌上想办法弄死林罗，给孙玓霖出出气，顺便弄点儿钱，我就想到了把他们一网打尽。所以后来张罗着买了二手房车，做了点儿准备。"

郭伟刚点了点头，看样子再没什么要问的了。八喜最后拿出一根烟，慢条斯理地说道："估计这是和你最后一次聊天了，我就再给你说点儿新鲜的吧。"

"什么？"郭伟刚才站起身，听他这么一说略停了一下。

"我找人调查过老田，你知道干我们这行毕竟要小心一点儿。我发现他有两个特别奇怪的地方。"

"什么？"

"第一，他还有别的工作；第二，他经常去二十九医院找一个姓郑的医生。"

"还有工作？"郭伟刚似乎对这个很惊讶，"保险公司？"

"不是，应该是在孙玓霖的公司上班，但具体干什么我没查出来。另外就是二十九医院这个郑医生是个心理医生，有时候也给熟人看精神方面的问题。"

听完八喜的介绍，郭伟刚抬起头，眼中流露出惊讶的神色："你不是要告诉我老田有精神病吧？"

3

张勇至今都清晰地记着第一次见到田云峰时的情景。那是个阴云弥漫的周日早上，当这位身材健硕的大叔穿着身簇新的西装站到自己面前的时候，他实在想不出有什么理由让已过天命的男人选择专职干保险。说实话，除了那些有工作干兼职天天像打了鸡血一样的大妈们，张勇自己都不太相信凭这个行业能迅速致富。

"我是来面试的。"田云峰满口山西话，给人的感觉好像是在山西工作了很多年以后要刻意融入当地环境而留下的后遗症。也许他说得还不错，甚至可以说惟妙惟肖，可对于从小就听惯母亲口音的张勇来说，他说得并不标准。

张勇很想问问田云峰的过去，可望着不苟言笑的田云峰，话到嘴边时他却没有说出口。他站起身，取过一份内部资料交到田云峰的手里："我们现在主打这几个产品，就像你在招聘广告里看到的，开始无底薪、无责任，每天例会过后去自由展业，如果想入职必须有一份十年以上的趸交业绩。"

"好，那我现在可以走了吧？"田云峰把填好的个人信息表推了过来，张勇意外地发现履历表一栏竟然是空的。

"你以前是做什么工作的？"他皱了皱眉，对利用宝贵的周末时间来面试，本身就有些心理抗拒。

"以前我自己做生意。"田云峰简短地回答。

"做什么生意可以写在上面。"

"不用了，我走了。"田云峰的脸色不太好，似乎是整夜都没有睡觉。就这样，他留给张勇的第一印象不是一般的差，甚至一度让张勇认为应该择机再另聘一个寿险业务员。好在他能制造意外的能力让张勇打消了这个念头。

第二天夜里十点，田云峰打电话给张勇说马上要办一个二十年期的业务："对方要我现在就办好，所以我必须这么晚打给你。"

"好吧，你去公司门口等我。"张勇和家人匆匆打了个招呼，冒着深秋的寒风去公司帮田云峰办业务，收钱的时候他注意到这个客户的工作单位是君林物流公司。

"大单位的人就是有钱，恭喜你可以入职了。明天早上来办手续吧？"张勇笑容满面地说道。谁知道田云峰不动声色地摇了摇头，带着遗憾的口吻说道："我白天有事，张经理帮我办一下吧。"

"我帮你？"

"对，这是我的入职申请表，已经填好了，另外，我没有身份证复印件。"

"没有身份证复印件？"张勇愣了一下，说，"你如果相信我的话，可以把身份证给我，我帮你办。"

谁知道田云峰歪着头想了想，说自己没有身份证："我是个黑户，从来没有身份证。"

张勇几乎不敢相信自己的耳朵，他从没想到这个年代竟然还有黑户，正琢磨这家伙是不是做过什么犯法的勾当时，田云峰又说话了："明天还有两个单子，都是趸交三十年的。"

张勇心念一动，心想如果真能再拉两个趸交三十年的单子，那他这个组本年度的任务就能超额完成了。想到这里，他半信半疑地问道："真的？"

"真的。"田云峰说话言简意赅。

"那你不入职了？再说你没身份证怎么办银行卡？我们发工资不用现金啊！"

"打到我表哥的卡上。"田云峰从钱包里取出一张工行的借记卡，"他叫孙玓霖，是君林物流公司的总裁。"

张勇接过银行卡，有些犹豫："你要是没有身份证的话，我们真不能用你，最起码也不敢用你啊！"

"我表哥可以给我做证，我是好人，你要是还不放心就去公安局查查。"田云峰说完转身就走，只留下张勇一个人坐在办公室里发呆。他沉吟半晌，决定第二天去君林物流看看。

孙玓霖在塞北市有些名气，君林物流又是大公司，所以张勇为了见他足足在会客室等了一个半小时。可见到孙玓霖的时候又把张勇吓了一跳。

张勇发现孙玓霖和他表弟田云峰长得竟颇为相似，甚至孙玓霖粘上胡子再加个痦子，完全就能变成田云峰，当然前提是他能再长高几厘米。

听过张勇的来意，孙玓霖想了好久："你真的见过我表弟了？"

"是的，他还为我们做了一笔生意。"

"是这样啊……他说的应该是实话，我可以……"他停顿了一下，似乎有些犹豫，"我可以给他做证，他没有身份证。"

"您确认他没问题吧？"张勇小心地问道。

"他只是……"不知道为什么，孙玓霖说话有些吞吞吐吐，"他只是一直在闹病，所以没有。他是个老实人，你放心吧。"

张勇半信半疑地点了点头，有心想告诉孙玓霖他不用田云峰了，可一想到田云峰承诺的大单，他就又打消了这个念头。正准备告辞的时候，孙玓霖又说话了。

"你什么时候见过我表弟的？"他显得小心翼翼。

"昨天晚上十点。"

"哦。"孙玓霖点了点头，没再说什么。张勇见他们再无话可说，便起身告辞，正在这时孙玓霖又问他，田云峰是不是告诉他没事不要给他打电话。

"对，他留了个手机号，可好像从来也打不通。"张勇回答。

"好吧，麻烦你照顾好他。如果有什么问题可以来公司找我，也可以留言给王秘书。"

张勇刚转身离开，屋里的孙玓霖就迫不及待地拿起电话："郑顾杰大夫在吗？对，郑大夫吗？昨天他又出现了……"

回家的路上，张勇越想越觉得奇怪，感觉孙玓霖和田云峰好像对自己都有意隐瞒着什么一样。要是这二位真有个杀人犯什么的，自己可真就毁在他们手里了。可孙玓霖是个有钱的大老板，自己能有什么办法呢？想来想去，最后想到孙玓霖的电话，张勇心里有了计较。

郑顾杰是塞北市挺有名的心理医生，这一点张勇清楚。于是他七拐八拐地通过关系找到郑顾杰，并约他一起吃了个饭。饭桌上，张勇试探地问郑顾杰有没有一个病人叫田云峰。

"有，重度心理障碍，一直在治疗。"出乎张勇的意料，郑顾杰好像完全没有保护病人隐私的概念，一份免费的车险加上这顿饭就可以知无不言，"他病得挺重的，找我看过几次。"

"心理障碍？什么时候开始的？"

"有四五年了吧。"

"那他有身份证吗？"

"身份证？"郑顾杰用奇怪地目光望着张勇，"他没住院，他是通过熟人介绍去我家看的病。"

"熟人？"张勇眼睛一亮，"是不是他表哥孙玓霖介绍他去的？"

"没错。"

"果然是这样。那我还想麻烦您一下，这个孙玓霖是不是也是您的病人啊？"

"对，也是重度心理障碍。"

"他们俩一样的病？"张勇愣了一下，"难不成他也是私底下找您看的病？"

"不是，孙玓霖是去医院看的。后来就介绍他表弟给我，我一直帮他表弟治疗。"

"就您看他们真的没有问题？"张勇问道。

"什么问题？"

"我也不知道，但这两位说话时给我的感觉挺奇怪的。"

"奇怪也正常，尤其是田云峰。无论他做出什么出格的事情，只要没有危害社会、危害他人，你应该原谅。"说这话的时候郑顾杰好像话里有话，却没有明说。

这顿饭吃得很有价值，虽然郑顾杰没有说清楚孙玓霖和田云峰的事情，但却打消了张勇觉得他们是逃犯的念头。他相信既然郑顾杰都说他们只有些心理问题，那应该不是什么犯罪分子吧？于是他想当然地享受着田云峰拉来的业务，成了整个公司首屈一指的业务能手。

当然，田云峰一如既往地在每天晚上十点以后才出现，然后半夜拉着他去把业务办好。时间一长，张勇感觉田云峰似乎就是《聊斋》里的狐仙鬼怪，天一亮就要消失似的，他慢慢地也就习以为常了。直到有一阵田云峰一直都没出现，他再去找孙玙霖的时候，才知道孙玙霖竟然在两天前意外去世了。

"这就是全部？"郭伟刚坐在田云峰曾经用过的位置上，抽着烟问，他身后那个叫李伟的人一直没说话。

"对，我就知道这么多。"张勇道，"我开始觉得这两个人有问题，后来郑顾杰说没事。现在你们找上门，是不是他们真有问题？"

郭伟刚笑了笑，说道："应该没事，我们俩是受人之托。至于这个田云峰，虽说有你的证词，但我们还要再查查。"

"嗯，知道这事原委的估计就只有郑顾杰了，你们不行去找找他？"张勇小心地建议。

"好，谢谢你。有机会一起吃饭。"郭伟刚站起身准备走，突然又站住了，"对了张勇，我们下周去广平办事，可能需要借你的名片和身份信息用用，不会去做犯法的事，也不会影响你声誉，就是点儿私事，你不介意吧？"

"让郭哥说哪儿去了，我和赵队这么多年关系，你们又是一组，别说用名片，用媳妇也没问题。"张勇嬉笑着说道。

"那我可真不敢，你打不死我，赵队也得打死我。"说话的时候郭伟刚和李伟已经开始往外走了，正在这时候，张勇突然又叫住了他们："我一直想说一直也没敢说，你说他是不是……"他欲言又止说了四个字。瞬息之间，郭伟刚脸色蓦地变得苍白，静静地点了点头："如果真是这样，那我们还需要更多的证据。"

第九章

1

七一建党节的庆祝活动才开始半个小时，郑顾杰就接到办公室的电话说有人找。他匆忙地和与会领导打了个招呼，横穿整个活动中心，坐电梯到办公室外的时候，正看到一个青年男子在门前徘徊，显得甚是焦虑。

他大概三十多岁，穿了件休闲品牌的T恤衫，下身是牛仔裤、白皮鞋，手里夹了个仿牛皮的笔记本，挎着男士单肩包，看到郑顾杰时，一眼就认出他是自己要找的人，快步迎了上来："郑大夫吧，您好，您好。"说着紧紧握住郑顾杰的右手，热情而有力。

由于摸不透对方的来历，郑顾杰多少有些茫然，敷衍片刻就把对方让进自己对面的小办公室，从热水器中倒了杯白开水放到来人面前，才疑惑地问道："你刚才说你叫什么来着？"

"我叫李伟。"男人见郑顾杰问他，放下杯子轻轻点了点头，"我之前是咱们市公安局桥南分局的刑警队长，后来工作上出了点儿差头，就离职了。现在在市某私企工作，业余时间也帮别人做个调查什么的。今天来呢，是想和您聊聊您的两个病人——孙玓霖和田云峰的事儿，不知道您是不是方便。"

其实就第一印象来说，郑顾杰对李伟的印象不错，最起码这年头尊重医生的人不多了，尤其是在双方没有医患属性的情况下，能不戴着有色眼镜把医生当正常职业来看的人很少。郑顾杰经常面对的就是阳奉阴违。这些人表面上对他客客气气，可一打眼就知道他们心里一定觉得医生就是把收红包挣钱放到第一位的唯利是图的小人。面对这些，郑顾杰真想告诉对方自己也是人，也希望真正地被尊重，因为穿上白大褂的瞬间就已经为他自己箍紧了"白衣天使"的枷锁，无论收不收钱，医生第一要务真的是想医好病人。

可今天的李伟，郑顾杰本能地可以感受到他是那种真正尊重自己、尊重医生的人。就冲这个，郑顾杰其实很愿意多和他交流交流，在可谈的范围内说说他想知道的事情。不过愿望毕竟是愿望，当李伟说出孙玓霖和田云峰两个人名时，郑顾杰好像接了个烫手山芋，第一个反应就是想办法抽身。

除了这两个人，别的都能谈。郑顾杰很想告诉李伟这句话，只不过话到嘴边的时候他却给自己找了个理由："这样啊，他们俩是我的病人没错，只不过今天七一，你看我们的活动不少，要不然改天再谈？"

按理说他下了逐客令，李伟应该知趣起身告辞，然后客气两句诸如"好吧，那不打扰了，我改天再来"之类的话离开才对，最起码应该尊重他的意思吧？谁知道李伟竟然连动都没动，似乎看透了郑顾杰的心思："耽误不了您几分钟，我就问几个问题。"他冷冷地说道，好像没有商量的余地。

开始时的好感随着对方的态度逐渐消弭，郑顾杰还没见过这么强硬的所谓的请求，愣了半晌有些不知所措："这……"

"根据我手头的资料，我想和您了解一下孙玓霖和田云峰的病情，如果有可能，越多越好。"说着话，李伟从口袋中掏出一支录音笔在郑顾杰面前晃了晃，"不介意吧，我需要资料永久保存。"

"您……真的不是警察？"郑顾杰越看李伟就越觉得他像有秘密身份的警察，心里不禁打起了鼓，琢磨着要是有个警官朋友其实也不是坏事。就见李伟哂然一笑，神色中充满了神秘："有些东西其实不知道最好，我说不是警察，你相信就可以了。"

这次郑顾杰听明白了，看来面前这位先生真的是什么特殊部门的公职人员，难不成是安全局的？想到孙玓霖和田云峰的事，他不禁心中一凛"哦，明白了。要不然我和领导请个假先？"

"好，麻烦您了。"李伟又恢复了异常的冷静，客气道。郑顾杰忐忑不安地望了他一眼，愈发觉得这里面有事。不过"事不关己，高高挂起"准没错儿，就像他刚才说的：有些东西其实不知道最好！

用电话请完假，郑顾杰恭恭敬敬给李伟倒了茶，然后拘谨地坐在他对面等着问话。那架势就好像上小学时被请进教务组面对老师时的不安，又有点儿像他那年在南方某洗浴中心被光着身子堵到包间，然后被请到公安局问笔录时的情景。想到这儿，他心中不禁一动：李伟不会已经调查过我的档案了吧？这事要是让同事们知道了，可就麻烦了，自己怎么说也是二十九医院有名的心理专家啊！一时间郑顾杰又觉得李伟既然能知道他在洗浴中心发生的事，那母亲的病他也应该清楚，要是这事被抖搂出来，情况比洗浴中心的事还危险！

正胡思乱想着，李伟的咳嗽声打断了郑顾杰的思路，他讪讪地端起杯子才发现刚才竟然没给自己倒一杯水。就听李伟追问道："怎么，不方便？"

"什么？"郑顾杰迷茫地问。

"孙玓霖和田云峰的病情，能聊聊吗？"李伟不耐烦地说。

郑顾杰见李伟没提他的事，遂放下了心："可以，可以，他们都是我病人。"说着话他打开了面前的电脑，在数据库里检索了孙玓霖的名字让李伟看："重度抑郁症，临床表现为情绪低落、不合群、食欲不振等，疑与个人经历有关。"

"只是抑郁症？"李伟好像有些不太相信郑顾杰的判断，"没有精神方面的问题？"

"精神方面？"郑顾杰听到这四个字好像被雷劈了一样，险些从椅子上跳起来，"我没有精神方面的问题，完全没有，这都是谣言中伤……"他的喃喃自语还没结束就被李伟冷冷地打断了："对不起，郑大夫，我是说孙玓霖，不是你。"

冷汗从郑顾杰鬓角、脖颈等处涔涔流出，他手忙脚乱地找纸巾擦拭的时候，才意识到李伟还在等着自己回答，遂抬起头，果然看到一双似能洞悉一切的双眸正盯着自己。瞬息之间，他已意识到此时的失态完全是因为面前这个看上去冷静而果敢的李伟。他真的只是来调查孙玙霖的吧？努力压制着躁动的心，郑顾杰尽量使自己平静下来。

"孙玙霖没有精神问题。"想明白以后，郑顾杰的思路开始清晰，语速也恢复了正常，"据我了解，他还是由于工作压力大造成的精神抑郁。其实不光是他，很多这个级别的企业老总都有这个问题，只不过没有孙玙霖严重而已。客观地说，孙玙霖的性格的确加重了他的抑郁症病情，而他本来甚至都没有意识到这个问题的存在。就我个人来说，他出事是迟早的，这也是很多重度抑郁症患者都会选择的道路。"

"这么说你觉得孙玙霖是自杀了？"

"这个我就说不好了，我只是就病情推论。死亡原因应该是你们警察关心的问题。"郑顾杰看到李伟抽烟，便把烟灰缸给他递了过去。李伟见郑顾杰表示他不会吸烟，便自己点了一根，抽了两口似在思索："说说田云峰吧，我听说你们是在私底下见的面？"

"对，你知道这种病是经常需要来复诊的。所以一来二去，我和孙玙霖也就熟悉起来。有一次他和我说效果不错，如果有时间希望我能在私底下给他表弟看看，当然他说的这个表弟就是田云峰。"

"你去了？"

"去了，其实病人不愿来医院也是很正常的事。在发达国家很多心理病患都是去私人机构治疗的，既保密又安全。甚至包括好多国家的领导人、公众人物都是，而且他们的心理医疗领域要发达得多，覆盖人口基数也大。在我们这儿这种情况比较少，但也不是没有。当孙玙霖提出来的时候，我并不感觉意外。"

"田云峰是个什么样的人？"

"嗯……"郑顾杰想了一下，说道，"也是个四五十岁的中年人，长得挺结实，他的病情没有孙玙霖严重，但也不轻。我给他看过几次，总体感觉这个人沉默寡言。"

"在哪儿看的病？"

"孙玓霖的家，好像是铁园小区，具体门牌号码没有记住。"

李伟点了点头，把熄灭的烟头摁到烟灰缸里喘了口气："你记不记得田云峰有什么比较容易辨识的特征没有？比如秃顶、三角眼、鹰钩鼻之类。"

"好像……没有吧？"

"你们一般什么时间见面？"

"一般都是周六、日下午，有时候三点钟，有时候四点多钟。"

郑顾杰说到这里舔了舔嘴唇，不停地用右手摩挲自己的下颚，好像那里有什么东西。此时他对李伟的畏惧感已经消失，可仍旧觉得这个号称不是警察的人是个难对付的角色，恐怕真是某个部门来执行什么任务的官员。正瞎想着，李伟忽然抛出了最有杀伤力的问题："你曾经和保险公司的张勇说田云峰有可能做出什么危害社会的举动，有这个事吗？"

"有吗？"郑顾杰对张勇的印象不深，只记得吃过顿饭，至于饭桌上说过什么，还真记不清楚了。李伟冷哼一声，淡淡地笑了："你觉得你说过吗？"

"我……不记得了，不过当时喝多了，记不太清楚说了什么。"看李伟脸色不善，郑顾杰怕他疑心，遂横下心来走到他耳边，小心翼翼地说了一句话。这次，李伟狐疑不定的神情立时变得严肃起来："你没骗我吧？"

2

郭伟刚坐在自己的车上，脸色晦暗，圆睁二目紧盯着李伟不放，好像是第一天认识他似的。李伟则一边开着车，一边轻松地点了根烟："你别这么看我，我只是在复述郑顾杰的话。"

"他真这么说的？"

"对，说的时候声音特小，好像有什么难言之隐也说不准。"李伟打开天窗，任凭淡蓝色的烟雾徐徐穿过。郭伟刚望着他略带得意的神情，知道这次是李伟赢了。其实之前在孙咛家碰头的时候，他仨人一致认为事情结束了。谁知道李伟做事认真，非要弄明白孙玓霖经常去东站老房和那个租客的始末缘由。就这样，竟撕拽出这么大的一个线索。

　　那个郑顾杰最后一句话怎么说来着："我只能说这么多，希望李警官不要再逼我了。"怎么听都有种破釜沉舟的气势。按照李伟的说法，当时的情景是郑顾杰已认准李伟是某特殊机构的警官在执行任务。换一个角度讲，当时的情景就是变相的审讯，而李伟和郑顾杰的关系则是警员与嫌疑人，况且这个嫌疑人对警员还心存畏惧，按理说是非常好的形势。

　　可就算这样，在这种必须要交代的情况下，郑顾杰竟还能如此干脆地拒绝？郭伟刚毫不怀疑李伟的问审能力，要知道对于曾经办过多起大案、要案的刑警队长来说，面对一个普通得不能再普通的医生的心理状态，与老叟戏婴儿没什么区别。那么，最大的可能是郑顾杰个人或家人的生命财产受到了威胁。除此之外，郭伟刚实在想不出还能有什么别的理由。念及此处，他心里一阵烦闷，本想就此把事情结束，给孙咛一个交代，谁承想问题越扯越多。

　　窗外景色如画，灯光摇曳间，淡淡的雾霾开始随着夜色氤氲在城市的上空。远处的北鸢山重峦叠嶂，山影随着行驶的汽车而竭力展现着自己魁伟的身躯；中间银带般的清水河上，霓虹灯连成一片，远望去宛若一只夜空中闪耀的五彩宝珠；而面前迅速闪过的，除了被拉成一线的汽车尾灯，还有街边鳞次栉比的店铺光芒，明亮异常。这汇在一处的灯光照在车里，将李伟叼着香烟的面孔映得轮廓分明，也将郭伟刚心底残留的阴暗彻底埋葬。直到此刻，他才决定不再囿于现状，要将问题彻查清楚。他亦相信这是李伟最期盼的事情。

　　"那就把这难言之隐弄明白，看看他到底说的是真是假。"说完这句话，郭伟刚很想知道李伟的打算，遂问道，"你有什么想法？"

李伟看了郭伟刚一眼，神色很奇怪："昨天在郑顾杰那儿的时候他就不太正常，好像明显在隐瞒什么事情似的。我那会儿就琢磨着得空一定得去他家看看，和他家人聊聊，也许就能有所发现？"

"行，那现在就去吧，反正也没事。"郭伟刚说着话从汽车后座上取过一个帆布手提袋，轻轻拍了拍，"这里面有一个亚马逊的 Kindle 阅读器、一部 iPhone 6 手机和一个 iPad 2，都是孙玓霖留下的。昨天孙咛才交给我，这方面你懂得比较多，抽时间看看有什么线索没有。"

"我知道了，你打开我手机备忘录，看看那个郑顾杰的地址，我昨天在医院查到的。"李伟边说边用手比画了一下，忽然之间又想起了什么，"对了，前几天咱们去保险公司，张勇最后和你说什么来着？"

"最后？"郭伟刚凝神想了想，才明白李伟说的是什么，"你这思维跳跃够快的，我都快跟不上了。当时他就和我说田云峰是不是精神有问题。看那意思，小伙子憋心里好久了，没敢说。"

"有点儿道理，就是现在关于田云峰的信息还是太少。你问问孙咛，要是她不清楚，就找君林物流的何绍杰何总了解了解，他不也是和孙玓霖一起创业过来的老人吗？"

"孙咛估计不知道，我这星期天就去找何绍杰，你不是要去小江京镇吗？咱俩正好分头行动。"郭伟刚说着话时李伟已经开着车到了郑顾杰家的小区外面，抬头看车上的时间正显示下午五点，还没到郑顾杰下班的时间。

锁好汽车，郭伟刚和李伟根据地址找了两圈才来到郑顾杰家的楼下。这是一个治安良好的新小区，环境优美，风景如画，唯一美中不足的就是小区里乱停乱放的汽车太多，着实影响美观。郭伟刚他们敲响屋门的时候，位于某栋十七层的房间里似乎隐隐传来女人的喝骂声。

"谁呀？"一个四十多岁的中年女人戴着围裙打开了里门，她手里还端着个面盆，看样子正在做饭。隔着防盗门，看到郭伟刚两个人，她愣了一下："找谁啊？"

"这是郑大夫家吗？"

"是啊，您是？"

"我是桥南区刑警队的，这是我的证件。"郭伟刚主动将警官证从防盗门的小窗口递了进去，然后说道，"我们想找郑大夫了解点儿情况，是关于他一个病人的。"

"他还没下班，要不然你们去医院找他？"女人接过证件看了两眼又很快还了回来。郭伟刚随即提议想要进屋去等他，于是女人很不情愿地打开了防盗门。这时候他们才发现门关处站着个八九岁的小男孩儿，他正抱着辆玩具汽车抽泣。

"对不起啊，我刚才正在骂他，不做作业就只知道看电视。"女人说着让小男孩儿进里屋，请郭伟刚他们在客厅坐下。李伟见状说要看房子，跟了进去。

"您是郑大夫的爱人吧？"郭伟刚打量着装潢考究的房间问。

女人大大方方地坐下，笑道："我姓陈，叫我小陈吧，我在市财政局工作。"

"哦，工作忙吗？"

"还可以，年底事情才比较多。"小陈说着从冰箱里拿出烟盒给郭伟刚点了根烟，"我们老郑平时工作忙，每天都七点以后才能回家。"

"孩子上几年级了？"

"五年级了，都是我接送的。"

"成绩还行吧？"

"别提了，一点儿都不听话。这不老师刚才又把我叫去了，老郑什么忙都帮不上。我这又带孩子，又要抽时间照顾老人。"说到家里的事，小陈仿佛有一肚子苦话要诉。郭伟刚探头往屋里看了看，没发现有其他人："是你的父母吗？"

"我父母已经去世了，现在就剩下老郑的母亲了，也就是我婆婆。"

"她身体不好？"

"哦……"听郭伟刚问起自己的婆婆，小陈突然尖叫了一声，"我火上还坐着锅呢，我先去看看啊，郭警官。"说着话她起身就去了厨房。这时候李伟从屋里走了出来，示意他离开。郭伟刚见李伟胸有成竹，便知道有事，找了个理由和小陈打了招呼后，二人便离开了。下楼的时候郭伟刚才问："怎么了？"

"有个线索，我们去看看。"李伟轻描淡写地说。

郭伟刚知道他不会说谎，说道："我也发现点儿状况。"

"你们的谈话我都听到了，你问不出什么的。"李伟说着已经开车带郭伟刚离开，朝市郊驶去，"小孩子不会撒谎，问大人不如问孩子呢。你知道不，昨天我和郑顾杰聊天的时候，说到精神病人，他的反应特别大，我就和孩子聊了聊精神病的话题，也多亏他父亲的书架上有不少这类的书。孩子和我说他奶奶有精神病。"

"他真这么说的？"

"就这个意思吧，还让我保密，说他爸妈不让说。"

"怪不得这个女人一听见我问就找借口离开了。"郭伟刚愤愤地说道。李伟冷笑一声，用下巴朝郑顾杰家点了点："你没见那孩子兜里装着一块干净手绢吗？肯定是用来擦眼泪的。我琢磨着是不是他妈老骂他？这能不能说明郑顾杰他媳妇的心理压力很大，脾气不好。你说是什么原因才导致她成这样的？按理说他们家的经济情况还不错，不至于像个怨妇吧？"

郭伟刚沉吟片刻，点了点头："这么说她心里有委屈呗。郑顾杰他妈在哪个医院呢？

"没在医院，住在孩子他老叔家。郑顾杰哥儿俩，有个弟弟。"李伟说完问郭伟刚有没有熟人打听打听郑顾杰的弟弟住什么地方。郭伟刚歪着脑袋想了想，踌躇道："他弟弟叫什么？"

"郑忠杰，自己开了个公司，卖财务软件 ERP 一类的东西。"

"等我，我查查。"郭伟刚给局里熟人打了个电话，二十分钟以后得到了回复：全市有二十多个叫郑忠杰的人，但和郑顾杰有交集的只有一个，两个人均是一九九二年从塞北市红旗橡胶厂家属楼迁出的。

"看来就是这个郑忠杰了,现住址是南华云顶小区。"郭伟刚说话的时候,李伟已经在驱车前往南华云顶小区的路上了。

3

李曙光的办公室设在塞北市垣山医院住院部的顶楼,毗邻精神二科护士站,正对着下楼的楼梯。作为整个垣山医院乃至整个塞北市的精神病权威,李曙光除了每周三次的出诊外,基本上都在这里处理住院病人的病情和所谓的著书立说。

这是整个垣山医院众所皆知的事情,所以郭伟刚和李伟并没费多大周折就已至李曙光办公室门外。此时李曙光才上班,正站在办公室外屋的鱼缸前打理一条银龙鱼。

"请问您是李大夫吧?"郭伟刚站在门前,趁这机会近距离地打量着这位名满塞北的精神病专家。只见他年纪已然不轻,一顶花白的银发下,沟壑爬满面孔,略带点儿鹰钩的鼻子,两翼有一双明亮的眼睛正疑虑地转过来。

"鄙人就是李曙光,请问两位有何贵干?"李曙光看了一眼身着警装的郭伟刚,又把目光略到李伟身上停留了数秒钟,最后又回到了面前的鱼缸上。虽然他看上去无甚异常,可郭伟刚眼里不揉沙子,他很敏锐地发现李曙光握着渔网的手很不显眼地抖了几下。

"我叫郭伟刚,昨天和您打过电话。是一个朋友介绍我们过来的,看您什么时候方便,想和您聊聊。"郭伟刚满面赔笑,话说得挺含糊,希望能用这个办法把李曙光糊弄过去,以为他们一行是公干身份。谁知道李曙光也甚是老辣,一副打破砂锅问到底的模样:"昨天?你们不是说明天来吗?不知这位警官怎么称呼?是谁介绍你来我这里看病的?"

"您记错了,我们说的是今天。再说我们也不是来看病的,就是想和

❀ 139 ❀

您了解点儿事儿。"郭伟刚咽了口唾沫，恭恭敬敬地说道。

李曙光闻听此言，冷冷地哼了一声，仿佛喉咙壅塞口不能言一般："既然是私人身份，郭警官如此行头称谓是想吓唬我吗？"看情景他对郭伟刚两人不太感冒。

"我们想和你聊聊田云峰的事儿，如果你不愿意就算了。不过需要我做个提醒，他失踪了！"这次郭伟刚还没来得及回答，他身后的李伟早就按捺不住心头汹涌的火气，硬邦邦地把话抛了出去。

谁知道是阴差阳错，抑或似有所指，李曙光本来还淡漠的表情随着李伟的话音竟突然僵住了，继而微微颤抖着转过头，望了眼面无表情的李伟，脸色有些变化，好像见到了鬼一样："我不认识谁是田云峰。"

"那你总知道孙玓霖吧？"李伟步步紧逼，没有丝毫退让的打算。

李曙光这次终于放下了渔网，慢慢地转过身子。这是李伟和郭伟刚来了之后，李曙光第一次正面面对他们："你们俩和他是什么关系？"

"我是他女儿孙咛的朋友。"郭伟刚决定据实相告，"孙咛觉得他父亲的死有些疑点，希望我们俩能帮她弄清楚一点儿。"

"你们是私家侦探？"

"不是。"郭伟刚很郑重地摇了摇头，"第一，我们国家还没有所谓的私家侦探这个职业；第二，我们二人也没有打算借此创收，仅仅是帮朋友忙而已，纯属私人关系。"他说到这里停顿片刻，简单梳理了一下思路，"您如果能帮助我们，我们感激不尽；如果不愿意的话，我们现在就走，也不强扰。"

李曙光缓缓转过身，脸色庄重阴沉，似乎完全没有留意到郭伟刚的话："进来说吧，你们这和强迫也没什么区别了。"他说着走进办公室，坐在了书桌前，又示意郭伟刚和李伟坐在他面前的沙发上："一早就停电了，没法儿给你们烧水，实在对不起。"

"没事，我们刚上来的时候听说了，好像是说变压器损坏了，正在抢修。"郭伟刚微笑着寒暄道，"这里治安不好吗？怎么现在还有人偷这东西，卖不了几个钱。"

"好像只是损坏，并没有丢失。"李伟补充道。说完，就见李曙光摇了摇头，仍是慢吞吞地回答："这是第一次，以前也没有过。说到变压器，里面的铜芯值几千块吧？"

"现在外面用的是备用电源？"李伟问道。

"是医院的自发电，只能供紧急部门使用，我这儿就不行了。民营医院和公立医院没法儿比，不能做应急保障，所以只有自己发电了。"闲聊几句之后，李曙光把话题扯了回来，问郭伟刚怎么找到他的。郭伟刚此时正在打量这个布局简单的办公室，注意到里面还有个套间关着门，听李曙光问他，回应道："我们找到郑顾杰了，他原来是你徒弟啊，不过现在好像不主修精神疾病。"

李曙光点了点头，不阴不阳地笑了笑，慢条斯理地说："原来如此，你们肯定是找到他母亲了，以此想要挟才让他就范的吧？"

郭伟刚不置可否，淡淡地说道："郑顾杰他母亲得的是器质性精神病，有非常大的遗传可能。所以他才如此紧张自己的情况，纵然不能被外人知悉，甚至连亲戚朋友都在刻意隐瞒。好在我们是刑警出身，弄明白这些并不困难。再说他兄弟的下处也好打听，他只能合作。"

"合作！"李曙光喃喃地念叨着，"他为了自己的荣华富贵舍弃了母亲，甚至隐瞒本人的健康。钱，真是个好东西啊……"

"说说田云峰的事吧。"郭伟刚说。

"我刚说了，不认识什么田云峰。"

"那就说说孙玏霖。"

"孙玏霖是我一个朋友，我和他是在酒桌上认识的。我们之间没什么可说的，他是那种挺爱交朋友的人，事业也成功。"说着话李曙光看了看腕上的手表，好像有很紧要的事情需要处理。郭伟刚觉得他有意制造时间紧张的状态，便没接口，就听他继续说道："至于他私人的情况我知道的不多，只听郑顾杰说他有抑郁症，由郑顾杰为他治疗，好像不太愿意让别人知道。"

"这么说您没有直接接触过孙玓霖？"

"也不能这么说，开始的时候他在我这儿看过病，有过资料。我后来发现他的抑郁症比较适合郑顾杰，就推荐过去了。"

"那资料还在吗？"

"在我办公室的资料筐……"

正在这个时候，那个套间里响起了电话铃声。李曙光说了声失陪就推门进屋接电话，郭伟刚起身探头往屋里看了看，见里面是个书房，另有扇通往走廊的门。除却整屋的大书架和藏书外，还有放着显示器的写字台、放在书架上的微波炉和对面的小沙发。李曙光坐在写字台前接座机电话，距离左手边的书架以及上面的微波炉大约一米五的距离。

就在这时候，屋里突然发出猛烈的响声，接着就听见李曙光的叫声和有人急速奔跑以及关门、开门的声音，好像出了什么变故。郭伟刚和李伟第一时间抢进屋去，但见里屋烟雾弥漫，整个书架上的微波炉和一些书籍都在剧烈地燃烧；李曙光桌面上狼藉一片，他本人满脸是血地倒在桌下，呼吸急促；另外一扇门还在惯性作用下微微张合，好像有什么人刚刚出去的样子。

"李大夫，李大夫……"郭伟刚急忙冲到桌子后面将郭伟刚扶起来，却见他虽然受伤，却不甚重的样子，只见他脸上、身上都是纸屑和尘土，断断续续地说："他……他抢走了……孙玓霖的资料……"

"谁？"

"我不认识他，刚才我接电话的时候，微波炉突然爆炸了，接着一个男人突然冲进来抢走了桌上的一些资料文件。"

"孙玓霖的资料在里面？"

"对……"

郭伟刚和李伟对视一眼，均觉诧异，可此时却不便细问，一方面扶着李曙光去楼下外科包扎，一方面打电话报警，足足折腾到下午两点的时候，两人才发觉还没吃饭。于是郭伟刚拉着李伟出去吃饭，临行前李伟从爆炸屋里取了张李曙光的名片，将他的手机和座机都存到了通信录里。

"说说你的看法。"吃饭的时候，郭伟刚问李伟。

李伟这时候正给自己碗里倒醋和辣椒油，听见郭伟刚的问话迟疑了几秒钟，说道："李曙光有所隐瞒，他不仅和孙玓霖相识，我怀疑他与田云峰也应该很熟。"说到这儿他想了想，又补充了一句，"如果有这个人的话。"

"我也这么看，而且我们才提到孙玓霖的档案就出了事，你说会不会太过于巧合？"

"不能排除这个可能，抢东西的人是不是他有意安排的？"李伟说着问郭伟刚适才和警队了解的信息，就听郭伟刚说："初步判断是人为纵火。因为微波炉的电路系统被改造过，还增加了易燃易爆的化学物质，所以来电以后开启的微波炉导致了爆炸和火灾。"

"李曙光怎么说？"

"他说早上起来热了一罐牛奶，装进去才意识到没电，也就没往出拿。通常情况下热牛奶是不会造成这种爆炸的，所以具体情况还要等技术鉴定结果。"

李伟点了点头没再说话，脑子里显然在思索整个事情的来龙去脉。其实这时候郭伟刚和他谁都没有意识到李曙光的事情并非孤立事件，他们面临的却是一连串的考验和更加艰难的环境。至于这个小小的困扰则很快就会得到答案。而他们即将揭开的，却是一个亘古谜案……

第十章

1

从办公室打完电话回到病房，李曙光感到如释重负般的轻松。想到这几天过山车般的遭遇，心中不禁有些后怕：无论怎么说还是自己过于轻信他人，得到些许微末好处就有些忘乎所以，险些忘了狼总是要吃人的事。甚至无意中做了回"东郭先生"。

思忖良久，他缓步移至窗前，望着斜阳下巉岩峻拔的山岭间浮云萦绕，俱都淡淡地披上了层金纱。站在这碧影葱茏中远眺，北鸢山的主峰燃灯峰和上面的燃灯寺隐隐可见。想到塞北市建于山麓，古有"九山之巅"的美誉，不禁脱口而出："九山群巅盘古城，三条禁卫锁燃灯。"

"说得好哇，看来李大夫的伤势大好了呢。"忽然一个陌生而又熟悉的声音从门外传来，继而一胖一瘦两个青年男子循声走了进来，不是郭伟刚和李伟是谁？李曙光瞬间感到轻快了许多，急步上前紧紧拉住了郭伟刚的双手："实在不好意思，这么晚还把你们找来。"

"我还要多谢您对我们的信任呢，刚才李伟和我说您打电话找他，我们都觉得您肯定大好了。"说着郭伟刚变魔术般拿出一个果篮，"其实刚才李伟还在三桥呢，紧赶慢赶地还用了一个多小时。"

"东平市的那个三桥县？"李曙光脸色微微一变，似乎感受到了些许异样，"你们去孙玓霖的老家了？"

"对，您知道这事？"

"知道，我们一会儿再说。"说着话李曙光让郭伟刚和李伟在对面的空病床上坐下，感叹道，"自从昨天早上你们离开我办公室，我都在处理火灾的善后工作。说来惭愧，这事都是我自己搞的鬼。"

"火难道真是您放的？"郭伟刚的脸上似乎并无特别惊异的神色，只是话音中还多少有些好奇。李曙光注意到他身后的李伟只淡淡地点了点头，好像已经知道了一般，没有丝毫惊奇的样子。

李曙光沉重地点了点头，说道："是的，你们第一次找郑顾杰之后，他就对我说过了，我当时也认定你们会来找我。于是我改造了微波炉电路，并且从医院实验室搞了一点儿易燃的化学药物涂在线路上。等你们头天和我电话联系过后，我就半夜起来弄坏了医院的变压器，在微波炉上面安装了可以用手机操纵的智能插排。"说着他尴尬地笑了笑，"后面的事情就不难猜了吧？"

"那我们在您办公室里听到的里屋响动都是您自己搞出来的？"

"对，是笔记本里放的音频，再通过屋外门框上面对着走廊和屋内的两对小蓝牙音箱播放出来。门是我用力推动的，趁它剧烈晃动，让开关门声、我自己的叫声和音箱里的脚步声混杂在一起，就不容易分辨了。"

郭伟刚和李伟彼此互视一眼之后哂然一笑，李伟插言道："当时我就有所怀疑，只是现场情况比较乱，几分钟后就有其他屋的大夫、护士进来，也没往这方面想。您说您这是图什么呢？"

李曙光叹了口气，幽幽地说道："人为财死，鸟为食亡，我收了孙玓霖的钱，想着这事能瞒过你们。"他停顿一下，又道，"我已经和医院领导以及派出所的同志聊过了，正在处理。只是昨天的事情吓着我了，要不然也不至于心脏病发作，躲到这心内科病房来住院。

"什么事啊，您说说？"李伟问话间还拿出了一个牛皮纸封皮的笔记本记录，看样子挺认真。李曙光又叹息了一声，良久才道："把你们打发走了以后我以为万事大吉，还打电话给郑顾杰说了，直到之后下班回家才发现家里进了贼。"

"丢东西了吗？"郭伟刚问。

"没有。"李曙光猛然间一阵心悸，好像昨天可怕的一幕突然又出现在眼前一般，他慌忙间连喝了几口水，又喘了半天气才趋于平静，摆手让郭伟刚、李伟坐下，"不用紧张，老毛病了。我老伴儿活着的时候我心脏就不好，如今她已经去世七年了。"

"自从安宁医院退休以后我一直受聘垣山医院，在这儿也干了五六年。以前和李警官其实是见过面的，只不过当时我们没怎么说话，也就过去了。"他说完见李伟若有所思的样子，知道他还没想起来，也就不再点破，继续道，"我儿媳妇是南方人，和儿子在北京打工认识，孩子就跟着他们在北京上国际小学。你说这国际小学是一般人去的吗？那哪里是上学，是上钱啊，他们两口子的薪水根本不够，加上我两份工资还勉勉强强。也是孙玓霖见我拮据，便说要帮衬我一点儿。开始我还不愿意，但他说了个条件，我听了也没反对，就这么定下来了。"

"什么条件？"李伟听得很认真，不停地做笔记。郭伟刚则一直没说话，只是一个劲儿地抽烟。

李曙光又喝了点水，说道："他说他有个叫田云峰的亲戚，要我给这个人看看病，但要对其他人保密，也不能住院，我收了他的钱自然答应了这个条件。"说到这儿他突然想起了什么一般，"不对，扯远了，田云峰的事儿咱们待会儿再说，我先说昨天的事。我不是下班回家发现家里遭了贼么，钱没丢，东西也没少，就是我那一鱼缸的鱼都遭了殃。两条红龙鱼、一条魟鱼都被放了出来，端端正正、整整齐齐地一字排开摆到客厅地上，鱼头全被剁掉，流了满地血……"说到这里李曙光又说不下去了，声音里带着些哽咽，"我养了这么多年的红龙鱼啊，我的心血啊……"

李曙光折腾了一会儿，心情又恢复了一些时，他看到李伟和郭伟刚都在深思，便说道："我就想这是有人威胁想要杀我啊，当时我心脏病就犯了。多亏身上带了药，打电话给我们医院的急诊室，找车就把我送来了。我下午琢磨来琢磨去想和你们说说，刚才就回办公室打了个电话给李警官。"

李伟听到这里忽然抬起头，问李曙光对谁透露过和他们谈话的事，李曙光仰头想了一会儿，才颤颤巍巍地说道："前天晚上打电话的是郭警官吧？我记得你和我说周一早上来拜访，我就想着是第三天早上。我倒没和谁说过这事，就昨天上班的时候让我的助理记下了日程，我以为你们是看病的呢。"

郭伟刚笑了笑，解释道："我周日晚上给您打的电话，说周一早上拜访，其实就是第二天，我没说清楚。您的助理是谁？"

"小李，是个挺勤快的女孩儿。我们几个老专家都是上了年纪的人，精力、记忆力都有限。所以医院给我们配了助理，帮忙做些辅助工作，相当于秘书性质，不过不是一人一个，是几个人一个助理。"

李伟闻言点了点头，边记录边问李曙光能不能说说田云峰的病情。李曙光见他问得认真，心想看来这案子的主要负责人还是这位号称已不是警察的"准警官"，便回道："田云峰说是孙玓霖的亲戚，是孙玓霖和我交代后过了几天才来的。当时是晚上十点多，因为我每天都在那个时间段看晚间新闻，所以记得很清楚，他就是那个时候来的我家。他比孙玓霖高一点儿，脸上有个痦子，戴着墨镜说山西话，不过听着总有些不伦不类，不像纯山西口音。"

"是不是龙山县的口音？"李伟问。

"不像，我听过龙山县的口音，和山西话差不多。我的意思是田云峰说的话好像有点儿近似于塞北人说龙山话或学山西话，学了形却没学到神。而且我注意到他脚下穿着的是隐形增高鞋，要是脱了也许就和孙玓霖差不多高了。"

"您还挺仔细。"郭伟刚说。

"也不完全。"说到专业，李曙光又认真起来，他边回忆边说道，"我之所以仔细是我觉得这个人和孙玓霖特别像，是身为精神科医生的本能让我觉得他和孙玓霖之间有着什么秘密关系。况且这位看上去比较正常的田云峰说话多少有些浮夸，给人的感觉是要将这个人细细研究，才能发现他不太正常。"

"他都是晚上来找您吗？"李伟好像听明白一样频繁点头。

李曙光也肯定地说道："没错，他来过的几次都是晚上。说是有些抑郁，但我怎么看都觉得他的精神不是很正常的样子，不过鉴于孙玓霖的要求，我不能细查，只是对症下药开点儿抗抑郁的药物如百忧解什么的，具体的就是知道也不敢说。"

李伟显然对李曙光的话有些触动，和郭伟刚简单地咬了两句耳朵，然后问李曙光能不能就田云峰的病情说说专业上的看法。李曙光想到之前自己的两次调查，决定和盘托出："这事也不是那么简单的。你想突然有个酒桌上认识的朋友出现，要给你一笔钱让你给他朋友看看病，而且病得还很离奇，我能怎么办？我想我还是找人在小江京镇打听打听他们有没有什么违法乱纪的事情靠谱，这也是一种小心谨慎吧。其实咱们塞北市是离东平最近的大城市，来打工的东平人很多。所以我通过我老伴儿的一个子侄的关系弄明白了孙玓霖家的事儿，对他的病情多少有些帮助。"

"您还查过孙玓霖？有什么收获吗？"

"有，有大收获。"李曙光说着脸色变得有些晦暗，与外面暗淡下来的天色相得益彰，"我从没想到作为成功人士的孙玓霖竟然有如此曲折的身世，让我不禁悚然。"说话时他眼望窗外，只见氤氲的薄雾已将夜色包裹，亦如自己这段时日一直忐忑的心般模糊不清。

2

对于孙玓霖的调查，李曙光开始的态度其实只是求证。本来嘛，自己既非警务人员，又不是要干什么非法勾当，托人打听别人隐私本身就不是什么光彩的事情。所以他只希望摸摸底，大体上没问题就行。谁知道这孙玓霖在小江京镇竟是个风云人物，随便用点儿心得到的信息就能让人瞠目结舌。更可惜的是这么多年来虽然当地每个人都津津乐道于他的发家过程与风流逸事，却鲜有人把这些联系起来组织一下，弄明白这个对于小江京镇来说极为重要的人物的完整一生。

可能除了家人，没有谁真正关心过孙玓霖。他虽然带来了茶余饭后的谈资，带来了从小到大的争议，可当真正要了解这个人的时候，你却发现需要总结的东西太多，零碎的资料太多，真假混杂的片段太多，而真正可以完整呈现的故事太少，必须沉下心来认真提炼才能摸出点儿门道。

李曙光不会也没有精神弄明白孙玓霖的全部，他所关心的只有两点：一是人物事件的真实性，二是他精神疾病的历史渊源。于是他零打碎敲地得到了些片段、资料后，想当然地认为得到了自己需要的东西，借以当作麻痹自己从而收取孙玓霖财物的借口。

如今当面对李伟和郭伟刚的时候，李曙光抛出了自己曾经借以利用的东西和如今真正懊悔的心意，悠然说道："我只是了解了孙玓霖在小江京镇的事，之后他搬到塞北后的事就没怎么打听了。况且只要他没有做什么违法乱纪的事情，再曲折的身世对我也没什么意义。"

"您别太自责，孙玓霖的事有极深的历史背景，就像卷入漩涡中的一只小船一样，没有谁能在那时候帮别人；在船的角度上看，也没谁能阻止漩涡的发生，只能不由自主地随着小船往漩涡中盘旋。"李伟说着话点了根烟，默默地抽了几口又道，"有多少说多少吧。"

李曙光点了点头，端着水杯开口了，声音低沉嘶哑："我听说孙家的故事是这样的：我们国家开始走自己道路的第一年，小江京镇建了好多新式工厂，大肆招工。当时孙仲孙老汉才过天命，听闻此事，遂带着媳妇从老家龙山到了小江京镇应征，龙山就变成了后来孙玓霖的祖籍。当时孙老汉在镇钢厂做工，也着实风光了几年，和新进分配到小镇的赵老师成了莫逆之交，两家人好得恨不得穿一条裤子。"

屋子里静悄悄的，只有李曙光的声音回荡着："谁知道人算不如天算，后来没搞几年就开始闹灾荒，镇里安排不下这么多市民，便要求新招的工人都要遣回原籍务农。可那时候闹自然灾害，眼瞅着回去之后一家老小也没有啥出路，孙老汉就让赵老师走他二哥的门子给他安排了篾匠的活，在镇上黑了下来。

"也多亏了赵老师一家的帮助，孙老汉才没有被遣送回去，最终在当地安置下来。其实那年头这种情况很多，从开始带着憧憬进城到几年后黯然返乡，很多农民的生活甚至一生都改变了。就像孙仲一样，多亏少年时候在木料场做过学徒，有点儿手艺，否则也不会因此结识赵老师一家，更不会在小江京镇留下来。可是他虽然留下来了，但这能算好事吗？我看未必，就像他儿子孙卫军似的，也许在农村还不至于有后来的悲惨结局。这不仅是他个人的悲哀，也是他们整个家庭的悲哀。"

"孙卫军到底怎么死的？"

"殴斗至死，自己作的。听说连眼珠子都被人打爆了，死相特别惨。除了家里人，没谁可怜他，甚至小江京镇的人都认为他死得其所，早该死。"李曙光叹了口气，端着水杯的手不禁有些微微发抖，"其实如果不是孙卫军，孙、赵两家的关系也不至于变得势同水火。甚至在困难时期过去四五年之后，听人说赵老师还拿孙仲当亲人般看待。"

"这是谁说的？"李伟问道。

李曙光放下水杯，摸索着从抽屉里找出张名片递到李伟手上："要是不弄清楚，孙玏霖的钱我拿着不太踏实。这个叫于惠海的老先生是北京一所大学的退休教授，现在住在亚运村附近。我也是托人找到他的，开始听说我的来意，人家还不太乐意说这些陈芝麻烂谷子的事，后来也是见我心诚才告诉我的。"

"就是您上面说的这些？"郭伟刚说。

"不止。"李曙光说着打开床头小柜，拿出手机，翻出之前记在里面的资料说道，"孙仲带着一家老小搬到小江京镇那年，他已经五十五岁，按道理已近退休的年龄。只是当时闹用工荒，再加上他本人意愿比较强烈，也就破了例。当时孙卫军才九岁，比赵老师的妹妹赵辰辰小一岁，两人正好年龄相仿，住得又近，所以一来二去就成了玩伴。那时候小江京镇有一片大水塘，按于惠海所说，位置就在如今的汽车站附近，当时那里却是孩子们游野泳的乐园。

"用今天的眼光看来，孩子们游野泳是非常危险的行为。可是在当时却司空见惯，大人也不会做太多的干涉。由于我也是过来人，所以对这一点深有体会。因为我的孩子们小时候和孙卫军他们一样，也是这样过来的。虽然意外无法避免，可人们总觉得它不会发生在自己身上。亦如当时的赵老师一般，他从来没想过妹妹会出什么危险。可恰恰就是这样，赵辰辰险些溺水而亡。也多亏了孙卫军在她身边，她才捡回了一条命。"

"这么说赵家和孙家是这样开始认识的？"李伟认真地问道。

李曙光深吸了一口气，点了点头："可以说这是原因之一，因为他们之前早就认识了，只是不太熟悉而已。自从孙卫军救了赵辰辰之后，赵老师全家对他们一家感激涕零。因为，第一，赵辰辰是赵家最小的孩子，深得赵老师父母喜爱；二是当时女孩儿和男孩儿是不在一起玩儿的，听说他们其实分散于湖的对立两岸，相隔挺远。赵辰辰她们一群女孩儿其实是在浅水区划水，赵辰辰只是不明湖底环境而误落湖中而已。她落水后女孩儿们都四散呼救，只有孙卫军一人应声下水救人，且没有犹豫。所以后来赵家一直以孙卫军为榜样，大肆宣传。"

郭伟刚听到这里似乎很受触动，不禁愕然道："孙、赵两家竟还有这样的渊源，真像是小说里的情节。"

听他这么说，李曙光也爽声一笑："我也这么看，没有调查就没有发言权嘛。孙卫军和赵辰辰也算青梅竹马，虽然孙卫军比赵辰辰小一岁，但两个人天天一起上下学，关系一直很好。赵老师的父亲老赵先生是个旧知识分子，在老孙头一家搬来的第二年就犯了错误，在郊外劳动改造。再加上当时赵老师和他二哥都不太受人待见，所以他们家在镇上的地位一直不高。而身为工人家庭的老孙头却全力相助，苦挨着让赵家渡过了难关，直到困难时期来临。"

说完这段话，李曙光又喝了点儿水，想休息一会儿，慢慢地将头靠在病床上喘粗气。李伟则靠着窗户一支接一支地抽烟，见李曙光不说话了就放下笔，将烟头随手丢到地上，喝带来的矿泉水。郭伟刚则什么也没说。沉默了四五分钟以后，李曙光感觉气力和精神都恢复了一点儿，才慢悠悠地继续道："于惠海博士的水平很高，描述得比我清楚，听上去和读小说一样。悬念迭生，层次分明。我复述不了原话，就按着笔记能说多少算多少吧。"

说着他又翻了一页，说道："至于两家人后来闹矛盾甚至变成仇人的原因，于惠海说是因为孙卫军在十八岁那年强暴了赵辰辰，导致她未婚先孕，在那个年代这可是相当严重的事情。赵辰辰可能受不了亲戚邻里的非议，就跳湖自尽了。还是小江京镇东头的那个湖，十年前赵辰辰被救的时候绝没想到这个救她的人最终还会将她逼死到湖里。"

"只有这些吗？"李伟似乎有什么话要说，踌躇再三才张口问道。李曙光似乎没有听到李伟的话，只顾自言自语地说了下去："那时候孙卫军在偏僻的小江京镇地位如日中天，没人敢也没人愿意更没人有能力制约或阻挠他做任何事情。所以赵辰辰的死，除了她家人以外没有引起任何波澜，甚至连个大点儿的波浪都没有。当时孙卫军正在筹办婚事，新娘是一个姓马的南方姑娘，来小江京镇玩的，一下子就被威风八面的孙卫军吸引了。"

"您不会告诉我孙卫军的婚礼和赵辰辰的葬礼是同一天吧？"郭伟刚问。

李曙光这次停止了回忆，看了一眼他，冷哼一声："当然不是，我说的不是故事。再说当时也没有结婚典礼之说，亲朋好友吃几块喜糖就算结婚了，哪儿像现在这样。不过马姑娘自然没想到她这婚姻只持续了短短的两年。"

"只有两年？"

"对。孙玉梅是遗腹子，他还没出生时孙卫军就死了，孙玥霖那时候也很小。听说孙卫军的葬礼倒是挺风光，连赵家都被迫送了花圈。后来有一段时间由于他的死而使赵、孙两家的关系突然缓和起来，甚至赵老师还活着的母亲还截长补短地去帮着照顾幼小的孙玎霖，安慰老孙头的老婆子和马姑娘。"

"那后来呢？"

"于惠海说这段的时候很用心，我也尽力说得好一点儿吧。"说着他为郭伟刚和李伟讲了一个颇为忧伤的故事。原来在马姑娘生下孙玉梅不久的一个深夜，天下着雨，伸手不见五指。孙家点着油灯，马姑娘在喂小孙玎霖吃奶。突然外面传来稀疏的脚步声，"哗啦"一下，孙家的玻璃就被人用石块打碎了。接着外面传来有人跑远了的声音，屋里孙玎霖大哭起来。孙老汉跑出去，什么人也没有找到，再回屋的时候看到马姑娘已经抱着孙玎霖站在了门口。

"于是公媳之间进行了一段颇有争议的对话：

"'你进来干啥，回屋去吧，别着凉。'

"'爸，咱们得走了，我真的受不了了。'马姑娘说话一向简练。

"'有啥受不了的，再过一阵就好了。说走，你能去哪儿？你家在广平不是没人了吗？'

"'去哪儿都行，离开小江京镇就行。'

"'这是我的家，我哪儿也不去。'孙老汉说话也斩钉截铁。马姑娘愣了几秒钟，语气也很坚决：'你不走但我要走，我犯不着在这儿丢了性命。这地方已经没人愿意咱们留下来了，就冲着卫军，他们也不能饶过咱们。'

"'你想多了，我看都过去了。要走自己走吧，把两个孩子给我留下。'

"'那你们保重。'"

3

李文晴二十三岁，还差一年才可以从医学院毕业的她能得到垣山医院的工作，其实还是得益于她那在市委宣传部工作的表舅舅。否则无论是才学，还是颜值，李文晴都有自知之明，她是不够资质就职于这所塞北市最大的豪华私立医院的。只是作为几个专家的工作助理，李文晴又觉得工作太琐碎，不是自己想象中可以发挥全部才能的地方。

周六的早上天气有些阴冷，外面下着霏霏细雨。想到和那个叫李伟的警察中午有约，李文晴便不敢多在被窝里耽搁，匆匆洗漱后离开出租屋，坐地铁前往解放路步行街，然后步行找到"西里兰"的西餐厅见面。临行前，李文晴再一次拨打了冯欣的电话，得到的却仍然是关机的声音。

一进餐厅正门，李文晴就远远看到李伟和一个漂亮女孩儿对面坐着在喝东西，看样子似乎在等她。因为刚过十一点钟，可能时间还有些早，所以整个餐厅静悄悄的，只有他们两个人。李伟的眼神不错，李文晴还没走到他身边，他就已经打上了招呼："小李，这边坐。"

李文晴笑着走过去在他们这桌坐下，和李伟寒暄道："李警官，我来晚了吧？"

"没有，是我来早了。"李伟说着指了指身边的女孩儿给李文晴介绍，"这是我女朋友成小华，今天正好调休，想到和你还有约，我就把她也带来了。"

"哦，你好。"李文晴和成小华点了点头，然后点了杯拿铁咖啡又客气了几句，最后才听李伟把话题拉回正题："前天我们走的时候不是和你说了几句李曙光教授吗，今天其实约你来就是想聊聊他的事。"

李文晴想到李曙光办公室最近发生的事，很自然地点了点头："我知道，前天晚上你们不是找李教授聊了吗？是关于他办公室着火的事吧？"

"对，虽然纵火事出有因，但这里面还有些问题需要了解一下。话说清楚我可不是警务人员，就是帮帮忙。"李伟说话语速不快，估计是怕李文晴误会，所以很低调地说明自己不是警察。李文晴记得那天李教授给她介绍的时候也只说郭警官是警察，不过她却注意到成小华在他说完话后微微笑了一下。

难道这里面有什么事？李文晴脑海中电光火石般地闪了一下，却容不得细想，含糊地回道："没事，你问吧。"

这时候服务员开始陆续上菜，李文晴见李伟夹着菜第一时间就往她和成小华的碗里送："着火的前一天晚上李曙光和你说过有郭警官隔日要来拜访吗？"

李文晴记得这事，很自然地点了点头："有，他当时和我说后天有个姓郭的警察有可能要带人来看病，算预约了，让我记一下。"

"你和谁说过这事吗？"李伟问道。

李文晴心头一阵紧张，心道李伟已经知晓了问题关键，不由得心头一阵打鼓，有心想编几句谎话遮掩过去，却又想到李曙光、郭伟刚前天交代时严肃的面孔，有道是官官相卫，这些人定是沆瀣一气，若得罪了他们会不会给表舅舅惹来麻烦？想到此处支支吾吾，半晌才说道："我就和我男朋友说过。"

"你男朋友？"

"嗯。"

"他叫什么名字？"

"冯欣。"

"在哪儿工作？"

"君林物流公司。"说到这里，李文晴发现李伟的神色忽然有些怪异，甚至连一直没发言的成小华都抬起了头，瞪着一双水汪汪的大眼睛望着他们："又是君林物流啊，你不是说不再纠缠孙玓霖的案子了吗？"她的话显然是说给李伟听的。就见李伟有些尴尬，嘿嘿一笑道："这不是快完了吗？"

成小华没再说什么，脸色明显不悦。李文晴正迟疑间，看到李伟悄悄地冲她摆了摆手："他在君林做什么，你知道吗？"

"好像是保卫部的经理。"

"你是在什么情况下和他说的？"

听李伟这么问，李文晴的脸上不由得有些发胀，那天晚上的情景仿佛又出现在眼前。她迟疑了好半天，才悠然说道："就是聊天的时候说的。"可能发觉李文晴的异常，李伟竟知趣地没纠结这个话题，只是问她能不能现在联系一下冯欣，自己想和他聊聊。

"我联系不上他，自从那天晚上他走了以后，在微信上给我留了言，然后就再也联系不上他了。"

"留言说什么了？"

"他说要去耶路撒冷朝圣，回来联系我。"

"朝圣？"李伟显然没听明白这是什么意思。

"他是回族，去耶路撒冷就是中东那个耶路撒冷。"李文晴虽然心底觉得这种勉强的解释其实连自己都不能说服，可还是希望能以冯欣女朋友的身份为他做个辩护。李伟这次听明白了，又问她之前是不是知情。

"嗯……"李文晴犹豫了一下，"他倒是和我说过。"

"什么时候说过？"李伟紧追不舍。

"刚认识的时候他就说过自己是回族，以后可能会去耶路撒冷。"

李伟没说话，拿起叉子在桌上划拉了一阵儿，忽然抬起头，用凝重的目光紧紧盯着李文晴："你跟我说说你们认识的经过。"

李文晴不清楚李伟为什么对冯欣这么重视，难道真是怀疑他是纵火的嫌疑犯？不过她此时却知道能为男朋友洗脱嫌疑的只有自己了，于是喘了口气，将自己和冯欣的事和盘托出。

"冯欣是李教授的病人，也是君林物流那个孙总的朋友。说是有些神经衰弱，只给李教授打过两次电话。不过李教授和我说过他的病其实没什么事，估计是他自己比较紧张之过，就建议给他开点儿药。取药那天正好李教授去外地开会不在，所以冯欣来找我拿药，然后我们俩就熟了，他对我很好，再后来就在一起了。"

"他人怎么样？"

"对我很好，也有上进心。"

"你们认识多长时间了？"

"四五年吧。"

"四五年？"李伟抬头想了想，忽然问李文晴，田云峰来找李曙光看病有多长时间了。李文晴的思维还停留在冯欣身上，半天才想起来谁是田云峰，思虑片刻道："好像也是四五年吧？"

"是不是田云峰找李曙光看病之后你认识冯欣的？"

"可能吧？这两件事有联系吗？"

"不知道，我随便问问。"

"你和田云峰熟吗？"

"我没见过这个人。因为田云峰一般都是晚上来，那时候我已经下班了。而且李教授从来没说起过这个人，我也没主动打听过。只是帮他整理私人病例记录的时候，我才知道有这么个病人。"

"自从微信留言之后冯欣就没再和你联系？"李伟再次确认。

"嗯。"虽然很不情愿，李文晴还是如实地回答了李伟的问题。李伟拿出手机，和李文晴要了冯欣的手机号。

"你就没有他的其他联络方式吗？"

"没有。他说自己不是一个喜欢和人联系的人，朋友也不多。我和他在一起是因为他对我好。"

"表现在哪方面？"

李文晴抬起头，看到成小华也正投来好奇的目光，蓦然间一种渴望抒发内心意愿的想法像火山爆发一样不可收拾，她带着自嘲的笑容和恬淡的目光打量着李伟和成小华："我想问成姐一个问题。"

成小华似乎有些好奇李伟和李文晴的谈话能把她也扯进来，很友善地笑了笑说道："好啊，你问吧。"

"你这么漂亮，当年追你的人一定很多吧？"李文晴说话的时候甚至能感觉到自己潜意识中那醋意浓厚的嫉妒。就见成小华看了眼李伟，淡淡地笑了笑："你为什么这么问啊？"

"李哥问我冯欣对我的好表现在哪里，其实我想告诉李哥的就是这样。成姐这么漂亮，追她的人不用说一定很多。可我其貌不扬，所以没人追。"说到这里李文晴又想到了苦逼的大学岁月，仍然有些懊恼，"你们也不用劝我，我有自知之明。男人都是外貌协会的动物，所以我大学期间才一直单着。直到冯欣出现之后，我才知道什么是爱情，什么是对异性的惦念。虽然他比我大不少，但只有他才让我第一次体会到了爱情所能带给人的一切。"

李伟和成小华静静地听着，谁都没说话。

"冯欣的出现让我第一次感觉到自己像个公主般被人呵护，第一次看到有男人为我挥金如土。我并不奢求物质上的拥有，我只希望能和他天长地久，能和他慢慢变老。这，就是他对我的好。"

"冯欣多大年纪？"

"四十多岁。"李文晴似乎一点儿都不介意冯欣的年龄比她大了不止"不少"，此时她才意识到自己面对的是两个陌生男女，其中还有一个是警察。她都不知道自己为什么会和他们说这些，但说出来之后她就感觉心底轻松多了，好像扔了些陈旧的行李，再也没有沉重的负罪感。

"谢谢你，我没有问题了。"李伟笑着把沙拉往李文晴面前推了推，"多吃点儿东西吧，你吃得不多。"

"谢谢。"李文晴拿起叉子，忽然停在了半空中，"不过我知道冯欣和田云峰认识，但我从未问过他。"

"你怎么知道的？"李伟这下提起了精神，很专注地盯着李文晴。

"有一次冯欣洗澡，他的手机来了个短信，是支付宝的到账信息，提示说有个账户给他打了两万块钱。冯欣和我说是公司发的年终奖金，可是后来我给李教授设定手机的时候发现给李教授打钱的也是这个账户，而且李教授备注的人名就是田云峰。"

"李教授也用支付宝收钱？"

"如果客户要求的话他不反对，大多数时候是我帮他操作。"

"你为什么没再追问冯欣？"

"我觉得这事和我没关系。"其实李文晴后面还有半句话没告诉李伟，她的第六感告诉她，如果真的问了冯欣他不想告诉她的事，也许她就会失去他。

李文晴渴望爱情的滋润，在此条件下什么事情都能商量。

第十一章

1

西北的天气远非中原可比，才过立秋，早晚就已逐渐有了些许凉意。此时的塞北市暑意正浓，谁知道到了西宁却不得不套上秋装。郭伟刚多穿了件夹克，临行前特意把录音笔放到里面的口袋里，疾步出了酒店，在人民广场西侧的停车场打了辆出租车前往既定的约会地点见面。

李伟最终没能完全说服成小华，所以西赴的任务就落到了郭伟刚一人头上。为了此行，他不仅动用了本就少得可怜的事假指标，甚至还在赵承民那儿打了包票，今后一年都不会再惹麻烦，为的就是队长睁一只眼闭一只眼地不给他找麻烦。

由于已经过了上午十点，想必李医生早就坐在事先约定好的咖啡厅等他了。那个咖啡厅的位置很好，与青宁大学附属第三医院仅隔街相望，也与李医生居住的小区不远。郭伟刚从何绍杰那里了解到李医生是个信守承诺的人，言出必行，既然他答应了两个小时的采访时间就一定会去。这种人现在不多了，冲这一点就值得郭伟刚尊敬。

果然，当郭伟刚走进咖啡厅的时候，第一眼就看到李医生戴着老花镜坐在大厅的角落里看报纸，面前摆了杯冒着热气的红茶。对于他这个年龄的人来说，咖啡可能比茶更难接受。与照片差不多，笔直的腰板和矍铄的神态很难让郭伟刚相信这是个年逾七旬的老人。

"李医生，您好。"郭伟刚掏出警官证表明身份，轻轻地给老人鞠了个躬。他知道李医生叫李尚荣，是青宁大学附属第三医院的副院长，但相比李院长或李主任，老人似乎更喜欢别人称自己为李医生。

某某某还告诉郭伟刚，对于这个心直口快的老大夫，郭伟刚直接说明来意比兜圈子编谎话更容易让他相信自己。于是在简单的客气话说完之后，郭伟刚将来意和过程直言不讳："基本情况就是这些，孙玓霖就是我女朋友的父亲。鉴于我刚才和您说过的这些疑点，我和她都认为弄清楚更好一些。"

李尚荣静静地听着，在郭伟刚一个多小时的叙述时间里，他没有插一句话。见郭伟刚说完才微微点了点头，端起杯子喝了口水："小郭警官，你的来意我听明白了。和我们之前电话里沟通的情况基本类似，你就是想了解孙玓霖当年在我院，准确地说在我们科治疗的经过，是吧？"

"对，听说当年手术是您做的，又是他的主治医生，您能不能和我说说情况？"郭伟刚诚恳地问道。他说话的时候拿出一张纸，上面密密麻麻地记满了需要问的问题。见李尚荣面带困惑，郭伟刚解释说这是他的搭档让他了解的一些东西，他搭档有事不能过来，说着就把纸推到了李尚荣面前。

李尚荣看了两眼，把纸还给郭伟刚，从桌子下面取一个手提袋，从里面拿了个塑料资料夹来："这里面装的都是孙玓霖当年的档案和病例，包括他在西宁其他医院的一些资料的复印件。我之所以让你晚一个星期过来就是因为我的资料当时没有准备齐全。"

"好，实在感谢。"郭伟刚接过资料夹翻看着，耳边回荡着李尚荣洪亮的声音："孙玓霖送到我们医院的时候是当年九月下旬的一天，已经是凌晨一点了，当时我还在休息。由于他受伤比较严重需要立即动手术，所以急诊科打电话把我叫了过去。从他受伤的情况来看车祸应该挺厉害的，听说不知道什么原因，安全气囊没有弹出来，所以孙玓霖的面部、颈部和前胸的伤都很严重。"

"神志还清醒吗？"

"昏迷状态，全身都是血。听说撞他的大车司机喝了酒，所以还造成了二次伤害。就是说第一次撞完孙玓霖的车后他想倒车离开，却又撞了孙玓霖的车一次。"说到这里李尚荣指了指资料夹中的一份剪报，"这是当时报纸上关于车祸的报道，我也给你带来了。有些东西我也是看报纸才知道的。"

郭伟刚细细看了遍报道，觉得有些奇怪，不禁脱口道："这个叫王幸龙的大车司机在之前并没有过酒后驾驶的记录，而且当时据说他明明可以提前两天回西宁的，为什么还要在新疆多逗留呢？"

"可能有什么私事吧，我知道他家在南疆有亲戚。"李尚荣没听出郭伟刚话里的意思，随口说道。郭伟刚却微笑着摇了摇头："也许吧，您继续说。"

"哦，孙玓霖在我们医院一共住了九个月，前前后后动了五次手术，其中三次都是我主刀的。当时我已经快退休了，所以对这种大型手术非常抵触，能不做就不做。鉴于领导安排的任务时，做的也特别小心。而且像他这么大的伤害在我们平时也比较少见，甚至个人几十年的行医生涯中也才见过有数的几次。"

"我很想知道这种外伤会影响人的神经系统吗？"

"你是说脑神经吗？"李尚荣点了点头，"十分可能，任何外力作用都可能对人的大脑产生不可逆的硬伤害。我见过一个年轻的生物学教授，因为和邻居拌了几句就大打出手，后来被人用板砖打中大脑，出院后性情大变，从焦躁情急竟变成了温柔下气，你说奇怪不奇怪？"说着李尚荣自己先笑了起来，"其实人的脑袋是十分复杂的器官，我们现在对它的研究认识非常肤浅，所以任何可能都是有的嘛。"

"是这样啊。"郭伟刚点了点头，想到这段时间对孙玓霖的调查确实印证了李尚荣的话，小心翼翼地问道，"这么说您觉得外伤可以让孙玓霖变得性格异常，就是那种像变了个人一样？"

"不排除这个可能。"

"当时他是一个人来西宁开会的吗？"

"不是，还有一个司机陪同。不过车祸发生的时候听说司机去买东西了，并不在车上。"李尚荣想了想，又补充道，"车祸发生以后他一直陪着孙玓霖，直到家属出现。"

"司机？"郭伟刚皱着眉头想了想，在他目前掌握的情况中，他只知道孙玓霖的司机只有过苗杰，并不知道还有其他司机的存在，便追问道，"什么样的司机，能做做介绍吗？"

李尚荣显然被郭伟刚问蒙了，想了半天才说道："就是一个青年，不对，中年男人。长得挺壮实的，成天戴着墨镜，留着小胡子。"

"墨镜、小胡子？"郭伟刚脑海里猛地闪过一个人，忙问道，"脸上有痦子没有，个子是不是比孙玓霖高一些？"

"没有痦子，个子嘛……"李尚荣犹豫再三，说道，"后来孙玓霖病好的时候，那个司机就已经不见了，不过我看他俩应该差不多高，最起码没有明显的差异，差也就是一两厘米的事。"

"这司机叫什么，您知道吗？"

"我不知道，我记得有一天晚上这个司机安排好孙玓霖的事就告诉值班的护士，说有点儿事让护士帮忙盯一宿，第二天好像孙玓霖的家人就来了。"

"家人是谁？"

"他女儿和他夫人吧，长得都挺漂亮。她们在医院附近的酒店包了房间，还雇了护工。那时候雇护工的人还不多，所以在我们看来是有钱人。"

"这么神秘？"

"对，这个司机还真挺神秘的。反正自从孙玓霖他女儿和夫人来过以后，我就再也没见过这个人，倒是那个撞他的王幸龙还来过几次。"

"那个本地的大车司机？"

"对，王幸龙是个老实人。他来了以后，我和他聊过，他姐姐还是我闺女的同学。据他说当时是喝了点儿酒，没太注意。不过奇怪的是王幸龙在孙玓霖住院以后来过七八次，甚至到后来警察都出了结果，判定由孙玓霖本人负全责以后，他还来过两回，甚至有的护士一直以为他们是亲戚呢。"

"哦，交通事故是由孙玓霖负责？"

"对，听说他当时开了辆沃尔沃，是从成都租来的，在拐弯的时候完全是逆向行驶，所以造成了与大车的碰撞。也多亏了发生的时间是晚上，所以只有他们两辆车，真是万幸。"

"周围有目击者吗？"

"这个我就不知道了。"

"方便告诉我这个王幸龙的联系方式吗？"

李尚荣苦笑了一下，摇了摇头："他去世三年了。"

"怎么死的？"

"跳楼自杀。"

"自杀？"

"对，据说他出车祸以后神志就不太正常了。而且有人说当时之所以发生了二次撞击，是因为王幸龙想杀人灭口但没成功，因为据警方调查第一次撞车的时候大车其实是有轻微的刹车痕迹的，但王幸龙死活不同意这个说法，只说自己喝多了。"

郭伟刚摸了摸怀里的录音笔，琢磨着李尚荣话里的意思，总觉得像有什么关键部分没有摸出头绪，飞蚊症一样在眼前晃来晃去抓不得要领，只得说了一句："就这样吧，还是这个王幸龙有点儿意思，必要时再查一查。"他的话其实是给将来听录音的李伟说的，却让李尚荣误会了："还要查啊？"

"不，不是……"郭伟刚才解释了两个字，手机就叽里呱啦地叫唤起来，他拿起来一看却结结实实地吃了一惊。

2

回到宾馆，郭伟刚在楼下咖啡厅吃了个简餐，然后回房间脱掉外套放下资料，迫不及待地打开微信和孙咛视频聊天。视频中，孙咛刚刚洗了脸的模样，一边梳头一边问他："怎么样了，还顺利吗？"

"还行，刚才你给我打电话的时候正和李尚荣说着呢，吓了我一跳。"郭伟刚笑嘻嘻地回应道。

孙咛愣了一下，秀眉微蹙："什么意思啊，我给你打电话就吓了一跳？"

"不是，你不是说你今天要回塞北吗？我以为你在飞机上呢，心想飞机上还能打电话，当然吓了一跳。"

孙咛笑了笑，说道："本来打算回来的，不过我们导员让我这几天帮她干点儿活，我就没走，连机票都退了。你那边怎么样了？"

"还行吧，正有个问题想和你聊聊呢。"

"你说，什么事啊？"

"你爸爸当年在西宁住院的时候是你和你继母陪的床？"

"对啊，怎么了？"

"你们在西宁待了多长时间？"

"挺长的，有八九个月呢。"

"后来呢？"

"后来他好得差不多了，线也拆了，我们就走了。当时我爸爸从公司调了个人陪他去韩国整容，我要上学就没陪着。"

"你爸还整过容？"

"对，我爸以前不是这样。"

"为什么要整容呢？"

"我爸说车祸发生的时候他车上放了东西，所以脸才被划伤，之后又撞到方向盘上毁了容。虽然当时的场景我没见到，但我们陪他这九个月他脸上全被纱布缠着，每个月拆一点儿，最后都解开的时候那张脸完全就是个陌生人，我们几乎都认不出来了。"

"这么严重啊，叔叔受苦了。"

"是啊，当时我妈和我都哭了，他整个人都变了。要不是他穿着我爸的衣服，我都不知道他是谁。后来我爸就说要去韩国整容，为这事和林罗说了好几次，他好不容易才答应的。"

"后来呢？"

"手术做了两次，几个月以后他回来就好多了，虽然样子有些变化，但大的轮廓和他从前还是一样的。"

"和他去的人是谁？"

"原来的一个司机，好像姓牛。"

"牛什么？"

"不知道，反正我知道他有一个姓牛的司机，具体叫什么我真不清楚。"

"正好这事我想问问你，和你爸去西宁的是不是也是这个姓牛的司机？"

"可能是吧，我们之前也不清楚，我就听我继母说他要和公司的人去西宁开会。后来我爸爸出事后，我们俩分别赶过去的，我先到的，她下午到的，同一天。听医院的李医生说有个司机前一天还在，但我们去了之后一直都没见到这个人。"

"你后来也没问过你父亲？"

"提过一次，他说小牛给他开好几年车了。但这个人挺神秘，我们都没见过。再后来不知道什么时候起，他的司机就换成苗杰了，我们也就把这个人忘了。其实也就是我知道这个人，像我继母、林罗，我估计都不知道。"

"为什么？"

"司机给的工资不高，不像苗杰后来拿钱那么多。像这种工资少的员工，林罗他们都不太注意，所以我估计他们并不知道。反正没问过我。"视频里孙咛放下毛巾，打开一罐饮料喝着，"普通员工的升迁、解聘，林罗从来不问，他其实也算天使或 VC，顾及不到这些小事。"

郭伟刚翻了翻刚才记的笔记，沉吟道："看来这场车祸是个分水岭啊，对他个人还有你家影响都不小。"

"还行吧，除了少许的生活习惯变化。"

"我正想问这个问题呢，说说他本人的变化。"

"要说大的变化就是生活习惯，我们不知道是不是因为他在西宁待了一年或手术引起的什么器质性变化。反正我爸爸以前吃饭口味偏咸鲜，自打做了手术回到塞北后就开始喜欢吃酸的、甜的，像以前喜欢的米饭也变成了面食，尤其钟情什么削面、猫耳朵。我问过他一次，他说开会途中曾和小牛顺路去了趟太原，感觉这两样东西很美味，就喜欢上了。"

"还有什么？"

"更夸张的是他的穿衣风格、讲话风格都有些变化，所有员工同事都有反映，好在这是他手术之后上班不久的事情。之后他就处在不断地改变中，直到他去世前已经和车祸前相差无己了，我猜测还是和手术有点儿关系吧。"

"其他的还有吗？事无巨细，越多越好。"郭伟刚越听越感觉调查的方向似乎有错误，好像事情越来越复杂，着实麻烦得紧。只是面对孙咛不好发作，只能多搜集点儿资料交给李伟，反正自己愈发觉得摸不着头绪了。

"眼神和声音算吗？我感觉我爸爸从韩国回来以后，他的声音和以前都不一样了。虽然他说是因为摘掉扁桃腺的原因，可摘掉的人都是这样吗？我没见过别人摘，所以也说不出来什么。"

郭伟刚听了苦笑一声，从口袋里掏出烟盒拿出根烟，边点火边笑道："你直接说你爸爸从韩国回来变了个人就完了。是不是他们那边现在能换头啊，直接给你爸爸换了个别人的身体，像'聊斋'里的'画皮'一样。"

"讨厌。"孙咛在视频里对着屏幕做了个打人的动作，"你可别吓唬我，今天寝室里就我一个人。再说我爸爸去整容的事知道人的可不多，我看对案情也没啥帮助，你别和别人乱说了。"

"是你自己疑神疑鬼，本身也没什么可怕的。行吧，既然这事涉及我岳父老泰山的名声，我就网开一面，不和李伟说了。我看也没啥用，干脆不和他提今天这事得了呗。"

"这还差不多。"孙咛说完这句突然把脸一沉，声音变得凌厉起来，"你刚才说什么我没听清，你再说一遍，谁是你岳父来着？"

"我说……"郭伟刚装无辜样，一副一本正经的面孔，"我说什么来着？我怎么记不起来了？"

"真没劲，敢说不敢认啊？"

"有什么不敢认的，我说你爸爸是我岳父。"郭伟刚换了副无赖面孔，嬉笑道。

孙咛哼了一声，也装模作样地吓唬他："别臭美，要是惹毛了本姑娘，你连备胎都做不成，还岳父呢！"

"别吓唬我，我可胆小。大不了我学李伟，给你下跪跪搓衣板呗。"郭伟刚说完这句话，一下子就把视频那头的孙咛的积极性调动了起来，她饶有兴趣地边喝水边问道："哎，你走之前说李伟给成小华下跪的事是真的？"

"应该是吧，其实也是事出有因，就是李伟要去西宁的事把成小华惹火了。本来他们俩在北城看了套房子，一百一十平方米，由李伟交四十四万的首付，两个人再贷款，成小华掏钱装修。后来交了首付拿了钥匙准备找装修公司的时候，李伟要和我去西宁，成小华就不高兴了，说李伟不重视她，要分手，听说李伟一着急就跪下了。成小华见李伟把她看得这么重，也哭了，允许他来西宁，还说速去速回，回来再装修。"

"那李伟怎么还没来？"孙咛好奇地问。

"要说他没出息呢，既然已经把成小华感动得一塌糊涂而且信任得无以复加，那就来西宁先把案子办了。谁知道他竟然一根筋走到头，坚决不来了，硬说要装修完领了结婚证再说。这不就把我给坑了吗？"郭伟刚说得吐沫星子乱飞，喷得手机屏幕上都是唾液。

孙咛还真听进去了，叹道："看来李伟还真动了感情，这么重视小华。他那么 Man 的男人竟然还能给小华下跪……"说到这儿好像又觉得哪里有些不对劲，问道，"这事你怎么知道的？别和我说是李伟告诉你的啊！"

"他当然不能告诉我了，我告诉你李伟家住的房子是八十年代分局的家属楼，我们有个同事在前楼住，当天正好看见。李伟给成小华下跪也就是瞬间的事，你说这是不是无巧不成书？"

两人说说笑笑，又聊了会儿天儿。正在这时孙咛好像听到了什么，扭头看了半天电视，郭伟刚叫了她好几句才回过神来。

"瞅什么呢？这么认真？这一季的《中国好声音》不是早完了吗？"

"不是，我刚洗头随便开了个台，新闻正说伊拉克又发生了炸弹爆炸事件。"她说到这儿忽然想起了什么，忙说道，"对了，你上次说那个去耶路撒冷的冯欣，就是死了的那个人，也许认识这个姓牛的司机也说不定，其实之前像保安、司机这种岗位的流动性很大，想找也挺麻烦。"

"对，冯欣应该就是田云峰。但认识不认识这个司机我还说不准，因为咱们不清楚这个姓牛的司机的底细。现在主要当事人都死了，你说和谁去打听呢？"

"司机？"孙咛想了想，忽然一拍桌子，兴奋地道，"你回去再打电话问问何绍杰，他打君林公司成立就是副总，八成知道！要是他不清楚，那王海欣王秘书肯定知道。"

"王秘书！"郭伟刚反复咀嚼着这个名字，仿佛看到了点儿曙光，"这是个好主意……"他刚说到这里，手机突然响了。郭伟刚接过电话，脸色立时变得难看至极。好半天，他和孙咛的视频通话才重新开始。

"怎么了，谁来的电话？"

"李尚荣的老伴儿，说李尚荣现在还没有回家，手机也关机了。"

"现在是三点，也没过几个小时。"

"问题是老头儿没装多少钱，又没有在外面吃饭的毛病，你说他能去哪儿？"

"难道出事了？"

"不知道，我得去看看，晚一点儿联系你吧。"说着话郭伟刚关掉视频，披上外套推开了房间大门。

3

郭伟刚找到李尚荣的时候，他兀自趴在青宁大学附属第三医院老院区住院处四楼的资料室门口昏迷不醒。这里现在作为整个医院的培训中心兼资料库，中午很少有人过来，所以发现的不算及时。好在他只是被人打晕，并未危及性命，郭伟刚很快就把他背到了急救中心。

折腾了一下午，就在李尚荣老伴儿赶到附属第三医院后不久，他才苏醒过来，虽然头还疼痛，却庆幸并未受多严重的伤。所以郭伟刚聊起他们分别后的事情，李尚荣思路敏捷，对答如流。

"你走以后我又在咖啡厅坐了一会儿，总觉得有什么重要的事情抓不住似的。后来我就想啊想啊，出了咖啡厅也没坐车，就顺着回家的路走，也想着这事，就像雾蒙蒙的晚上突然亮起一道闪电一样，我一下子就看清路了，当时我立马想到我知道在哪儿能弄明白孙玓霖那个司机的身份了。"

"在哪儿？"一听李尚荣分别后还在为自己的事操心，郭伟刚着实有些过意不去，就听他继续说道，"你还记得我说有一个司机和他一起来的西宁吧？当时我就想孙玓霖出车祸以后那个司机很快就赶到了急救中心，作为家属他得履行些家属和职责吧？"

"您指什么？"

"孙玓霖第一次手术时的签字他得签吧？开始没有家属，急救中心只能紧急抢救；后来姓牛的司机来了医院，替孙玓霖办了住院手续，孙玓霖当时需要立即手术，那么医院一定会让他签字。而这些抢救记录的签字我们医院是会多年留档的，譬如老院区改成培训中心后，四楼就是资料库，我想应该能找到那个司机的签字单。"

郭伟刚眼前一亮，点了点头："这倒是个好主意，您去找了？"

"对，当时正值中午，我和值班大夫还算熟悉，所以打了招呼去四楼找那个单子。"

"哦，这么说我发现您的时候您已经拿到单子了？"

"对。"李尚荣肯定地回答，"我在资料室待了五十多分钟，找到那张我亲自下的签字单后就往出口走，琢磨着给你打个电话。谁知道刚出资料室的门就被人打晕了，连对方是谁都没看清。"

"那单子呢？"郭伟刚紧张地问道。

"你们没拿到吗？"李尚荣反问。

郭伟刚长叹一声，苦笑道："完了，被人提前拿走了，对方肯定知道这是个破绽，一直在等机会弄回去。"说到这里，郭伟刚黯然神伤，忧郁地说道，"李医生最近发现什么奇怪的人或事没？"

"奇怪的人或事？"李尚荣凝神想了想，摇头道，"没有啊，我的生活一直很简单，没啥让我感觉奇怪的事。就是和你打过几次电话，要不然就是我儿子在美国打来的电话有问题。"

"不是这个。"郭伟刚看李尚荣的水杯空了，忙起来给他倒水，"我的意思是您生活中突然出现什么生人没？"

"好像……"看样子李尚荣刚想说没有，又突然改了口，"就是我们小区门前多了一个卖菜的农民，卖土豆什么的，看上去生意不算太好。"

"来了多长时间？"

"有半个多月吧？"

"男的女的？"

"男人，四五十岁。"

"具体特征呢？"

"没看清，因为我没注意这事。"

郭伟刚点了点头，正想这件事时，李尚荣问他是怎么找到自己的。郭伟刚笑了笑，说道："您夫人打电话给我，说您三点多还没回家，我就觉得有问题。我去咖啡厅问，那里的人说您过马路了，我就又去旁边银行调了监控录像，正好看到您进了对面的附属第三医院，后面也就好找了。"

"多亏了你啊，郭警官。"李尚荣笑着和郭伟刚握手，"没帮上你忙。"

"说哪里话，是我连累了您。"郭伟刚忙安慰李尚荣，"我不知道得多感谢您呢。"

"没什么，可惜是拿到又丢了。而且上面的签字挺潦草，我也没看清，那会儿就琢磨着出去打电话拿给你看看，我就没细瞅。对了，现场有什么发现没？"

郭伟刚怕老人自责过甚，笑着用话拦住了他："您还别说，我还真有发现。"说着他从口袋中掏出证物袋，指着里面一个抽剩下的烟头说道，"您看见没，这个就是通过您找到的东西。"

"就一个烟头啊？"李尚荣失望地说道。

"您别小看这个烟头，您看这过滤嘴都是白的，上面还有什么东西？"李尚荣觑着眼贴近证物袋瞅了半天，才看到过滤嘴上面印有一个红色的向右箭头和箭头旁边的一个灰色小球，再看烟标却是黑色的"Marlboro"字样，下面有极小的银色大写字母"BEYOND"，问道："这是万宝路吧？"

"对，是万宝路香烟，却是少见的单爆珠万宝路。"

"我戒烟好多年了，现在这烟不常见吗？"

"对，其实这种单爆珠万宝路在国内是不公开销售的，无论是西宁，还是我所在的塞北市，在市面上根本买不到这种香烟。要抽只能到机场的免税店去买。"

"这么说凶手一定出过国？"

"不见得，他也可以委托别人去买，但这也大大减小了找人概率，您说这是不是您本人为我们做了贡献？"

李尚荣哈哈大笑，问道："如果是故布疑阵呢？"

"我估计不像。"郭伟刚说完这句话看李尚荣有些疑惑，便解释道，"这个烟头不是在现场找到的。"

"什么？"李尚荣听得更糊涂了。

"您所在的资料库四楼是个回字形的楼，有七间资料室。而存放您要找的资料这间正好处于回字楼的左下角，与左上角的卫生间同处一排，瞭望极方便。"

"你是在卫生间找到烟头的？"

"对，其实烟头也处理过，但这是唯一掉落到墙角缝隙的一个。我当时就想，如果凶手在这儿等您的话他会在哪儿藏身？自然就能找到这个卫生间。而且这个楼的安保工作漏洞很大，任何一个人用点儿心都能进来。"

"说是资料库，但这些陈年老账本身也没什么太多的价值。有好几个入口都用比较简单的链子锁锁着，想进来很容易。"李尚荣也对这个资料库的安全性感同身受。郭伟刚继续说道："一个普通人想了解资料在哪儿特别简单，但要打开防盗门再在用浩如烟海来形容丝毫不过分的七个资料室里找到一份记录就不那么容易了，所以如果我是他也会在这儿等你几天。"

"那我要是不去找呢？"

"再想别的办法。"

"有什么办法。"

"如果是我的话……"郭伟刚很认真地想了一会儿，回答，"找医院的大夫帮忙呗，花钱什么的。最后一招就是想办法弄明白资料在哪个房间，然后撬开防盗门进去烧掉它。"

"烧掉整个资料室？"李尚荣不禁打个了冷战。

"对，这是最保险的。"

"看来我还挽救了整个资料库啊。"李尚荣说道。

"对啊，这可是个大事。"郭伟刚见李尚荣的精神头尚可，便又安慰了几句后退出，向大夫询问了他的病情并无大碍，可能再观察几天就能出院了，郭伟刚便放下心来，临行前又想偷偷留下住院费，却死活被李尚荣拒绝了。

出了医院已是华灯初上，郭伟刚打电话和李伟交代这几天的成果，顺便说了下午的事，临了说道："等回去你帮我把烟头扫描一下，看看有指纹没。"说到这里他突然想到昨天和李尚荣谈到撞孙玓霖的司机王幸龙时好像总有什么重要的事情没想起来，现在回想起来原来是自己一直在琢磨着王幸龙和孙玓霖有没有什么交叉点。

郭伟刚随即将自己的想法告诉了李伟，就听他说道："行，我知道了，这事我去查。另外，需要告诉你一件事。"

"什么事啊？"郭伟刚总觉得李伟和他说的事从来没什么好事，可这次他偏偏想错了。就听李伟说道："你记不记得你给过我一个 Kindle 阅读器、一个 iPhone 6 手机和一个 iPad 2？"

"对啊，那不是孙玠霖留下的吗？"

"没错，我在里面有发现。"

"什么发现？"

"Kindle 阅读器被删除的文档都是关于精神病学的电子书，我想办法恢复了一部分。"

"说具体点。"

"我查过，这些书大都是探讨人格分裂的病因、病理或治疗手段方面的著作，国内外的都有，非常庞杂。"

"这么说，这东西能做旁证的话是不是就可以证明我们现在的方向和推论基本正确？"

"有可能，因为这与李曙光的判断大致相同，也与田云峰的情况吻合。另外，我对田云峰开始出现以后的出行数据进行了大数据分析，发现田云峰在保险公司的工作与在君林物流安保中心的工作是不冲突的。生活中真没有人见过孙玠霖和田云峰同时出现过。"李伟深沉地说道。

郭伟刚点了点头："不意外，只是结果让我很揪心。说实话吧，我希望能找到证据推翻这个结论。"

"如果能找到那个姓牛的司机，也许我们就能确定了。"

"现在案情更复杂了，所以我得在西宁多待一段时间，找出伤害李尚荣的凶手，也就是这个抽单爆珠万宝路的人。另外，你的任务要尽快完成：帮我找一下王幸龙家人的联络方式，如果需要帮助就去分局户籍处找张海生帮忙。"

"这事你为什么直接不问李尚荣？"

郭伟刚很神秘地笑了笑，虽然李伟在电话那头看不到他的笑容，但仍能从他的声音中感受到那阴恻恻的凉意："在没有破案之前，任何人都有可能成为我们的嫌疑人，无论他是医生、护士、司机，或者是……任何人！"

说"任何人"这三个字的时候，郭伟刚心里分明闪过一张熟悉的面孔。他相信在遥远的塞北市，李伟一定有和他相同的感受与共同的嫌疑人！

但愿他们是错的，但愿李曙光是错误的。

第十二章

1

周六下午两点，仍旧细雨绵绵。

塞北市经济技术开发区君林物流企业园西办公楼一层安保部的办公室里，副部长于鲲见到了如约而来的两位警察。前面的胖警官严肃而认真，长得细皮嫩肉，虽然没穿警服，可是从他身后驾驶来的警车和手里的警官证依旧可以准确地证明其身份。他身后的青年男人长得比较精壮，肤色略黑，双眼明亮，虽也是便装却未出示警官证，于鲲猜测是个协警。

"我叫郭伟刚，在桥南分局工作，今天来是有件事想和您聊聊。这是我的朋友李伟。"郭警官声音不高，态度和蔼，与身后不苟言笑的李协警对比分明。

于鲲也客气地和郭警官打招呼，说道："桥南分局啊，我和你们原来刑警队的罗队长是老同学，老去你们那儿玩。"

"哦，罗健啊，他调去桥北两年多了。"郭警官说着在于鲲对面坐下，拿出盒玉溪香烟给他递烟，"我们正在调查一个刑事案件，涉及一些人，需要和你们了解一下，不知道方便不方便？"

"方便方便，这有什么不方便的。"于鲲边招呼人给郭警官和李协警上茶，边说道，"有什么尽管问，我尽量配合。"

"太好了。"郭警官笑着从李协警手里接过一个仿牛皮纸的大笔记本，看了看上面的内容说道，"有个叫冯欣的人在你们这儿任安保部经理？"

"冯欣？"于鲲对这个名字陌生得很，估计警察们搞错了，便说道，"我们安保部的负责人是部长，部长直接向主管副总王总汇报，没有经理这个职位。况且整个安保部的安保人员里也没有叫冯欣的，甚至没有姓冯的保安。"

"那你们部长叫什么名字？"郭警官问道。

"姓田，我们部长姓田，叫田云峰。"于鲲认真地回答。

谁知道他刚说完话，郭警官和李协警就都皱起了眉头，接着二人对视一眼，好半天都没说话，看这架势好像这话捅他们俩肺管子上了。想到神出鬼没的田云峰，于鲲知道这里面准有事。

"有照片吗？我们看看。"郭警官问。

于鲲刚想说照片都在人力资源部，却猛然想到安保部的人员名册里有照片，便连声答道："有一张，你们等会儿。"说着他跑到里间屋——自己的办公室里取出人员名册递到郭警官的手上。

郭警官翻开第一页就能看到田云峰的一寸免冠照片，照得相当清晰，甚至连痦子上的短毛和有几根小胡子都能数得一清二楚。就看见他瞅了一阵儿，又把照片交到李协警手上低声说道："你加李文晴为微信好友了吗？用手机照一下，给她发过去，问问她这是不是就是她说的冯欣。"

"小华加了，说是要买李文晴微店里的化妆品，我让她问。"李协警说了进屋以来的第一句话，声音很小，似乎不太愿意让于鲲听到。好在这个李协警虽然说得声音不高，却也没完全屏蔽于鲲，所以他仍然能感到郭警官骨子里的焦急和李协警与他多少存在的分歧，不过他们很快就调整了思路，又把矛头对准了他。

"你什么时候来君林物流公司工作的？"

"2010年春节后来的，之前在北京一家外企负责安保工作。"每当说起自己的经历，于鲲都觉得挺自豪。郭警官点了点头，又问："那在你来这里之前田云峰就已经在这儿了吗？"

"对，我来的时候他就已经是安保部的部长了。"想到田云峰，于鲲多少有些情绪。自从他来到君林物流的安保部起，就干着部长的活，拿着副部长的钱，相当于一个人干两份工作。田云峰却乐得个逍遥自在，工作上的事也从来不多问，有事没事就往总经理办公室跑，和孙玢霖据说还是亲戚，搞得于鲲敢怒不敢言，只好在背后发发牢骚。

"这么说田云峰、孙玢霖等人之前的事，你不知道是吧？"郭警官问道。

"听说过一些，不过都是传言。"

"哦，那你说说？"

"这……"让自己说自己上司的坏话，于鲲多少有些忌惮，怎么说公司也是人家的。虽然现在他人去世了，可威信影响犹在，更何况继承人还是他女儿，所以他有点儿投鼠忌器。直到郭警官又连声地催促了几句，他才犹犹豫豫地说道："公司的人都说孙总他媳妇给他戴绿帽子，那个姓林的其实才是公司真正的负责人。还说整个公司的管理团队里都没有他的人，也不允许他安排自己的人在高管的职位上。"

"谁不允许？"

"姓林的呗。"

"姓林的这么控制公司多累，怎么不直接担任个职位？"

"不知道，好像听说有孙总给顶缸，姓林的也能放心。"

"什么放心？"

"我……说不清楚。"看见两个警察铁青的面孔，于鲲琢磨着他们八成知道了公司走私的业务。其实在君林物流，中层以上的管理人员都清楚合法的买卖根本挣不到这么多钱，也不可能有如此规模的团队和企业。只是本着自己还算丰厚的饭碗和多一事不如少事的原则，大伙都默默地遵循着这个潜规则而已。

于鲲早就知道君林物流迟早会出事，只是没想到开头就这么惨烈：三大幕后老板和他们找来当炮灰的孙玢霖同时毙命，亦把整个游戏推到了无人能企及的高度。

"这些和田云峰有什么联系？"就在于鲲胡乱思想时，那个姓李的协警突然插言问。于鲲愣了一下，继而才把思路拉回来："田云峰就是孙总安排的人，我猜他自己可能是想培养点儿亲信吧，因为那几年好多部门都有他直接免招聘插进去的员工。只是通常大多数部门的第一负责人必须要林罗点头才能进人，所以孙总只能在安保部想想办法，而且从这儿切入也简单。这安保部通常林罗他们也不太注意。"

"这是你听说的，还是自己的想法？"

"都有吧。"

"林罗没在你们公司任职，却有这么大的权势？"

"他是投资人啊，他们仨人算是股东吧，孙玓霖最多算一个 CEO，搁旧社会就是个掌柜的。"

"问题是君林物流是私企啊，应该没有林罗的事吧？"看不出郭警官还挺轴，一副打破砂锅问到底的架势。于鲲无奈地笑了笑，说道："是不是林罗提供启动资金帮孙玓霖两口子成立君林物流咱先不说，就是冲着林罗在幕后遥控一切的态度，谁都知道这企业迟早得姓林。"

"你们都这么想？"

"谁都知道，连职工也明白。像君林物流下属两个公司，早几年在内蒙古做商业地产赚了钱，直接就转到林罗和赵津书名下了。实际上孙玓霖从开始是想借这个公司给自己铺条后路的，估计这事对他打击挺大。"

"你听谁说的？"

"知道这事的人不多，但高层大都知道。虽然没人明说，可还看不出来吗？听说这之后孙玓霖就自己招司机、招秘书，哪怕是他私人倒贴工资给他们，他也想用自己的人。其实也是林罗对小事过问太少，精力顾及不过来吧。如果在西宁时孙玓霖身边有林罗的人，那指定不能让他用公司的钱这么看病，连住院带整容小两年，得花多少钱啊？虽然说这公司当时名义上是他的，但好多事还是林罗说了算。"

"孙玓霖这总经理当得也太窝火了吧？"郭伟刚笑道。

"谁说不是呢，从小到大都让人这么欺负，要是我非疯了不可。"

"这么说孙玓霖开发房地产是在西宁出车祸之前？"

"对，北京开奥运会之前吧，你到君林物流的总部大楼去打听打听，没人不知道这事。哪儿像我们这儿，多神秘似的，还得偷偷摸摸地说。"

郭警官点了点头，沉默片刻又把话题拉回到了田云峰身上："你说田云峰做部长，却不大管安保部的事？"

"对，他一般就是签签字，有事没事地打打电话，其实我知道他是打给孙总的，可却不能说破。我当时真觉得孙玓霖在下一盘很大的棋，他可能是想发动一次突袭，把林罗等人都弄垮，好重新树起他做男人的威风。可没想到竟然是这么个结局。"说着话于鲲还摇了摇头，多少有些替孙玓霖鸣不平。

"你猜他是打给孙玓霖的？"

"对，应该是，我有一次听田云峰在电话里叫孙总来着。"

"听到对方说什么了吗？"

"怎么可能听到呢？"

"那我再问你一个问题，你来君林物流这么多年，之前田云峰比你还多待了一两年，没错吧？你或你的同事谁见过孙玓霖和田云峰同时出现在你们任何一个人面前？有没有过？"这句话是李协警问的，每次发言的时候他都严肃得像是在开政协会。

可就是这句听上去不起眼儿的话，让于鲲一下子就陷入了沉默，他想了许久才发现，田云峰和总经理孙玓霖的确从来没有一起出现过。虽然他们的地位相差悬殊，可问题是一次也没有啊！不仅是自己，好像任何人都没见过也未曾听说过他们两个人一起出现过，甚至是同一场所！

这是怎么回事？就在于鲲哑口无言的时候，李协警好像从他的表情中读懂了什么，淡淡地冲郭警官点了点头。也就是在这个时候，李协警的手机轻轻地响了一声，于鲲知道那是微信的信息回复声。

李协警打开手机，然后迅速将它交到郭警官手里，两人好像同时看到了最不愿意看到的场景一样，都深深地沉默着，可他们的眼神却不顾一切地出卖了他们自己。他们看到了什么？于鲲依稀记得那个他们来求证的叫冯欣的人，难道这个人和田云峰有什么关系吗？

2

傍晚的时候，下了一整天的牛毛细雨终于停了。天空依旧阴沉得让人心悸，大块大块的铅云压在头顶，好像伸手就能摸到一样。在这种潮湿沉闷的天气里，本应清爽的心情亦会变得晦暗起来。更何况郭伟刚和李伟问了一天的案子，一直阴郁的心结随着这天气更似雪上加霜一般。

解放路"景泰茶园"内靠窗的一张桌子旁，郭伟刚和李伟沏了壶上好的"母树大红袍"，正边吃瓜子边聊案情。他先是掏出盒新拆包的软中华，给了李伟一根烟，然后又自己点了一根默默地抽着，梳理着乱如麻絮的线索和思路，良久才深深地叹了口气："孙咛提出来她父亲这事的时候，我一直以为是个小事，没想到比我经手的任何一个案子都难，真他妈让人不省心啊！"

李伟静静地听着，一杯接一杯地喝着，一直到喝干了壶里的水，当郭伟刚摩挲着寸许长的短发望着他时，他才不紧不慢地笑了笑："你知道我开始时为什么不愿意接这案子吗？"

"为什么？"对于李伟，郭伟刚其实也不是完全不了解。他知道面前的这位离职前曾经是桥南分局最具传奇经历的警探，对案子的执着不亚于追老婆，也正因为如此，李伟才年逾三旬还没成家。说起聪明和灵性，也许李伟并不是桥南分局诸刑警中最厉害的人，可要说起破案时的韧性和偏执，却绝对无人能出其右。甚至在如今物欲横流、无利不起早的今天，竟有人能凭借所谓的信念、理想抑或兴趣坚持如斯，也算是牛人。

"因为我知道这案子不简单，这也是我最终下定决心帮你的原因。除了我们俩，没有人能这样查，也没人能找到真相。"李伟淡淡地说着，虽然言语中豪气纵生，但语气中却丝毫听不出来，完全像是在和好友谈心。郭伟刚暗自赞许，却不愿表露出来："也许吧，我就是发发牢骚，再说说刚才那个微信吧。"

李伟点了点头，往外面看了一眼，掏出手机才要说话时又停住了，思忖片刻道："你和小海说好来这儿了？"

"说好了，一会儿下班他准到。"郭伟刚催促着李伟拿出手机，又给他看了一眼李文晴发来的微信，却只有短短一句话：这人不是他，你们要是找到他在哪儿，一定记得告诉我，谢谢。

"这孩子打这句话的时候是什么心情啊，我们俩是不是有点儿造孽？"李伟叹着气收起手机，"一个涉世未深的小姑娘和一个中年大叔，多么荡气回肠的爱情故事，硬让咱俩给毁了。"

"你快算了吧，你没看清楚冯欣是什么样的主儿吗？"郭伟刚呷了口热茶，从容不迫地说，"孙咛家里有个书柜，都是孙玓霖平时看的书，就是大众一些的、能让我看懂的那种吧。我听孙咛说孙玓霖在西宁出车祸之前他挺爱看书的，但出车祸之后就差得多了。不过除了企业管理外，孙玓霖最喜欢看的书是日本作家东野圭吾的《白夜行》，甚至还有一本 2000 年他去日本买的原版，虽然他看不懂。你说说他多喜欢这本书吧。"这番话是郭伟刚从君林物流回来的路上想好的，所以此时说出来掷地有声，着实把李伟问住了，就见他瞠目许久，才问道："什么意思？"

"你回去找一本读读，实在不想买的话就去孙咛那儿拿来看看，我建议你看，完了就知道了。"郭伟刚觉得自己在跟李伟查这件案子上难得有一次可以占据主动位置，如此转换身份的时候可不多，所以能享受一刻是一刻。

李伟先是愣了一下，瞬间就明白过来郭伟刚是在拿捏架子给自己好看，遂骂道："别废话了，时间这么紧还卖关子，你不急，我告诉你孙咛可急，到时候我们单位给我的假一到，你就一人查吧，我可没时间奉陪。"

郭伟刚知道李伟脾气火爆，也不敢多耽搁，便笑道："你说你是什么人，玩笑都开不起？我告诉你，《白夜行》里有一段内容说的是男主人公为了帮助女主人公杀人，故意接触一个可以拿到违禁药品的护士，甚至强迫自己去和对方好，以使她爱上自己……"

"你的意思是说冯欣故意接近李文晴？"李伟果然是一点就透，立刻就明白了郭伟刚的意思。郭伟刚郑重其事地点了点头，解释说："没错，我就是这个意思，甚至我觉得这是唯一合理的解释。"

"可问题是这个冯欣真的去耶路撒冷了吗？我看未必，现在找到他是关键。因为这个人与孙玓霖的交叉点是重要线索。比如他杀掉李曙光教授鱼缸中的鱼，很可能就是威胁李教授，让他不要说出孙玓霖和田云峰的事。如果那天不是李教授记错了日期，我们肯定得不到这条线索。"

"我倒是挺为李文晴可惜的，好好一个姑娘让大叔骗了感情。虽然她长得不太好看，个子矮了点儿，家里是农村的，还有一个弟弟，可是……"

"你说就这条件，她要不是大叔控也不好找男朋友吧？"李伟毫不客气地打断了郭伟刚的话，"冯欣是非常有经验的大叔，也肯定早就在暗中物色好了李文晴，否则也不可能这么顺利。你不知道那天她看小华的眼神，是一种充满了妒火的赤裸裸的有仇恨的目光。这种恨不得全天下男人都是她的男人的女人，有一个温暖的怀抱估计就能搞定。"

郭伟刚咂摸着李伟的意思，越想越有值得回味，正在这时茶园的大门处走来一个青年男子，他推开门风风火火地就向他们这个方向扑来。郭伟刚定神看去，正是他找来的朋友李海——港务局任职的旧日邻居，绰号小海，是个八面玲珑的主儿。

"郭哥、李哥。"李海和李伟也认识，虽然不甚熟稔却见过几面，所以三人没多客气，坐下后直奔主题。就听李海说道："郭哥，你给我微信发的那个图，我让朋友帮你问了。主要是现在咱们不能直接查出入境的信息，但可以从其他途径找到塞北市几大航空公司的近期出入境记录，但都没有你说的这个人。从咱们这儿最近出境的人里叫冯欣的倒是有一个，但是个二十多岁的女孩儿，像你说四十至五十岁的男人根本没有。"

"那是不是可以证明他没有出国？"郭伟刚焦急地问道。

李海端起茶杯正要喝水，听到这话就又停住了："只能说从合法途径没出国。因为你和我说这人要去耶路撒冷，所以我又侧面打听了一下偷渡的情况。我估计你们也知道整个塞北市的偷渡行业最终都是'杨六郎'负责，他就是那个被你们抓的八喜的上线。'杨六郎'的小弟看照片说好像有这么个人从云南出境，去中东参加极端组织的，所以不敢从合法途径出国。"

"你确认吗？"

"确认，而且还有个消息。"李海说话的时候有些忧心忡忡的样子，郭伟刚见他这副表情就知道不好，忙细问端倪。李海说道："'杨六郎'的小弟说这个人走了两天以后，他们在中东的线人就来信说伊拉克发生了爆炸，这人途经伊拉克的时候被炸身亡。"他停顿一下，补充道，"由于和他们没关系，所以也没人去细打听。再说他们甚至都不知道他叫冯欣，就是从衣着、身材上推断是他，所以也就当故事听。"

郭伟刚看了眼李伟，恰巧李伟也向他张望过来。他知道此时他们两个人心思一般，都知道冯欣这条线至此就断了。从破案角度上来说，虽然深挖下去也许还能找到些许其他线索，但就这些情况看来意义不大。这个冯欣只是被人雇用来吓唬李教授的，完事后，无论是真是假地去了中东，都是所谓的"消失"，仅此而已。

李海又坐了一会儿，然后执意谢绝了郭伟刚吃饭的邀请，待送他离开，郭伟刚回到茶园又重新沏了壶茶，换了几碟点心和李伟边吃边聊，这次两个人不在纠结于冯欣的问题了，而是把关注重点转移到下一步的工作上。

"怎么着，你打算如何向孙咛交差？"李伟跷着二郎腿问。说话的时候他嘴里被吃的东西塞满了，声音含混不清。

郭伟刚抽了几口烟，望着李伟吃掉了整盘的"豌豆黄"糕点，才道："交什么差，这是咱俩的作风吗？要是别人说这话还能理解，没想到你也在这儿和我逗闷子？现在大的思路虽然有了，却是咱俩的猜想，拿出证据才是硬道路。"

"说说你的想法。"李伟好像饿疯了一样，说话的时候不停地在吃东西，转眼间，一盘"驴打滚"和一份"炸灌肠"又被他消灭了。郭伟刚还是一口没动，默默地看着他吃。

"查田云峰，找他和冯欣的切入点。如果能确认这两人是雇用关系，那下一步就是田云峰和孙玓霖的问题了。这事由李教授出份东西给孙咛，这样她也容易接受我们的推测。"

李伟终于吃完了，可他却不是因为吃饱而放弃了对食物的追逐，而是吃得太快噎得够呛。所以郭伟刚眼睁睁地望着他喝干了一整壶茶水，然后打着嗝儿问："最近这么辛苦，你打算咱俩一会儿去哪儿吃饭啊？我知道机械厂家属区有家炸酱面馆不错，不行咱俩去吃炸酱面吧？"

"还吃啊？"郭伟刚瞠目结舌地问他。

"当然了，这只能算垫垫底。"李伟又打了个嗝儿，"你说咱俩的猜测对不对，孙玓霖真的是那个？"

3

从炸酱面馆吃饭出来，已是华灯璀璨的夜晚。郭伟刚结完账，看见李伟站在饭店门前的滴水檐前望着对面马路发呆，便信步走了过去，轻轻地推了他一把："瞅什么呢？"

"你看见对面那个小乞丐没有？"李伟用下巴朝对面点了一下，郭伟刚这才注意到，对面"天阳小区"门前，有一个衣着破烂的小乞丐正在垃圾堆前翻找东西吃。他身材瘦小，看样子不过十三四岁，倒不像那种专业骗钱的假叫花子。

疑惑丛生的郭伟刚和李伟看了那个小乞丐一会儿，见李伟再无后话，便想和他开个玩笑："看着了，他是你们家亲戚啊？"

"不是。"李伟好像没听出郭伟刚的揶揄，竟一本正经地摇了摇头，"这孩子一直在东站铁园小区家楼下要饭，我去那儿调查孙玢霖家的时候见过他几次。那个小区也有物业派属的保安，但毕竟是二十多年的老小区，管得不严，所以我每次去都能看见他。"

"那他怎么跑这儿了？"

"不知道，但我估计他真是个无家可归的孤儿，瞅着也挺可怜。"李伟说着径直走过去，和小乞丐说了几句话，接着又走回来说给他要了个菜。郭伟刚就这样瞅着李伟从炸酱面馆点了一份回锅肉和一份米饭，用一次性饭盒装了两盒给了小乞丐。

"走吧。"李伟走回来，淡淡地说道。

"看不出来，你还挺有爱心的。"郭伟刚感叹着打开车门，和李伟上车去找何绍杰。吃饭的时候，郭伟刚已经打电话联络了这位君林物流的常务副总经理。

"碰着要饭的给点儿钱，碰着要钱的给点儿饭。"在车上，李伟就说了这么一句话。

何绍杰的家住在南城高端社区"富海星城"小区十八号楼，前几天李伟去小江京镇，郭伟刚想自己来找他了解田云峰的事，谁知道分局的公事一忙就没办成，如今却是第一次上门。由于事先打了招呼，所以何绍杰提前给他们打开了车库的自动门。两个人停好车，顺着电梯上来的时候何绍杰已经笑吟吟地站在自家门前等待他们了。

"郭警官、李警官，又见面了。"文质彬彬的何绍杰笑着把郭伟刚和李伟让进客厅，倒了茶笑道，"两位也不容易，为了我们总经理这点儿事宵衣旰食，真让我钦佩啊！"

因为与何绍杰来来往往已打过几次交道，所以郭伟刚知他心直口快，也非有意刁难，故而不以为忤，叹道："何总就别笑话我们俩了，今天登门还是有事相求啊！"

"先坐，先坐。"何绍杰劝了一轮茶，又敬过烟才问来意。

郭伟刚说道："公司最近怎么样，一个人很辛苦吧？"

"还可以。前一阵我和孙小姐电话沟通过，我们俩一致同意按照孙总离世前制订的三至五年经营计划，现在公司已经着手开始进行上市前的审计工作了。上周已经引入了咨询公司和审计公司进行账目和流程的梳理，这在之前是不可想象的。"

何绍杰似乎话有所指，郭伟刚心念一动，想问未问时，李伟却率先提问了："为什么以前是不可想象的呢？"

"孙总从来没有明说过。但就每年百分八十以上的利润被提走的情况看，公司大部分收入甚至都没有落到孙总口袋里。"何绍杰很聪明地回避着什么，听得李伟似乎有些不耐烦："是不是说林罗他们四人以前攫取了君林物流的大部分利润？"

何绍杰笑了笑，不置可否。郭伟刚见他有些放不开手脚，便给他递了根烟劝慰道："今天我们来就是想和您聊聊天儿，并非公干。您也不必有什么顾虑，咱们今天就直白了说，我是帮孙咛办事。别拿我们当警察就行。"

"那……好吧。"何绍杰推了推鼻梁上的眼镜，"孙总活的时候受林罗控制，什么业务都做，所以虽然利润上去了但风险也大，况且他还是替人做嫁衣。自他去世以后，我放弃了这些不太健康的业务，故此这个财季利润额有所下降，但肯定是暂时现象。另外，就上市之前我们计划稀释一部分股权，引入注资，首轮融资额是 10 亿美金，用以拓展我之前一直独自负责的君林企业线上新业务，已经基本完成谈判。当然这些都是正常的公司运作，不会影响正常发展与孙小姐的绝对控股，毕竟这还是家族型的民营企业……"

"何总，何总……"郭伟刚听得一头雾水，及时打断了滔滔不绝的何绍杰，"我们两个人不是董事会成员，也完全相信您的职业素养，您该怎么办就怎么办，对于公司经营我们是外行。您看是不是换换话题？"

"哦，实在不好意思。"何绍杰一副如梦方醒的模样，好像才刚刚发现他面前坐的是警察而不是孙咛的亲戚。其实郭伟刚也清楚，这位何总怕他们是孙咛派来了解公司运作的"线人"，便又解释道："没事，没事，我们俩真就是干我们警察的老本行，公司的事孙咛也一万个相信您，你们就按你们计划来就行。我今天是想了解了解您知道不知道田云峰的情况？"

"安保部的那个部长？"

"对。"

"和他也有关系？"何绍杰很奇怪地问道，"我就听说他是孙总的亲戚，所以我们公司给他安排了挂名的安保部长职位，但安保部真正的工作却不由他负责，现在有个姓于的副部长主管安保工作，看情况最近就要转正。"

"田云峰现在在哪儿？"

"失踪了。"

"失踪？"

"对，孙总出事以后我就再也没有见过他。"

"那你之前在公开场所见过他和孙总在一起吗？"

"没有，其实我估计我们公司任何人都没有见过。因为这个田云峰是个非常不愿意和别人打交道的人，就像契诃夫笔下的套中人一样孤独神秘，长年上夜班。没人了解他，只是孙总对他似乎青睐有加，连工资都替他领，我们也不知道他们是什么亲戚。"

对于何绍杰的答案，郭伟刚和李伟其实都不感到意外，所以他们又简单地聊了聊田云峰后开始将话题转向冯欣，可令人意外的是，当郭伟刚和李伟提出这个人的时候，何绍杰竟然说认识。

"你认识冯欣？"

"冯欣是我的表哥，多年前也在君林公司安保部工作，后来辞职自己跑车。前几天出国，去耶路撒冷朝拜了。"说到冯欣的时候，何绍杰似乎不知道他在伊拉克已经出事，郭伟刚和李伟对视了一眼，谁也没说话。

"孙玓霖认识他吗？"

"认识，他们关系还一直很不错。孙总去世的时候，冯欣还给林秀玫打过电话，问她需不需要帮忙。"

"他什么时候走的？"

"前几天吧，时间不长。"

"你有他照片吗？"

"啊，照片……"何绍杰想了想，掏出手机看了两眼，说冯欣的微信里面有照片，于是李伟就把冯欣的微信要上，给李文晴把冯欣头像截图发了过去，一分钟以后李文晴就很利落地回复了："他在哪里？"

这时就听李伟问何绍杰田云峰的入职日期，何绍杰拍着脑袋想了一会儿说道："应该是 2010 年夏天，和孙总从韩国回来的时间相当。"

"也就是说田云峰是在孙玓霖出车祸回来以后来你们公司上的班？"

"对。"

"详细情况还记得吗？"

"孙总招人一直是亲力亲为，只要有时间就自己把关。虽然最后有时候林罗会插手，但像这种中下层人员，林罗一般也不过问，所以他通常和人力资源打个招呼就可以了。但这个田云峰很奇怪，什么入职手续都没办。我记得孙总让我帮忙和人力资源打个招呼说破例，说田云峰是他老家的一个亲戚。"

"你去说了？"

"对啊，为这事弄得人力资源的部长特别不满意，到现在田云峰也还没有办真正的入职手续，好在他也不交保险公积金。"何绍杰说着像是突然想到了什么一样，大声道，"还有，我觉得孙总车祸以后变化挺大的，真是受伤不浅。"

"是哪方面？"

"哪方面都有，之前他做事喜欢亲力亲为，车祸之后就交给我们多了一些。也许他是觉得公司需要在管理上再上一层吧。不过以前他的酒量有限，后来酒喝得就比较多。"他停顿了一下，补充道，"他出事后是西宁方面和我联系的，我记得那个姓李的主治医师还是我大学同学的父亲。"

李伟奋笔疾书，将何绍杰的话都记了下来。此时已经过了晚上十点钟，时间已然不早。郭伟刚十分相信何绍杰的为人，知道这个颇有素养的职业经理人在私事上一般不会说谎，觉得问到这会儿也差不多了，便和李伟交换意见，起身告辞。

"我们得去趟西宁。"郭伟刚开车的时候，听身边的李伟说道，"目前综合情况分析，孙玽霖在西宁遇车祸的事是关键中的关键，如果我们能有证据证明他在西宁受到了比较严重的伤害并且严重影响了神志，那综合李曙光的意见就基本能下结论了。"

郭伟刚又点了根烟，知道这个叫李尚荣的大夫必须得去会会，便笑道："行吧，既然如此那就这么办吧。吃饭之前你不是问我咱俩猜得对不对吗，我当时没告诉你。现在听何绍杰的意思再分析分析情况，我觉得孙玽霖是人格分裂的可能性极大。"

当说出"人格分裂"这几个字的时候，郭伟刚明显感觉李伟的神色也有所震撼，二人沉默片刻，只有红红的两个烟头在黑暗中闪烁呼吸，明暗交替间隐隐映红了李伟晦暗的面孔。

"精神分裂遗传，所以郑顾杰才怕因此毁了自己的名声。

"人格分裂不遗传，我觉得孙玽霖这还是在极重的生活压力下造成的。只不过我现在不能确认孙咛能不能接受这个结果。"郭伟刚说。李伟则没再顺着郭伟刚的话说下去，而是凝神想了想说还是到西宁确认了结果再说。

于是二人决定下周去趟西宁，彻彻底底弄清车祸的原因再做定论。可郭伟刚心里总是有些发毛，他不知道自己和李伟做的这个推论是否正确。但总结现在的资料，只有这样才能解开一切谜团。

西宁，等我！郭伟刚在心里如是说道。

第十三章

1

转移到看守所好几个月了，案子还是没有结果。开始的时候，王海欣既担心又期盼：担心的是某天突然把她提走判重刑，期盼的却是这种提心吊胆的生活快点儿结束。就在这种矛盾交错的心理阴影中，王海欣度过了一个又一个的不眠夜。再后来，她开始有些坦然了，反正迟早都要面对，自己的担心既然不能改变任何结果，那还何必如此忧心忡忡呢？

所以当她跟着值勤警察来到羁押室的时候，一直以为这就要枪毙自己了。其实潜意识里王海欣知道凭她这点儿事不至于判死刑，也知道她的案子肯定会有结果。可那种莫名其妙的恐惧就如同附骨之疽一般在脑海中挥之不去地萦绕，好像一根绳子盘在脖颈间不断加压，越勒越紧。所以她总会不由自主地去想，想自己之前的事情，想孙玠霖，想八喜，想妈妈的含辛茹苦和生活的艰辛。

直到推开门看到李伟轮廓分明的面孔的瞬间，王海欣一下子就觉得立时放松了。好像小时候在学校受了天大的委屈突然在校门口见到爸爸妈妈出现一样，她恨不得立马扑到李伟的怀里痛哭一场，可理智与现实都告诉她不能也不可能那么做。她现在唯一可以做到的只有轻轻地站住，然后用饱含所有情感的声音叫一声："李警官。"

警察出去了，屋子里只剩下李伟和王海欣二人。

李伟这次没有对王海欣更正对他的称谓，亦没有对谈话做出任何解释，只是指了指面前的椅子，然后扔过多半盒"红云"："还好吧？"

"还好。"王海欣言不由衷地坐下，迫不及待地点了根烟深深地吸吮，好像了遇到世界上最美最甜的甘露。就这样，王海欣在李伟的注视下，静静地抽完几乎整支香烟，才听他充满磁性的声音响起："还是孙玓霖的事，想和你聊聊。"

"你说吧。"对于他的要求，王海欣其实并不意外。既然这么长时间自己的案子还没有结果，那就足以说明案件之复杂。无论李伟是不是警察或代表不代表警察对自己并不重要，他能坐在这里本身就说明了很多问题。

"你知道孙玓霖在西宁遇到的车祸吗？"

王海欣迟疑了片刻，然后慢慢地点了点头："知道，不过我是 2010 年10 月才接任孙玓霖的办公室秘书工作的，之前的事情知道得不多。"

"那以前的办公室秘书是谁？"

"换过好几个，都干的时间不长。孙玓霖在西宁出车祸后近两年没有上班，公司里都是林罗安排的人。他上任以后做过一部分调整，我就是当时接任办公室秘书的。"王海欣说完这番话看到李伟的神色间似乎有些失望，便小心翼翼地问道，"何总从公司一成立就来了，你可以问问他。"

李伟叹了口气，嘴里像衔了枚苦涩的橄榄："2010 年以前他虽然在君林物流工作，但只是负责具体业务的部长，这些事他也并不知情。"

王海欣听李伟这么说，也只好叹了口气："2010 年之前整个君林的人事变动都挺乱的，你想知道什么，我尽量帮你想想吧，毕竟我接触的资料和人还多些，其他人恐怕更不知道。"

"对啊，这就是我来找你的原因。"李伟给自己点了根烟，苦笑道，"你给我说说孙玓霖遇车祸前那个姓牛的司机吧。"

听李伟打听这个人，王海欣也笑了："你问他啊，其实都没什么可说的。去西宁之前孙玓霖自己有过好几个司机，我也不知道他是不是成心安排，开始是个姓朱的，之后司机姓马，再后来姓杨，最后去西宁之前是这个姓牛的。"

说到这里，王海欣果然把李伟说乐了："这么有意思？"

"对啊，孙玠霖有时候就和孩子一样。其实他也许真是有意想引起别人的关注。"

"为什么这么说？"

王海欣端起桌子上的纯净水杯喝了口水，舔了舔嘴唇说道："孙玠霖有家室，有妻子有女儿，可他的生活并不幸福。无论是无时无刻不骑在他头上的三座大山，还是电话里催他买东西、要学费的妻子、女儿，孙玠霖自己都说感觉他就是给这些人赚钱的机器。"

"他这么跟你说的？"

"对啊。"王海欣慢慢地点了点头，"孙玠霖很苦恼，我经常见他一个人下班后坐在办公室里发呆。我就过去问他，他就说小王啊，你知道不知道做人很难，做木偶更难。"

"木偶？"

"嗯，他觉得自己就是个提线木偶，整天被别人摆弄。他和我说的最多的一句话就是'钱难赚，不能自己做自己是天底下最痛苦的事'。他自己和我也说过，活着太累。"

"私底下他和你聊得最多的情况是什么。"

"他的童年吧。"

"你说说。"

"他说他小时候也有过快乐的时候，和小伙伴们无忧无虑地玩耍，几乎天天都去家门口的小河边游泳，和小伙伴玩打仗的游戏，用他自己的话说想起来就和上辈子的事情一样。有时候他会感叹做生意难，说大老板也不是那么好当的。"

"对于那个姓牛的司机他就没多说过什么，或者他在西宁遇车祸的事？"

"他就说自己是死里逃生，说那个大车司机差一点儿就要了自己的命。

至于那个姓牛的司机，他倒没提过什么。"王海欣对李伟的印象非常好，知道他希望得到有关孙玥霖的一切情况，所以非常努力地回忆着自己所知道的一点一滴，"其实我来了以后就感觉孙玥霖是个挺老实的人，虽然受到林罗他们的欺辱，可他从来没有发过脾气。至于你说的车祸我知道的不多，他似乎也不愿意多提。但我能感受到的是，无论是车祸前，还是车祸后，他都是个非常孤独的人。"

"这话怎么说？"

"谁处在孙玥霖的位置上都不会太开心。你想，自己的企业被别人控制，自己沦为给人家赚钱的机器，甚至因为没有能力连老婆都管不住，你说这能高兴得了吗？他缺少爱，缺少关心，唯一的亲人就是他女儿。可孙咛在外地上学，对父亲的关心远远不够，我能感受到他那份深深的孤独感。就像他自己说的'我没当上老板以前总觉得有钱人多幸福似的，可现在觉得这种有钱人也不过如此'。"

李伟没有说话，只是深深地叹了口气。

"你知道吗，有一次孙玥霖感冒了，病得不轻。"王海欣又点了根烟，小心翼翼地从脑海中抓取着早已经支离破碎的信息，并尝试重新把它们像拼图一样组装成相对完整的画面，"当时孙咛在外地上大学，林秀玫又回老家了，所以孙玥霖一个人在屋里躺了三四天没上班。后来还是我去他家安排社区卫生室的大夫上门给他打了针，喂他吃了药，他才逐渐好起来。你说，一个这么大的企业总经理，在家病了三天都没人管，要不是我去了，还不知道会怎么样呢。"

"这三天他家什么人都没去？"李伟奇怪地问。

"好像就有一个老家的亲戚去看过他，就再没其他人了。平时孙总这人不太喜欢应酬，虽然酒量不错，但更喜欢自己喝。而且他这个人有个怪癖。"

"什么怪癖？"

"他喜欢请楼下几个要饭的叫花子喝酒。尤其是夏天，他那时就穿得特别破，然后在东站他家老房楼下烤点儿串，和周围讨吃要饭的喝得昏天黑地。开始的时候我听别人说过但不太相信，后来亲眼见过两次才知道传言是真的。"

李伟听到这里，微微抬头略有所思地说："自己有这么大一个企业却落寞至此，孙玓霖真是孤独啊！"

"我想起来了，孙玓霖有一次和我聊苗杰的时候说过以前的司机，好像说他们都是在人才市场招聘的外地人。"

"外地人？"

"对，我记得他和我说苗杰是他招聘的第一个本地司机，要冒很大的风险。我当时还很奇怪，为什么他招本地司机是在冒风险。他没有明确回答，就说本地人对他、对司机其实都不好。我本能感觉他这话是冲林罗他们说的，但又不能明说。然后他又说那些司机里给他印象最深的是姓朱的那个司机，驾龄长、技术好，沉默寡言，对他也忠心。"

"他没说这个人为什么会离开吗？"

"我问了啊，他说小朱是黑龙江人，要回去结婚就离开塞北了。"

"说没说他是黑龙江什么地方的人？"

"没有。"

"这些人都没在人力资源部注册？"

"没有，如果经过人力资源部，林罗就知道了，要交保险什么的也挺麻烦。所以包括苗杰在内，孙玓霖个人招聘的人都是他自己发工资，由我做个Excel表，然后发钱给他们，钱都是从办公室的经费里出，直接发现金。"

"就司机是这种情况？"

"还有他们家雇的钟点工和我们办公室的保洁。"

"这么说找到这几个司机完全是不可能了？"

"我猜孙总这么做的目的就是不希望林罗他们找到这些人吧。虽然他能直接动用的钱不多，但在我们普通老百姓的角度来看其实也算一大笔钱。他个人设个金库也不愿意让别人发现。"

说完这句话，王海欣把手里早已熄灭的烟蒂扔下，沉沉地叹了口气。

她不知道这声哀叹是为了名义上是总经理实际上为傀儡的孙玙霖发出的，还是为了如今竟成阶下囚想到将来无颜见父母的自己发出的。

李伟静静地望着她，什么话都没说。

2

裹着西北特有的清冷晨风，郭伟刚走下出租车，站到了曹家寨市场门前。他先在一个水果摊位前驻足购买了些水果，然后才按图索骥，在市场旁边一个半新不旧的小区里找到了王幸龙的家。

开门的是个五十多岁的老太太，那斑驳的面孔上爬满了岁月的创痕，臃肿的身上套着一件明显不合身的运动服，看样子像是子女初高中时穿过的旧校服。看到门外的郭伟刚，她先是一愣，继而把目光落到了郭伟刚手中所提的一大塑料袋的水果上面。

郭伟刚刻意把袋子举高，然后笑着和她打招呼："请问您是霍太太吧？我是李院长的亲戚，昨天晚上和您打过电话，想和您聊聊。"

姓霍的女人明显不太欢迎郭伟刚这个不速之客，只是碍于情面不好说什么，她勉强把身子挪了挪，让出一条缝儿让郭伟刚进来，嘴里兀自嘟嘟囔囔："王幸龙都死三四年了，有什么过错也都带走了。你们怎么还这么不依不饶，先说好，他的事我可什么都不知道。"她语速极快，口音很重，郭伟刚不仔细听还真不知道她在说什么。他踌躇片刻，将手中的水果放到客厅茶几上，笑道："就是随便聊聊。"

这是一套两室一厅的房子，装潢很简单，还停留在20世纪90年代那种组合柜、大冰箱的年代。客厅的双人沙发上铺着老虎下山的沙发套，破旧的茶几与略显陈旧的家具都彰显着主人似乎并不富庶的生活。郭伟刚在沙发上坐下，霍太太搬张椅子一屁股坐到了他对面，阴沉着脸等待他先发话。

"昨天和您在电话里说过，我是塞北市桥南分局刑警队的干警。想和您聊聊孙玓霖的事，他最近出了点儿事。"

"他出啥事了？"霍太太问。

"他死了。"

霍太太没再继续问下去，默默地从口袋中掏出一盒本地产的软包装绿盒香烟点了一根，边抽边道："姓孙的那个老板是个好人，我男人撞他以后也没追究我们的责任，没狮子大张口。我男人很受感动，还带着我们看了他几次。"

"你对他还有什么印象？"

"包得和粽子一样，能有啥印象，就是人不错呗。"

"你见过他身边的人没有？"

"见过他闺女、媳妇。"

"司机呢？就是他闺女、媳妇没赶到之前。"

"那时是我们家老王去的，我不知道。"

郭伟刚听到这里感觉霍太太的顾虑好像还没有打消，总感觉对方端着挺重的心事在和自己谈话，便多说几句希望她能放下包袱，于是说道："没事，我就是随便问问，无论什么结果对你都没啥影响。"

"我真的就知道这些。"

"那你男人是怎么死的？"

"抑郁症，跳楼了。"说到王幸龙，霍太太的回答非常干脆，"撞了人以后就被鬼上身了，无缘无故得了抑郁症，撇下我们娘儿几个，自己两腿一蹬，去听蛐蛐叫了……"说到这里她竟还抽泣起来，郭伟刚想劝又觉得不好开嘴，正犹豫间一个电话解了他的围。

电话里是李尚荣打来的，他在电话里告诉郭伟刚派出所把在医院里袭击他的那个人找到了，让他去一趟。郭伟刚见霍太太这儿也的确问不出什么有价值的线索，便告辞赶往广场派出所，在那儿见到李尚荣和负责这事儿的副所长赵长河。

赵长河四十出头的年纪，身材魁梧，说话像敲锣一样又响又快。他先和郭伟刚简单地打了招呼，然后就带着他们去审讯室，那里有一个干瘦的汉子。赵长河指着汉子说道："他叫马树人，绰号'肉干'，是专业黄牛，常年在附属第三医院门口倒腾专家号。据他本人交代，周三那天上午他在医院门口钓鱼的时候见老主任赵尚荣一个人去了培训中心，便起了歹意。当年他和赵尚荣一直有矛盾，所以这次就趁机跟踪报复，不仅打昏了赵尚荣，还抢了他钱包里的钱。"说着赵长河看了眼郭伟刚身后的李尚荣，"对吧？就是这么回事。"

李尚荣看郭伟刚仍有些困惑，便解释道："我很讨厌这些黄牛，当年只要是我盯班，他们就没有空子钻。所以不仅马树人这一个黄牛恨我，但敢于付诸行动的就他一个人而已。另外我问过他了，他纯属借机报复，把我当时拿的手术签字单也给撕了。"

"李主任的这个事是我们所的责任，所以我们要负责到底。这几天同志们都连夜走访，终于把这小子给揪出来了，也好向上面和你这个外地同行交代。"赵长河信心满满地介绍着自己的功绩，"请郭队长给我们介绍介绍经验，不行就现在再审审，看有什么纰漏没有。"

话都说到这份儿上了，郭伟刚再有疑虑也是哑巴吃黄连，他迟疑许久才又问道："这个'肉干'抽烟吗？"

"抽啊，不过我们核实过了，你说的那个什么万宝路，咱们这儿没人抽，估计是以前谁抽剩下的。"赵长河说得信誓旦旦，倒让郭伟刚不好再说什么。这时候李尚荣才介绍说赵长河以前和他打过交道，赵长河有一次执行任务受了重伤，就是他把赵长河从死亡线上拉回来的。

"说真的，要是没有李主任就没有我这条命，这可是我的救命恩人啊。"赵长河拉着李尚荣的手对郭伟刚说道，"今天你们谁都不能走，中午我请客，不喝好了不中。"

至此，郭伟刚在西宁的任务已基本结束，他也没有再多的时间和精力去调查心里的疑窦了。毕竟这是他私人出来办事，而不是领导派下来的任务，李伟那边再不满意也这只能这样了。好在孙咛是个很大度的女孩儿，这段时间她也知道李伟和郭伟刚地处东西两个城市，查得非常辛苦，故此亦开始接受郭伟刚电话里隐隐所指的孙玓霖的病因。

下面的工作恐怕就是遗产分配问题了吧？虽然君林物流名义上是孙家的私企，可林罗、赵津书和马宇姚都自始至终把它当成他们自己的提款机，并以此为生活根本。客观地说，他们为此付出不少，虽然更多的是一些隐形的资源，诸如人脉、声望一类，但若就此把他们摒除于外，恐怕那三家亲属也不会答应。

坐在西宁机场的候机大厅里，郭伟刚拿出笔记本，将下面要做的工作替孙咛一一做了安排。在他看来这些都是孙咛成为自己女朋友前必不可少的铺垫，所以一定要把工作做透做细。只是如何处理林罗三家人成了一个难点。好在体量巨大的君林物流已完全回归孙家，林罗等人从法律上说不占理，给些许好处也许就能顺利打发，所以这还不算是最艰难的事情。

因为最麻烦的事其实是那个叫林乐乐的女孩儿，她是林秀玫的亲生女儿，要说继承遗产，她甚至有比孙咛更合适的理由来继承林秀玫的那份。如果真的按法律规定分配遗产，那林乐乐肯定拿得更多。若现金不够的话，偌大的君林物流就有被拆分的危险。这对于即将上市的君林来说肯定是个灾难。

郭伟刚放下笔，揉着发酸的手腕上了飞机，经过两个多小时的颠簸在塞北机场下了飞机，迎接他的依旧是李伟爽朗的笑脸。李伟拉着他上了汽车，笑道："怎么样，还顺利吧？"

"还行吧，基本就是我上飞机前电话里和你说的那些情况。我觉得现在可以向孙咛交差了，下面就得考虑遗产分配问题了。"

李伟不置可否，沉吟许久才问道："不查了？"

"基本情况已经摸清，细节上面咱们也没那个能力再弄，放到局里都能写结案报告了。"

"那这样吧，我带你去一个地方见一个人，他会有一些情况和你说，如果听完了他的话，你还觉得可以结案，那我不反对。"李伟炯炯有神的目光中微微透露着狡谲的目光，神色间充满了神秘。

"见谁啊？"

"你跟我走吧。"李伟不由分说拉着郭伟刚上了汽车，连饭都没让郭伟刚吃就把他带到了火车站，然后他们绕过人流密集的站前大街，拐过两个小胡同，最后在一个破旧的小区门前停住了。李伟把车停在小区门前，望着门前慵懒的保安笑道："你知道这是什么地方吗？"

"这是铁园小区啊，孙玏霖不是在这儿有套房吗？之前租给亲戚田云峰住来着。"

"那你说田云峰是谁？"李伟阴恻恻地问。

"田云峰是孙玏霖分裂出的另外一个人格嘛，你怎么了？"郭伟刚疑惑地回答。

李伟则轻叹一声，说道："孙咛能接受这个结果吗？"

"我试探地问过，她倒没有反对。其实从孙玏霖的人生经历以及没有受到家庭的温暖这一点，不难猜出这个结果。有些戏剧化，但人生本身就是一场戏，正所谓戏从生活中来，就是如此吧？"

"也许吧，但你更需要见见这个人。"

"到底是谁啊？"

"一个对孙玏霖来说至关重要的人，他能告诉我们想知道的所有答案。"

"我认识吗？"

"认识。"

"他是谁？"

"走吧。"

说着李伟带他进了小区。这是个老旧的铁路家属区，大院里横七竖八地停满了各色小汽车，楼前有限的空间还被有些家庭围了起来成了自家的花园。看样子，除了那两个用来掩饰安全的保安，这个小区也实在谈不上什么物业管理，安全状况堪忧。

就在这时，李伟忽然停住了脚步，指着前面的一个人告诉郭伟刚，这个人就是能揭示孙玏霖秘密的人。疲惫的郭伟刚凝目望去，心头不由得一紧：怎么可能是他？

3

晚饭定在金扬海鲜大酒楼四层"斜阳晚钟"包间，一水儿的高档仿金器餐具套房，光最低消费就得一千块钱。本来郭伟刚和李伟都不太同意孙咛如此铺张地请他们吃饭，可最后碍于她的执拗只好恭敬不如从命。于是六点半的时候，郭伟刚带着李伟和成小华走进了预定好的房间。

金扬海鲜大酒楼的前身叫金都海鲜大酒店，是成小华和李伟结识的地方，也是成小华之前获得第一份工作的企业。后来金都集团因经营不善被塞北市中长实业集团收购，酒店就改了名。如今这里虽然仍旧熙熙攘攘，却早已物是人非，能带给他们的恐怕只剩下掺杂了五味的一点儿淡淡情怀了。

孙咛已然提前到来，见他们仨人同时进屋忙起身相迎，不免和李伟、成小华二人一番客气。郭伟刚和孙咛昨天刚见过面，所以此时俨然成了半个主人，张罗着让服务员上湿巾、压口布、倒茶撤杯，足足有五分钟四个人才分宾主坐定。孙咛此时又把已经点好的菜单拿来请李伟他们过目，又有一阵推让。

待两轮茶过，孙咛的客气话也说得差不多的时候。郭伟刚才趁给李伟倒酒、给成小华倒饮料的机会抢过话头，说道："今天是两个任务：一来，咛咛想感谢一下这段时间李伟和小华对查她父亲去世原因这事的支持和配合；二来呢，也想让我把工作和你们说说，用咛咛的话讲是知无不言，也不用隐瞒二位。"说到这里郭伟刚还特意转头看了眼孙咛，问道，"我说的没错吧？"

"没错，是这个意思。"孙咛笑着补充说，"不过我要感谢的是你们三个人。"

"我就算了，应该的嘛。"郭伟刚说着从口袋里掏出半个巴掌大小的笔记本，翻开说道，"经过这段时间的调查，我和李伟对咛咛父亲孙玓霖的事已经基本得出了一个结论，虽然尚有争议，但我觉得不影响最终结果，是不是我先说说？"

郭伟刚是冲着李伟问的，因为他此时最希望的就是李伟抛弃所有不切合实际的想法和他站到一起，赶快把案子结了，以便让孙咛和他的关系能上个新台阶。从西宁归来的路上，郭伟刚就不止一次想过和孙咛的未来，甚至在他看来这个案子就是他们关系的台阶，一步步把他和孙咛从陌生变得熟悉。可这台阶却不能永远无限延伸下去，必须结束，才能引入婚姻的大门。

但李伟好像并不这么看，他似乎从来没有觉得郭伟刚和孙咛的关系比案件更重要。他需要的就是那种查案过程带来的快感，所以会孜孜不倦地推敲着每一个细节，不放弃任何一个哪怕是一丁点儿的线索。面对这样的朋友，郭伟刚快疯了，真想直言不讳地告诉李伟：是不是把他自己的婚姻大事放到第一位？可他不能这么做，也不敢这样做。

李伟自然没有体会到郭伟刚如今五味杂陈的心情，只是轻轻地点了下头："你先说你的吧，我一会儿补充，让孙咛自己决定。"

听到李伟这么说，郭伟刚都快崩溃了，真想过去薅住他的领子狠狠来上几个大耳刮子，把他抽得服服帖帖。可幻想毕竟是幻想，也就只能想想而已。李伟作为曾经的前辈、老上司，自己的好朋友，必须也不得不尊重。于是郭伟刚能做的只有喝干杯中的酒，然后舔着嘴唇做"报告"。

"我先说结论吧，然后再做说明。"郭伟刚轻轻叹了口气，神色凛然道，"根据我们多方位的调查和塞北市安宁医院退休教授李曙光的推断，孙咛的父亲也就是孙玓霖的确死于他杀，之前王海欣和八喜共同作案的结论不变。但需要说明的是孙玓霖本身患有严重的精神疾病，有人格分裂的问题。他对自己分裂的另外一个人格叫'田云峰'，是他本人的另外一面，而杀孙玓霖的主意就是这个人格给八喜出的。这也就基本解释了上次李伟的那些疑问。"

郭伟刚说完这段话有意停顿了一下，看孙咛脸上虽然没什么大变化，可神色间明显有些伤感，甚至握着筷子的右手还在微微发抖；成小华则显得很惊讶的样子，一直目不转睛地盯着自己；至于李伟，好像根本没注意到他的发言，若有所思地望着桌上的龙虾舟发呆，既没吃东西，也没说话。

"其实上次调查的方向基本没错，这回呢，我们俩也没有更多的新证据推翻以前的结论。最多是细节上的完善和出于对孙玝霖的了解做出的猜测。"郭伟刚说着把笔记本又翻了一页，刻意把询问的目光投向孙咛，直到她做出没事的反应后才继续说。

"下面的事就是我的猜测了。因为孙玝霖从小受到的不公正待遇导致了极端压抑的个性。而在与林罗等三人打交道的过程中，孙玝霖虽然积累了大量的财富，却缺乏安全感与可以交心的朋友，于是分裂出好友兼兄弟'田云峰'这个人格，并有意无意地通过招聘王海欣、苗杰等人把自己逼上被杀的绝路。也就是说，虽然是他杀，但其实从某个角度上说孙玝霖是自己在为自己做着一种解脱，一件想干却没有胆量完成的事。他不敢自杀也不能自杀，却利用别人完成了这个过程。你们还记得苗杰死时的遗言吗？他说的'两个敌人'其实就是孙玝霖的两个人格。

"当年你父亲显得神秘而引起你的注意，让你误以为他加入了什么不可告人的组织，其实也是因为他分裂出另外一个人格而担心被你和你继母知道，从某个角度上说其实他对自己的病情是有一定了解的。从医学角度上来说，这叫作分裂型人格障碍症。"

说完心里的话，郭伟刚感到一种彻底的轻松。这段时间以来，他一直用一种极度谨小慎微的态度来处理孙玝霖的案子。甚至包括李伟在内，两个人都感觉孙玝霖的事是他们的人生中处理过的最复杂的案件。当孙玝霖有可能是精神病人的结果出来之后，郭伟刚真担心孙咛会因为接受不了这样的结果而陷入极度失落当中，甚至会影响到他们的关系。如今这种担心过甚的压抑感消失了，"生存或灭亡"的选择不再困扰哈姆雷特，他觉得自己已经用尽全部力量做出了最正确的选择。

在一阵低微的抽泣声中孙咛给出了自己的答复。对于孙咛本人来说，这也许是一个巨大的打击，但在郭伟刚看来无异于天大的好消息——她接受了这个结果就等于接受了郭伟刚几个月来的含辛茹苦。

"我对爸爸的关心太不够了。"孙咛哽咽着说道，"其实我是他在这个世界上唯一的亲人，唯一应该关心他的人……"成小华递过纸巾，做着无声的安慰。

短暂的沉默过后，郭伟刚以为事情到这里就应该结束了。他甚至忘记了之前对于那个固执得像块石头的搭档的担心，忘记了昨天在铁园小区看到的那个人。

可世上的事不如意者十之八九，这是郭伟刚在看《神雕侠侣》中听杨过说过的话，如今他立即体会到了那种瞬间被人否定的失落感。

"等下，我还有话说。"李伟平静地打断了孙咛，"我刚才说过，有一件事需要放到最后说，他有可能关系到你父亲孙玓霖最终的结果。"

李伟的话不啻晴天霹雳，一下子就将孙咛的注意力又拉了回来。

"铁园小区有个小乞丐叫张牛牛，我自从查你父亲的案子以来常常见到他，有一次还和郭子给他买过饭。但实话实说，我之前根本没有把他当作什么线索来对待，所以也没注意。可前几天我第二次和王海欣聊案情的时候，她说的一件事引起了我的注意。"李伟点了根烟，默默地吸了几口，好像是在整理语言，"王海欣说孙玓霖生前有个怪癖，很喜欢请铁园小区的乞丐吃饭，说她去过几次铁园小区才知道的这事，所以我就想和这个张牛牛聊聊这事，谁知道张牛牛却告诉我说请他们吃饭的不是你父亲孙玓霖。"

"什么？"孙咛显然没听懂李伟这段话想表达什么意思。

"张牛牛说，请他们几个人吃饭的人叫田云峰，之前和他们一样是乞丐。因为在工地打工，老板后来跑路了，他没钱没脸回老家才狠心要饭的，谁知道这要饭的收入还不错，也就待下来了。"

"不是说田云峰是孙玓霖的亲戚吗？"成小华替孙咛问道。

李伟笑着点了点头，摆手示意他们俩继续听："我也很奇怪，因为我们知道据李曙光和郑顾杰等人的诊断，这田云峰是孙玓霖分裂出的人格才对，况且孙玙霖在老家根本没有这么一门亲戚。所以我就仔细问了几遍，谁知道张牛牛一口咬定田云峰是确有其人，而且他还当了大老板。昨天郭子也见了这个张牛牛，你们不信问他。"

郭伟刚见孙咛和成小华的目光都投向自己，遂感有些尴尬："昨天他是这么说的，但我不能保证这个小乞丐的精神正常。在我看来之前的结论是最有可能接近真相的结果。"

房间里突然鸦雀无声，连孙咛低微的抽泣声都没有了。每个人好像都被李伟蓦然翻盘的结果弄蒙了，有些不知所措。

良久，李伟才打破了静寂："只有两个可能，一是郭子说的小乞丐精神不正常或有什么其他原因在撒谎，孙玙霖的确有精神问题；二是田云峰确有其人，原因不明。"

孙咛抬起头，用迷茫的眼神望着李伟，又看了看郭伟刚："我有点儿晕，李哥，你的意思是说如果真有田云峰这个人，我父亲有可能不是精神病？"

"对，具体为什么我现在也不知道，但去一趟田云峰的老家无疑是最好的选择，是真是假一问便知。"

孙咛低下头想了一会儿，又瞅了瞅身边的成小华，忽然说道："小华姐，你说我应该怎么办？"

成小华分别瞅了眼李伟和郭伟刚，很镇定地笑了："这事拖得时间也挺长的了，既然李伟想查，你又想弄个水落石出，那就让他查下去。要我看郭哥就先别查了，帮着咛咛和律师打理下财产的事要紧。"

郭伟刚此时才发现成小华真是绝顶聪明，说话一针见血，将事情安排得无比妥当，忙应道："我没意见，这个主意不错。当然前提是李伟还想查。"

没等孙咛说话，李伟却先回答了他们："无论你们怎么说，我都是要查下去的，却不是最近。"

他的声音不高，却异常坚定。

那是什么时候？郭伟刚很想问李伟，却最终没有开口相询。

第十四章

1

才过腊月，石秀兰的生活就突然间忙碌了起来。刨去一年到头干不完的农活和半瘫在床上的老娘，石秀兰还琢磨着今年抽空多做点儿江米面油炸糕，等闺女、儿子回来也能好好过个年。就是想到自己的男人田云峰，石秀兰心里多少有点儿没着没落。

一大早起来，石秀兰的右眼皮就"突突突"地跳个不停，她放下正在掰的干玉米棒子，站起身子往村口方向瞭了一会儿，心里一阵阵地犯嘀咕：难道孩子他爹有啥消息了？正疑虑着，她就看见一辆四四方方的墨绿色大汽车从小道上拐过来，风驰电掣般地停到了家门口，像是变戏法似的钻出来个青年后生，看年纪不过三十多岁，长得结结实实，黑瓷黑瓷的。

"大妈您好。"青年后生手里捏了个牛皮纸的大日记本，鼻梁上还架了副墨镜。见到石秀兰的时候他把墨镜摘下来，很友善地和她打招呼。石秀兰紧张地望着来人，瞅了好半天才反应过来对方是在和自己说话。

"你找谁啊？"

"我是从塞北市来的。"青年后生从口袋里掏出了个东西晃了晃，然后说道，"我是君林企业总经办的主任，想来和您聊聊。"

他的声音不高，可"君林企业"几个字像是刀子一样扎进了石秀兰的心里，她像溺水中的人遇到了救命稻草一般："你是君林公司派来的？"

青年后生拢了拢身上的皮衣，将身体往北方挪了两步："对，我们公司最近出了点儿事，所以有些事需要和您求证。"

"那屋里说吧。"石秀兰张罗着把青年让进自己家，确认车里没有其他人才踅回来给他倒了水，问道，"你认识俺家老头子？"

"哦，您指的是？"青年人很疑惑地问道。石秀兰很不满意地撇了撇嘴："你要认不得俺家田云峰咋能找到这儿来？他在你们单位管安全的，是个经理。去年过完年他来电话说调到南方公司了，出啥事了吗？"

青年后生好像有些懵懂，看石秀兰说完才笑着点了点，连声地回应道："对，我就是想和您聊聊这个事的，您有他的联系方式没有？"

"你们也没有？"石秀兰皱眉瞅着来人，半晌方问，"你叫啥名字？"

"我叫李伟。"

"他到底出啥事了？"

李伟迟疑片刻，然后轻轻地摇了摇头："我们公司老总去世了，现在正闹遗产纠纷。南方的公司被他前妻控制了，所以有些情况我们想问问，看看有没有上诉的可能，这就需要一些老员工的帮忙。"

经过这一番解释，石秀兰才听明白，原来不是自己的丈夫田云峰出事了，遂叹了口气："俺也没见他，快两年了也没打个电话，原来的手机早停机了。"说着话，她给李伟端了杯水，李伟接过来道了谢问道："您上一次见他是什么时候？"

"还是前年过年的时候。"忆起田云峰带他们去塞北市的事，石秀兰不由得有些神往，好像又回到了那段快乐的时光，"他突然来电话，说带俺们娘儿仨去城里过年。长这么大俺还没进过几次城呢，最多就是去县城转转。以前他在城里打工，先是去北京，后来又去过天津、塞北，转来转去也没挣几个钱。现在突然说带我们去城里过年，你说多让人高兴啊。"

"那你们去了吗？"

"去了啊，咋能不去呢？俺和俺儿、俺闺女，仨人一块儿去塞北市过的年。他爹还开着大汽车带我们去北京逛庙会，可带劲了。"石秀兰越说越兴奋，竟还手舞足蹈地比画起来。好半天她才注意到李伟竟一直没有说话，只是静静地盯着自己。

"就这么回事。"石秀兰倏地被拉回了现实，回忆戛然而止。

李伟平静地点了点头，说道："就去过这一次？"

"嗯，就这一回。"

"那你们住哪儿？"

"你们公司给提供的宾馆。"

"宾馆？不是单元楼一类的房子？"

"不是，好像是啥宾馆来着，离港口不远。"

"见谁了吗？我的意思是说左邻右舍或您丈夫的同事什么的？"

"没有，每天都是田云峰开着车带我们出去，我们待了一个礼拜，谁也没见。"

李伟想了想，又问道："您刚才说您有一儿一女？"

"对，一个闺女、一个小子。"石秀兰有些不耐烦起来，她实在不明白这些东西和田云峰有啥关系，对于李伟的解释她又听不太懂，"儿子在北京开车，闺女念高中呢，县二中。"

"我能不能问您一个问题？"李伟紧绷着面孔问。

"你说吧，有啥不能问的？"石秀兰用焦灼的目光盯着平静如斯的李伟，内心升腾起一阵阵不安的涟漪，本能告诉她自己的男人也许真的不在这个世界了。

就见李伟沉默片刻，说道："我很奇怪您丈夫消失了这么久，您为什么不报警或去找他呢？"

就像丢进水中的重磅炸弹一样，石秀兰的内心瞬息之间翻腾起来，紧接着几十年的屈辱与痛苦又被李伟的话重重地勾勒出来："我……我……我……"她紧张地说了三个"我"后又什么都说不出来了，刚刚浮起的惦念之情又随着心底出现的痛苦而消弭得无影无踪，"我们俩早离婚了。"

"离婚？"李伟明显吃了一惊。

"对，离婚十多年了。"石秀兰强自抑制着心底的愤怒，悠然说道，"和他结婚，俺爹当年就不同意。也是我被猪油蒙了心，嫁过来一天没得好过。他除了要钱就是喝酒，一天也没啥正事干。后来我爹被他气死，我们俩就离了婚……"说到这儿，石秀兰重重地叹了口气，好像想把这么多年的积怨一扫而空一样，"后来好多年没联系，直到最近几年他衣着光鲜地回来，我才知道在塞北发了财。"

"他说没说过这几年的情况？"

"开始俺不同意他看孩子，怕他把他们带坏。后来见他拿了不少东西，又给钱，也就答应了。我们没细问，不过他自己说认识了个大老板，在老板公司当啥经理。"

"他说过老板姓什么吗？"

"没说过，俺也没问。"

听了石秀兰的话，李伟眉头紧锁，低着头半晌说不出话来。石秀兰见他无语，琢磨着要再问问自己男人消息的时候，他忽然又抬起了头，语气也愈发急促了："孩子们呢，和他们的父亲也没感情？"

"就图自个儿炕头上舒坦，和孩子们有屁的感情。要不是发了财，我看他死在外面也不会回来。"说起田云峰的种种不是，石秀兰兀自心有不甘。

李伟翻看着笔记本，问石秀兰，田云峰抽不抽烟。石秀兰先是摇了摇头，随即又用下巴点了点屋里的冰箱："里面还有半盒他上次抽剩下的烟，我们都没动，放两年了。听他说是他们老板抽这个，自己有时候也跟着抽，以前他是不抽烟的，就喝酒喝得厉害。"

见李伟征询的目光很是迫切，石秀兰扭动着身体打开冰箱，将少半盒白色包装的外国烟递给了李伟。李伟拿着烟看了几眼，很紧张地问道："你确认这是他老板的烟？"

"对，他说他老板平时不抽，把烟都放在他那儿，这是他回家前才拿的一整盒，给街坊们散了几支，剩下的都在这儿了。"石秀兰老老实实地回答。

"他这次回来有什么变化没有？"

"变化？"石秀兰歪着头想了想，"就是模样有点儿变化。也可能是俺们这多年都没见，俺没看准弄的。反正他鼻子脸啥的好像都有些不一样。你看以前他是个塌鼻梁，这次明显比以前高了，虽然还能看出以前的模样，可细瞅就是别扭。"

"你没问过他是怎么回事吗？"

"没有。"

李伟叹了口气，静静地看了石秀兰一阵儿："继续说。"

"说啥？"她疑惑地问。

"变化啊！"

"没啥了啊！"石秀兰刚说完这句话忽然想到田云峰的个头，忙说道，"就是个儿高了点儿，那也是因为他穿那个啥内增高的皮鞋闹得呗。我听他说那鞋穿得不太舒服，就和他说不舒服就别穿了，可他还非得穿。"

李伟这次低头记了几笔，说道："这次要不是他拿钱回来你还不认他，是吧？那他要是不给你寄钱了，你是不是就得去找他？"

石秀兰吃了一惊，不由得顺口说道："你咋知道……"

李伟冷哼一声，笑道："他每个月都给你寄钱？"

"嗯。"

"寄多少？"

"不一定，最少的时候是两千块钱，也有多的时候。"

"从什么时候开始寄的？"

"今年过完年。"

李伟这次没再记录，只是站起身和石秀兰道谢。石秀兰见他要走，真有点儿急了，一把拉住李伟的衣袖问道："首长啊，你得告诉俺，俺家男人到底咋了？他不是犯啥错误被关了禁闭或判了刑吧？"

李伟被石秀兰问住了，停在原地想了几分钟，然后微微摇了摇头："他没有犯错误，也没被关，你安心过日子吧。要是真有了消息，即使我不来，也会有人来告诉你的。"说完这句话，他转身推门离开，消失在薄薄的晨雾中。

2

郭伟刚已经连续好几个月没见到李伟了，这段时间队里的工作忙得他焦头烂额，还有几个弟兄住院，搞得郭伟刚连去北京看孙咛都得连夜往回赶，把孙玓霖这件事完全抛在了脑后。

其实说起来也怪不得郭伟刚，自从上次他们四人在金扬饭店给本案定性之后，李伟再没因为此事找过他，所以大半年过后当李伟再打来电话说要谈孙玓霖案子的时候，郭伟刚一时间竟如丈二和尚——摸不着头脑，不知道李伟葫芦里卖的是什么药。

他们会面的地方仍旧是解放路那个叫"西里兰"的西餐厅，只是下午茶的时候这里并没有多少人。捧着一杯暖暖的咖啡望着窗外朔风凌厉的街道，郭伟刚觉得最好能在这难得的安逸中多坐一会儿。

李伟又翻开面前厚厚的仿牛皮日记本，字斟句酌地看了一会儿说道："我昨天去龙山了。"没有多余的客套，甚至连最基本的问候都省去了。虽然对方直抒胸臆，可郭伟刚亦没觉得有什么不习惯，好像他坐在这里就已经和李伟达成了某种默契："见到田云峰的家属了？"

"对，这次是真的。"李伟平静地掏出烟，却没有点燃，"找他们家可费劲了。"

"那你是怎么找到的？"

李伟想了想，问郭伟刚："你还记得孙玓霖留下的 Kindle 阅读器和手机吗？"

郭伟刚愣了一下，才想起李伟说的是什么："我给你的 iPhone 6？"

"对，就是它。"李伟终于点着了烟，深深地吸了两口，"孙玓霖把田云峰老家的地址记录在通信录里，备份于苹果公司的 iCloud 的网络存储空间里面，但密码却没留下。我先是征询了孙咛，可她提供的密码却不对。"

"咛咛和我说了，她说你们试了所有能试的密码。"郭伟刚说到这里又问，"你怎么知道那个 iCloud 里面肯定有你要找的东西？"

"孙玓霖的银行卡密码都是孙咛的生日，可这个却不是，那里面一定有秘密啊。最后我想孙玓霖年纪也不小了，不会设置太复杂的密码，所以最终还是让我破解了密码。"

李伟的声色中透露出一丝淡淡的得意。郭伟刚知道这时刻往往是李伟最惬意的，也不便打断，直到他自己说出了后面的答案。

"密码是 Nn690724。"李伟悠悠地说。

"这是什么意思？"郭伟刚疑惑不解地问道。他知道孙玓霖是 1968 年出生的。却见李伟慢条斯理地抽着烟，好半天才说道："这是孙玉梅的生日。"

郭伟刚沉默不语，怔怔地望着李伟，脑海中闪过孙玓霖死前那紧绷的面孔和照片上孙玉梅清秀稚嫩的面庞："倒也不意外。"

"而且在这之前我疏忽了一件事。"

"什么啊？"郭伟刚见李伟说得郑重，不解地问。

李伟冷哼一声，所问非所答道："先别问我，你也应该做检讨。我问你孙玓霖在西宁出车祸回来以后生活习惯和容貌有所改变，你为什么不告诉我？要不是这次田云峰的家属说起来，让我起了疑心，估计你和孙咛是不是不打算告诉我了？"

见李伟责备起这件事，郭伟刚心道不好，忙晒笑道："这事咛咛说涉及她父亲的声誉，怕……"

"有什么声誉比破案还重要？你们的脑子到底是怎么想的？"李伟愈发声色俱厉起来。

郭伟刚知道他这人得理不饶人，便有意转移话题："你要想批评我一会儿再批评，我们今天晚上还有会，要不然你先抓紧说说你疏忽了什么？"

李伟叹了口气，也不再纠结此事。其实郭伟刚知道是因为这事没出什么纰漏，也没造成什么损失，所以才能不了了之。果然，他就听李伟说道："我说的是那个 Kindle 阅读器，你记得我和你说过里面存了不少关于人格分裂的书没？"

"记得啊，怎么了？"

"我当时就针对 Kindle 上存储的资料用恢复软件做了一点儿恢复，却没注意其他的东西。这次得到 Nn690724 这个密码后，我用它尝试着打开了之前一个一直打不开的 Hotmail 电子邮箱，发现这个电子邮箱里面都是发送到 Kindle 的电子书，就是那堆心理学人格分裂学的书，而且是同一天成批量发送的。"

"什么意思？"郭伟刚听得懵懂。

"Kindle 里面的电子书可以通过邮箱发送到设备里，有无线网络就行。我的意思是这个阅读器里的几十本电子书是同一个时间段通过邮箱发过来的，你不觉得这一点可疑吗？"

"看不过来？"

"不止，明显是在做样子，我估计他根本就没看过。"

郭伟刚喝了两口咖啡，沉默了几分钟："这么说咱们以前的结论完全被推翻了？"

"没有确切答案之前你最好先别和孙咛说，我自己查，有消息再告诉你。"李伟斩钉截铁地说道。

"我尽力帮你，下面你打算怎么办？"

"先别着急说下面，我再给你看样东西。"李伟说着拿出半盒皱皱巴巴的外国香烟扔到桌上。

郭伟刚拿起来看上面有 Marlboro 的字样，问道："这是万宝路？"

"单爆珠万宝路。"

"这就是我在西宁发现的那种烟？"

"对，而且我还去了趟孙玠霖的家。"

"你拿钥匙的时候不是和我说去找找感觉嘛，怎么不说实话？"郭伟刚不满地说道。谁知道李伟根本没理他这茬儿，自顾自地继续说道："在书房柜子里我发现了两条同样的烟，还有一条双爆珠万宝路和一条冰薄荷万宝路。"

"什么乱七八糟的？"

"就是告诉你这三种万宝路都是凉烟，程度不同而已。况且抽这种清凉烟抽习惯的人很难再喜欢抽烤烟，所以我觉得孙玓霖就是这个样子。"

"有什么证据？"

"有啊。"李伟说着从口袋中掏出两块糖扔到桌上，"这是荷氏午夜风暴薄荷糖，孙玓霖长年在吃。你可以问问孙咛。"郭伟刚疑惑地拿了一块扔到嘴里，瞬间一股浓浓的清凉油混合着金嗓子喉宝的味道刺鼻而来，差点儿让他把糖吐出来。

李伟得意扬扬地看着郭伟刚出丑，笑道："怎么样，受不了吧？问题是孙玓霖这种长年喜欢薄荷味的人就吃得习惯。你看看他家的牙膏、香皂，甚至是洗发水都是薄荷味道的。"

"你有什么计划？"

"现在还不能告诉你，不过你要做通孙咛的工作，让她不能干扰我。"李伟想了想又道，"我要去找一个人，必要时需要让张海生帮忙。"

"没问题，我能问问吗？"

李伟犹豫了一下，点了点头："我微信上有一个原来市局刑侦处的朋友，让他帮助我找找这个人……"说到这里的时候，李伟的神色突然有了些变化，狐疑不定的目光中暴露了他此时此刻内心深处的激烈动荡。郭伟刚奇怪地望着他，不禁问道："什么事啊？"

"冯欣的微信更新了！"李伟的语气中掺杂着一丝让他激动的颤抖，而郭伟刚听来无异于晴天霹雳："他不是在伊拉克出事了吗？"

"现在看来恐怕是有人想混淆视听。"李伟沉着地回答。

"他说什么了？我看看。"郭伟刚说话就从李伟手中抢过手机，看到微信里以实名为昵称的冯欣昨天更新了最新的微信，却只有"归国回来"

短短的四个字，下面的配图则是九幅在北京机场的照片。

"这人很陌生啊！"郭伟刚自言自语道。

李伟冷哼了一声，把手机抢了回来："这个和咱们调查的那个冯欣根本不是一个人，我看李文晴也不一定认识。"他停顿了一下，又道，"这样，一会儿别回去了，咱们去会会这个冯欣，也许能得到点儿新消息也说不准。"

郭伟刚犹豫了一下，想到队里还有一堆事情，便谢绝道："我今天的确有事，要不然明天？反正冯欣才到北京，回塞北也得明、后天。况且这么大的事我得回去再梳理梳理，你知道这半年多我都把这事忘记了，一直以为结案了。"

李伟笑了笑，说道："我知道间隔的时间长，但这也是没办法的事，我回头再和你解释。说起结案，重案组那边怎么样了？"

"悬案，和咱们之前的结论差不多，要这次能定下来，估计王队非疯了不可。"郭伟刚说着又给自己倒了杯水，"这孙咛也不在塞北，她家的事都快成我家的事了。"

"这不是好事嘛，财产那边分得怎么样了？"

"还行。"郭伟刚喝了口茶说，"君林企业肯定和林乐乐没有半毛钱关系，所以她所纠结的说到底还是钱的问题。其实要光是林乐乐家也好办，因为我和她们打过几次交道还好说话。问题是现在林乐乐的抚养人是白丽君，这就有些棘手。"

"怎么了，胃口大？"

郭伟刚像遇到知音似的点了点头："没错，所以我和咛咛商量的结果就是把孙玓霖账面上的钱全给他们，不动产和股权对半；君林企业归咛咛。"

"他们同意了？"

"差不多了吧，这就好几百万现金了啊，再加上不动产折现，我看白丽君是白捡了个大便宜，她那个公司算是能起死回生了。对了，你没听公司里的人背地里都说什么吗？"

"说什么？"

"老孙跌倒，前妻吃饱。"

李伟也笑了，就听郭伟刚问道："你那房子装修怎么样了？"

"还行，包了个装修公司，弄得差不多了。等装修好了，叫上咛咛去吃饭。"李伟边说边看了看手机，"要不然这样，你先回吧，我去找找李文晴。"说着话就要动身，却被郭伟刚叫住了："你先别急着走，我问你和小华的结婚典礼定了日子没有？"

听郭伟刚这么一问，李伟才停住脚步拍了拍脑袋："我妈和小华她爷爷奶奶见过面了，好像是春节后，具体哪一天我没记住。"说着话他就风驰电掣般地站起身，没再和郭伟刚打招呼就离开了。郭伟刚望着这个连自己结婚日期都能忘记的男人，无奈地摇了摇头。

3

才刚回到塞北市一天，冯欣就接到表弟何绍杰的电话说有个警察想和他聊聊。揣着一万个困惑和一百个不愿意，冯欣还是驱车来到表弟家见到了李伟警官，但除了表弟和李警官外，还有一个长相普通的女孩儿。

"这就是我表哥冯欣。"何绍杰为李伟做着介绍，继而又指着那个女孩儿告诉冯欣，她叫李文晴，在垣山医院工作。这些显然对冯欣毫无吸引力，他不知道表弟让自己来见这些人到底是为了什么。

"冯师傅去中东了？"李伟掏出烟来给大伙发了一圈，边递烟边问。

冯欣见他是和自己说话，忙欠身接了烟客客气气地笑了笑："是啊，才回来。"

"挺辛苦的，还安全吗？"

说到安全的话题，冯欣看李伟目光炯炯的样子，知道不满足点儿对方的好奇心不行，便敷衍道："还行吧，其实以色列这边还是挺安全的。而且路线选择也很重要，像比较危险的地方如叙利亚、伊拉克什么的尽量绕开，一般就没什么问题了。"

"你没去伊拉克?"李伟用奇怪的口音问。

"没有啊,怎么了?"冯欣感觉挺奇怪。

"那你是找'杨六郎'出境的吗?"

"杨六郎"是塞北市负责偷渡的大哥,这是妇孺皆知的事情,所以当李伟甩出这个名字的时候,冯欣立即就意识到面前这个警察的来意:怕自己参加极端组织的吧?于是冯欣忙和李伟解释:"我是合法出境,有护照和宗教局的证明,这个可以随时拿给你们看,就是今天没带在身上。"

"这么说你没有找'杨六郎'这条线?"

"没有,我为什么要偷渡呢?再说那东西不规范,随时都有生命危险。他们那帮人只要给钱啥不能干?"冯欣因李伟对自己的看法颇有不满,愤愤地说道。

李伟翻着笔记笑了笑,又道:"你坐哪趟班机走的?"

见李伟还是不相信自己,冯欣有些不太高兴,从口袋里摸出驾驶本说道:"这里面有我的身份证号,你可以自己去查嘛。"

"冯宣瑜?"李伟漠然地望着他,"你不是叫冯欣吗?"

"我从君林物流出来以后自己办公司做生意,当时为了方便就改了现在的这个名字。不过由于叫惯了,所以家人亲戚还都叫我冯欣。"冯欣解释到这里才明白这个警察为什么如此纠结自己的名字了,"你不是按冯欣找的我吧?我表弟没告诉你我改名的事?"

"我还一直以为你叫冯欣呢,你这改名字完全就是胡闹啊。就算名字是你妈起的,也不至于和她闹到这地步啊。"何绍杰在一旁为自己辩护。李伟则什么都没说,用笔在笔记本上画掉了冯欣的名字。

"这么说你们肯定不认识了?"这话是李伟说给旁边的李文晴听的。

果然,李文晴只是黯淡地摇了摇头,没有说话。正当冯欣纠结于这个女孩儿的来历时,她突然开口了:"不是他,他太年轻了。"

李文晴说得的是标准的塞北普通话,在冯欣听来却如天籁之音。作为一个才到不惑之年的中年人，冯欣让别人猜自己年龄的时候总能得到大相径庭的结论，这往往让冯欣很沮丧。所以如今当李文晴说他太年轻的时候，冯欣竟有种伯牙暮遇子期的惊喜。

"那你手机中叫冯欣的那个人的确不是他了？"李伟似乎在做最后一次确认，在得到肯定的答复之后才叹了口气，把注意力又转移到冯欣身上来，问道："你认识孙玓霖吧？"

"认识，他是君林物流的老总，我之前在安保部任职的时候见过他。"

"有过直接接触吗？"

"基本上没有，开工作大会的时候听过他讲话，私底下我和我表哥一块儿跟他吃过几次饭。"冯欣谨慎地回忆着答道。此时他已经确认事情和自己没关系，隐隐能感觉到这个警察好像是冲孙玓霖来的。就见李伟思索了几秒钟，又把头转向李文晴："你为什么说认识他？"

冯欣这才知道原来这个李文晴说认识自己，便也关切地把目光转到李文晴。

李文晴先是不慌不忙地笑了笑，然后慢悠悠地说道："我没说认识他，就是问你他在哪儿而已吧？"

李伟好像没听见一样盯着她看了许久，才一字一顿地说道："你为什么要盲目地保护那个'冯欣'呢？你知道不知道这是助纣为虐。"

"他到底在哪儿？"李文晴好像没听到李伟的话，仍旧循着自己的思路问话。

李伟没有回答，却被气乐了，反问道："你说呢？"

冯欣这时候才明白原来这个冒名顶替自己的家伙和这个叫李文晴的姑娘似乎还有些暧昧，只是李伟如此刨根问底却不知道为了什么。正困惑间，就听李伟又开口了："他找过你，对吧？"

李问晴低下头沉默着，她的态度其实已经说明了一切。时间一点一滴地过去了，屋子里静得有些可怕，除了几个男人粗重的呼吸声之外，只有何绍杰喝水时发出的"吱吱"声。

良久之后，李文晴终于再度开口了："那天你们走了以后，我接到过他的电话。我问他去哪儿了，为什么要离开我。他什么都没有说，静静地听着，直到我倾诉完以后，他突然问我：'小晴，你爱我吗？'"

屋子里静悄悄的，除了嘀嗒嘀嗒的钟表声外，就是李文晴悠长缠绵且夹杂着无尽的情感的倾诉。

"我说：'我当然爱你啊，要不然刚才警察来的时候问我一个我不认识的人的事，我干吗不说清楚？我是想保护你啊。'他笑了，还是和平常一样爽朗，然后说：'谢谢你。'我说：'咱们之间还用谢吗？你在哪儿对我来说其实真不重要，我只是想知道你是否安全。'"李文晴停顿了几秒钟，眼睛开始湿润起来。

"他好像没料到我会这么说，待了一会儿才说：'我会照顾好自己的，你也注意点儿身体。另外我给你支付宝转了点儿钱，用"腾龙贷"转的，你帮我把它取出来给"红雀"送过去。'"

冯欣略一沉吟，正琢磨着"红雀"是谁的时候，李伟却先回答了他，不过李伟的话却是说给他表弟何绍杰的："'红雀'就是'杨六郎'公司的员工，帮他办偷渡的手下。"

李文晴点了点头，面无表情："后来他告诉我，他正在办一件大事，待事情办好了，如果他还活着就接我走，带我到国外去。"

"你相信他吗？"李伟冷冷地问道。

"相信，干吗不相信？再说如果不相信他，我又能怎么样呢？"李文晴的睿智让冯欣有些刮目相看，甚至开始感到这女孩儿的可爱之处。

"这是什么时候的事？"

"你和小华姐上次找我的第二天。"李文晴平静地说道。

"'腾龙贷'是个网络融资平台？"

"对，P2P 的一个网贷平台，年化收益比银行定期略高一至两个点，T+3 提现。"李文晴刚说完，冯欣就忍不住皱了皱眉，问道："这么低有人买吗？"

李文晴抬头看了冯欣一眼，没说话。就见李伟合上笔记本，这次却是对冯欣说的："真麻烦你了，白让你跑一趟。"

"没事，配合调查也是我该做的事情。"冯欣站起身准备告辞，顺便和李伟客气了几句，而李文晴还坐在椅子上发呆，目光迷离忧郁，似乎心事重重的样子。

就在冯欣拉着李伟准备离开的时候，李文晴忽然追了出来，拦住他们对李伟大声说道："李警官……"看她欲言又止的样子，好像有什么特别为难的事情要说。

"什么事？"李伟也看出李文晴神色有异，低声问道。

"其实他还给了我另外一件东西。"李文晴慢慢地说。

"就是那个你所谓的'冯欣'？"李伟这话在冯欣听起来特别别扭。

李文晴再次点了点头，好像终于下定决心的样子，伸手从怀里掏出一个黄橙橙的东西来。

什么样的玩意儿能让她贴身而藏？

冯欣奇怪地打量着这个并不起眼儿的设备，这才发现原来它是个镀铜的金属U盘，上面写着"SSK"的字样，造型却是一个子弹头：弹头与弹壳连在一起，拔开就是弹头也就是U盘的盘身，弹头则是个盘帽。

看到这个U盘，冯欣和表弟何绍杰一样充满了疑问。李伟拿起U盘问李文晴这里面是什么东西，就见她淡淡地摇了摇头。

"我不知道，这是快递给我的。他只告诉我这东西要随身带好，如果他一年后还不回来，就让把这东西给孙咛，还给了我她的邮箱和电话。"说完李文晴又想了想，补充道，"他说这个东西相当重要，所以不能对任何人说，也不能给任何人看。"

李伟接过U盘，在手里轻轻地掂了掂，沉吟道："谢谢你的信任。"

"没什么。"李文晴仍然是那副凝重的面孔，好像全天下的仇恨都集中到了她的身上，"我的确爱他，但我不能包庇他，如果这东西对你没用你必须还给我，这里每个人都是见证。但他若真犯了法，我也能公事公办。

他坐几年牢，我就等他几年。"她的语气斩钉截铁，没有丝毫回旋的余地。看不出如此柔弱的女孩儿说话如此坚定。

"好的，一言为定。"李伟拿着U盘想了想，又转头问何绍杰能不能借他的电脑用一下。于是李伟与何绍杰转身进屋，让李文晴和冯欣在门口等他们。

"其实你挺聪明的。"见李伟与表弟进屋，冯欣才拿捏着说道。其实说这话的时候他自己也不知道是想缓和一下气氛，还是由衷钦佩她的聪颖。李文晴却只礼节性地点了点头，没说什么。

五分钟以后，李伟回来了，他告诉李文晴U盘暂时不能还她。如果那个所谓的"冯欣"来电话就去找他拿。李文晴应允离开，同时拒绝了冯欣开车送她的建议。

第十五章

1

午睡醒来，马惠出门遛弯儿的时候遇到了第三次登门的李伟。这次他学乖了，没有提东西，只是坐在门口的汽车上静静抽烟，一根接一根地抽。看到马惠出门似乎想起身打个招呼，谁知道马惠连眼皮都没抬一下，像见了瘟神一般地走开了。一时间好像打翻了调料罐，百般滋味一齐涌上她的心头。

既然已经过去，又何必再忆起？想到那段灰暗的岁月，马惠真的有些恍如隔世的感觉。在她的心中，那个曾经站在楼顶疯狂挥舞红旗的小姑娘已经死了；那个和孙卫军为了爱情而海誓山盟，且对他无比崇敬的女孩儿已经死了；那个有着一儿一女的婚姻与那叫作马桂红的旧名一样死了，被埋葬在很深很深的记忆中，永远不再出现。

如今，这个试图挖掘旧日痕迹的男人找到了她，除了那让人伤心的消息，还能有什么呢？记忆深处的痛苦吗？马惠叹了口气，已经都往七十岁上走的人了，还能活几天，怎么他就这么穷追不舍？正胡思乱想着时，她已经走出了小区，依稀还能看到李伟和他那辆汽车模模糊糊的影子。

"马大娘，您这是去哪儿啊？"正想着时，迎面走来了在物业工作的小李，他正热情地和她打招呼。马惠忙收拢心绪，和小李笑道："李子，你这是去哪儿啊？"

"我这不是来找您吗？想和您说两个事。"小李是个刚结婚的年轻小伙子，长得干干净净，不胖不瘦，才到物业工作两年，却是古道热肠，再加上他妈和马惠一块儿跳广场舞的交情，他们两家关系一直不错。

马惠不知道小李是为了什么事这么着急赶来，忙道："你说吧，我正闲逛呢，也没什么事。"

"那好，我就和您说说。"小李陪着马惠边走边说道，"您上次和我说想让鲁晓杰到我们物业工作那事啊，我给您打听了，我们这儿暂时不要人。"

听小李这么一说，马惠这才想起自己的确是托小李给小儿子鲁晓杰在塞北找个工作，其实就是图离家近，好找个姑娘结婚。要不然他一个人在深圳漂着，又不是能说会道的主儿，还不知道什么时候才能成家。只是小李说的"不要人"一下子让马惠的心凉了半截。

"不过您也别着急。"小李子好像看出了马惠的心思，笑道，"我托一个朋友在君林物流公司给他找了一份工作。鲁晓杰不是学物业管理的吗？君林房开下属的君景物业，就是开发'东园港城'的那个公司，现在正招人呢，那里打算让他做企管部副部长，算君林企业的正式职工，不走人力资源公司那一套，您看怎么样？"

"那敢情好啊。"一听这个，马惠的眉头瞬间舒展了。她当然知道君林公司是塞北市数一数二的大企业，虽然是民营却有数千职工，听说不仅在全国大多数城市都有业务，而且待遇超好，相当难进。这几年想去君林企业都要和人力资源公司签合同，属于派遣工，通常正式职工的指标一年也没多少。

怎么今天一出门就遇到这么好的事？这下小儿子的婚事有指望了，在塞北市说起是君林公司的一般职工都挺好找对象，更别说是什么副部长了。马惠忙笑着给小李道谢："这……我真不知道要怎么感谢你了，帮了姨这么大一个的忙……改天……改天叫让你妈去姨家包饺子吧。"

"不用客气，我还有第二件事呢。"小李子笑吟吟地说道。

"什么事啊？"

"这个工作是我一个朋友帮您安排的，他就是想和您聊聊。"

"聊聊，聊啥事？"一种不祥的预感涌上她的心头。

"他就是找过您两次的那个李伟，以前是咱们桥南刑警队的大队长，现在还在您家门口呢。"小李子好像知道马惠不太愿意说起以前的事，忙跟着进一步解释，"李哥和我是多年的好友了，他知道您有困难，但他的确有些东西想弄明白，说您实在不愿意就算了，孩子的工作算他帮忙，您千万别往心里去。"

小李子这一番话把马惠说得哑口无言。有心不接受李伟的帮助，却又不甘心这么好的工作飞了；有心帮他吧，却实在不愿意提起以前的是是非非。她左思右想，最后一回头正看到同楼的刘奶奶带着外孙子在外面玩儿，胖乎乎的三岁小男孩儿一跑三颠，可爱得让人心醉。

一瞬间，马惠的心理防线彻底崩溃了，她不想再次因为自己改变了孩子的命运。说起来，自己还能有几天好活？再说自己也不是那种用人朝前不用人朝后的人，遂应道："这话是怎么说的？那个李伟人挺好，我之前没答应他的确是时间不凑手。今天有时间，随便他问。再说，人家帮了这么大的忙也应该的不是？"

两人说说笑笑，朝着李伟的汽车走来。此时李伟已经远远看见，第一个抢上前去和马惠打招呼："马婶儿，麻烦您好几回了，真不好意思。"

"哪里的话，应该是我说对不起。你帮了我的忙，我还没谢你呢。"马惠挺不好意思地笑着，和李伟说了几句闲话，然后小李子才告辞离开，说还有不少工作要做，于是只剩下李伟和马惠："马婶儿，你看咱们去哪儿聊聊？"

"天气这么好，咱们就边走边说吧，我每天也得走走。"马惠提议。

李伟见状很爽快地答应了："行，那就走吧。"

于是两人顺着刚才马惠遛弯儿的路线继续溜达，短暂的沉默过后李伟终于开口了："马婶儿，其实我真不愿意打扰您，只是这个案子里的事还绕不开您。"

"没事，你问吧，有啥说啥，反正都是过去的事情了。"话虽然是这样讲，可每每提起以前的事，想到孙卫军的时候，马惠心里总有一种说不出来的痛苦。她说不清那是什么，也许是自己懦弱不愿承担的自责，也许是因为宁宁惨死的内疚，更多的也许还是为年轻草率而付出的代价。

"那就说说吧，从你们怎么结识开始吧。"李伟提议道。

结识？马惠脑海中好像又看到了当年的孙卫军：小江京镇的寒风中，一身套在棉袄外面的藏蓝色制服，总挂在脖子上的同色棉手套，从来都洗得干干净净的白色线袜子配黑色白边懒汉鞋，再加上胯下那辆簇新的、装有电镀后架的"永久"牌自行车。在当时的马桂红看来他是多么威风啊，他们也正由此而相识。

"我原名叫马桂红，不是小江京镇本地人。那时候学校不怎么上课，我就跟着哥哥坐汽车去小江京镇二姨家玩儿。要知道在我们黑龙江老家，冬天非常难过，而那里却特别舒适，不冷不热。"马惠嘴里好像衔了枚苦涩的橄榄，声音悠长绵密，"来了以后我发现镇里半大的孩子们都喜欢聚集在镇小剧场门口玩儿，就经常过去瞧热闹，时间久了才知道他们的头儿就是孙卫军，但那会儿我们还不认识。有一天，不知道因为什么有两拨人打了起来，后来有人吵吵着，孙卫军来了，孙卫军来了，然后他们就住手了。虽然比我们那儿好点儿，可这里的冬天也挺冷，但孙卫军的棉袄最上面的三个扣子永远不系，故意露着里面的白背心。我记得那天他的目光就像天气一样阴冷，然后对那两拨人说：'都是一个镇的兄弟，给我个面子，别让外镇人看了笑话。'"

"他说的外镇人是指您吗？"李伟问道。

马惠点了点头，说道："不光是我，那时候来小江京镇的外人其实不少，我们一些半大的孩子也都在场。他说话的语气很阴鸷，可在当时我们几个女孩儿看来就是帅得不得了，都在后面叽叽喳喳议论着他就是孙卫军。然后孙卫军转过脸来，望着我说'这丫头谁啊'，然后就有不少人起哄，他身后也不知道是谁说'卫军，那不是你表妹嘛'，我们就这样认识了。"

"那时候孙卫军在做什么？"

"他刚到工厂上班，镇上的铸铁厂。业余时间就带着他那群兄弟在小广场喝酒，无论什么天气，只要不下雨、下雪，晚上总能看到他们坐在剧场台阶上喝酒、唱歌。我至今还记得他那带着沙哑嗓音的歌声。"说着话马惠真还哼哼了几句，听得李伟一阵阵犯愣，硬是一个字都没听清楚。

"孙卫军开始只是我们这些半大孩子们的头儿，到后来就成了工厂工人的头儿，坐着厂里一辆破旧的苏式吉普车，俨然有些不可一世的感觉。"说到这里马惠叹了口气，她知道以今天的眼光来看当时的孙卫军可谓十分愚蠢，可自己何尝不是呢？如果不是如此，自己怎么会在与他仅仅相识三个月之后就怀上了他的孩子？

"我们的第一个孩子就是霖霖，他特别乖，长得和孙卫军一样，瘦瘦小小的一个小男孩儿。那时候孙卫军已经开始忙了，在镇上也算一号说一不二的人物，所以我和他爸妈带这个孩子，外面的事就管得少了。当时我们还没结婚，所以我家人特别生气。可碍于孙家的势力也不敢说什么，再说二姨父去了干校，我二姨孤掌难鸣，也管不了这么多。"

"你就这么一直在小江京镇待下去了？"

"对啊，本来没想待的，结果一耽误二耽误下来，不仅待下来了，甚至连结婚证都没来得及去领，只好和外人说结过婚了。我记得霖霖都七八个月的时候，我们才去领的证，什么仪式都没有。"

"您觉得孙卫军本质是个什么人？"李伟斟酌着问道。

"如果放在今天，也许他能上大学。"马惠没有正面回答李伟的问话，只是淡淡地遵循着自己的思路前进，"我记得霖霖一岁半的时候，我肚子里又怀上了宁宁，可还没到足月的时候就得到了孙卫军的噩耗。"

2

"他是怎么死的？"李伟终于问到了关键的问题。

马惠叹着气看了他一眼，说道："被人打死的。那天我在家带孩子，是个擦黑的傍晚，我老远就听见镇上有人吵吵，声音特别的大。开始也没太在意，因为天天那样。可细听之下好像有点儿不一样，接着就有和卫军一块儿的孩子们闯进家里说他出事了。慌得我和他爸爸急急忙忙赶到了医院，谁知道那时候已经不行了。"

马惠叹了口气，继续说道："我肚子里还有宁宁，都快足月了，他爸爸可能怕我动胎气，就先找人送我回家了。可到底宁宁还是早产二十多天，没有足月。"

"后来呢？"

"后来就是办丧事呗，倒是挺隆重的。接下来的事就和我们家没关系了，开始过得还算平静，可越往后越难熬，几年以后镇上的人终于开始报复了。我当时就想啊，这帮人以后能不能饶过我啊？要是把我打死了该怎么办啊？你知道我那会儿还不到二十岁，怎么能想这么多？最终我没熬过去，丢下两个孩子自己跑了。"马惠闭上眼，仿佛又出现了孙卫军最后那血淋淋的身体。

"走了之后你们有过联系吗？"

"没有直接联系。"马惠回答得很干脆，"一直到最后孙玓霖都不肯原谅我，就像那个苹果公司的乔布斯不能原谅他的生父一样。八十年代初，他在三十九中读书的时候，我去找过他几次。可每次他都对我恶言相向，最后甚至唆使三个孩子打我。前几年他办了君林物流以后我也去找过他，可没有见过一次面。"

"宁宁的事情您知道？"

"我是后来才知道的，可即使这样我都没回过小江京镇一次。李警官，我有时候其实都不能原谅我自己，因为在最困难的时候我选择了逃避，选择了一条不应该走的道路。我把责任抛弃，造成孙玓霖后来命运的很大因素也许在我。"

"你了解孙玓霖吗？"

"知道得不多，但我相信无论他取得什么样的成绩，内心深处一定很孤独。宁宁本是他唯一的依靠，可当连这个都未能保住的时候，我现在能理解他是多么的孤独无助。"马惠停住脚步，望着远处的山郭幽然道，"孙玢霖他们搬到塞北来，其实也是我帮他们办的。"

"是吗？"

"对，当时我正在和我先生谈恋爱，他父亲是市里的干部，有权力把孙玢霖一家弄到塞北来。我就托原来的老邻居和孙仲说了好几次，后来估计他也是实在待不下去了，就带着孙玢霖过来了。其实还是有点儿晚了，要是早一些……我先生知道这事，结婚的条件就是以后不再管他们家的事，我们说好，孙仲在毛纺厂的工作是帮他家最后一次。"

"后来你就没再管过？"

"怎么可能，我毕竟是孙玢霖的母亲啊。宁宁的死我有责任，所以不能坐视不管，要不然我的良心更过不去，明着不行就暗地里管。后来孙仲得了癌症，从治疗到后事再到孙玢霖上大学都是我在暗中帮他，只不过他不知道罢了。"

"你为什么不告诉他？"

"开始我想过，但他不肯见我。后来他大学毕业成立了君林公司，我就没怎么找他，毕竟他不需要我的帮助了。"马惠刚说完这句话，就见李伟转过头，用一种特别的目光注视着她，"你对他的了解太少了，关心也太少了。"

"你……"马惠不知道他这话是什么意思。

"如果你对他能少一点儿物质帮助，多一些精神帮助的话，我想孙玢霖也不会变成今天这个样子。你先生很有钱吗？"他的声音冷冰冰的，不带一丝情感。

马惠愣了一下，黯然地摇了摇头："我不想再失去一次家人了。"

"他只能从不该给他温暖的人身上寻找温暖。"李伟说着往前走了几步，马惠只得疾步跟随。李伟走了几步，忽然问马惠知不知道赵辰辰的事。

"她……"马惠语噎了，她不知道该怎么告诉李伟，好半天才说道，"我知道，当时我和孙玢霖已经认识了。只不过他爱喝酒，喝酒以后谁都管不了他。赵海罗是一家之主，他一离开，赵家人就没主心骨了，赵辰辰就成了一个牺牲品。她自杀以后孙仲去过他家，还给了不少钱和东西。"

"你当时怎么样？"

"置身事外，甚至我都觉得和我自己没什么关系。"马惠说到这里忽然笑了起来，"怎么，特别让你震惊吧？现在想起来，我自己都觉得自己没有人性。"

"这么说赵辰辰和孙玠霖的事是真的了？"

"可能吧，我没问过孙玠霖。"这么多年以来，马惠从来没有和谁说过自己的过去。她总是深深地把它们藏在心里，等没人的时候拿出来简单地梳理梳理，却从未想过要和谁分享。

如今和李伟说话，虽然谈不上融洽，可说出来竟无比舒爽。她遂点了点头，悠悠说道："在集体癔症的时候，孙卫军和我本质上其实都是一类人，为了自己翻身成功，不惜一切代价，忽视别人所有痛苦。当我们心里有了慰藉，一切就变得天经地义起来，其他的都是幌子。只不过他失败了，我逃避了。"她想了想，又补充道，"要不是骨子里有共同的追求和理想，我也不会选择他。"

马惠追着李伟说出了心中多年的积怨，心情虽然豁然开朗，可身体却愈发疲惫。李伟见状忙停下脚步，搀扶着她坐到路边的长椅上休息。马惠是想到哪儿说到哪儿，继续说道："前几年其他国家和咱们闹海岛纠纷，我们楼前的一些小伙子们集合起来在路上拦外国车，那阵势让我心有余悸啊。我总能通过他们想到孙卫军，想到他那个疯狂的时候。有时候你说现在和那时候离得有多远？我觉得不远，就只隔着一堵墙而已。"

李伟点了点头，悠然地说道："没看出来您想得还挺远的。"

马惠笑了，这半天第一次感到一丝温馨："我回塞北以后在小学教思想品德，退休后这几年又读了点儿书，觉得这人性真是琢磨不透的东西。昨天还风平浪静得像个秀女，可一闹腾起来就像个魔王。你看法国大革命和七十年代的柬埔寨，完全是一些不该上台的人有了翻身的机会，然后友善的面具揭开后的肆无忌惮而已。美国人标榜着自由、民主，可对屠杀印第安人的罪恶从来不予承认，连个道歉都没有。李警官，你去过美国没有？我感觉他们对现存的印第安人就像对待动物一样任其自生自灭，骨子里完全不像他们自己说的那样好。"

马惠看到李伟沉默着点了根烟，静静地听着自己陈述。

"我最喜欢的电影叫《狩猎》，是个丹麦片子。我把它推荐给你，李警官你有时间可以看看。我觉得孙玓霖和孙仲当年就是《狩猎》的延续。好比我们家那天晚上被人砸的玻璃一样，谁砸的并不重要，重要的是那里已经没有了让你生存的空间，再待下去就是这个结果。也许当时我并没有想这么远，纯属因为胆怯的误打误撞而已。"

李伟显然没有看过《狩猎》，所以对马惠说的这一段特别迷惘。马惠焦灼的目光中则闪动着另外一层忧伤，像完全没有注意到李伟一样："人活着到底是为了什么？我也说不清楚。但自从离开孙玓霖后我终于想清楚了，人活着不是为了自己不停地享受，不是为了不停地换车、换房、换工作，不是为了不遗余力地为营造自身的舒适而努力，最起码不全是，因为还有爱你的人和你爱的人，你最先应该为了他们活着。"

李伟丢掉了烟头，继续沉默地聆听。

"我不赞同人活着是为自己，要让自己活得精彩这种话。我觉得最先为爱你的和你爱的人活着才能活得更好。纵然没有爱你的人，可你最终还是会有爱上的人啊。人是有感情的动物，不只是动物。"说到这里马惠重重哀叹了一声说，"如果当年我知道这些道理，也许悲剧就不会发生，孙玓霖也不会这么早就死了。"她的语气中包含了无尽的苦楚。

"如果……"李伟终于说话了，这次声音变得干巴巴的，"孙玓霖活过来，您最想对他说什么？"

"活好自己，不背包袱。"马惠不假思索地回答了李伟的问题，"我会告诉他，他的人生中无论做出什么样的抉择，我都永远站在他那边。"说到这里时，马惠觉得李伟似乎有什么话想说且欲言又止的样子，便说道，

"你有什么话就直说吧，事到如今我早想开了。"

李伟点了点头，笑道："我是说如果您早一点儿认识到这些，再多关心孙玓霖一点儿，也许他能有别的选择。"

听李伟这么说，马惠也笑了："可我现在也有两个儿子，难道不更重要吗？"

"这就是人性？"

"对，这就是人性。"

"我没什么说的了，最后还想问您一个问题。"

"你说吧。"

"小江京镇有河吗？"

"小江京镇是山区，只有一条路通到县城。不仅镇里没河，甚至周边几十里都没有河。"马惠对这个问题有些疑惑，可李伟最终并没有做出任何解释。这时，李伟的电话响了，电话里一个男人气急败坏且声色俱厉地说孙玎失踪了。

李伟挂掉电话，脸色苍白。

3

郭伟刚和李伟进屋的时候是晚上八点三刻，孙玎已经和赵津薇、邢慧英纠缠了一天一夜。自从昨天接到她们莫名其妙的电话开始，孙玎就被她们接回塞北市，软禁到这所"七天快捷酒店"一步都走不出去，连吃饭、上厕所都被监视，完全失去了人身自由。好在最终她们相信了自己钱全没了的事实，给郭伟刚打了电话。

"你没事吧？"郭伟刚看似平淡的问候中饱含深情，这一点孙玎不是听不出来。此时的她真想扑到郭伟刚怀里大大地痛哭一场，然后狠狠地捶打他的胸口问他为什么这么晚才来。可此时此刻的她却万万不能，只好含着眼泪摇了摇头："我没事。"

"你们两位是干什么的？电话里也没说清楚，你们知道我是谁吧？你们知道自己现在做的事情是什么性质吗？"郭伟刚拉长声音，恶狠狠地质问那两个女人。其实，除了失去自由以外，她们对孙咛还算不错。不仅想吃什么都满足她，甚至连孙咛要块口香糖都专门下楼去买。

赵津薇又高又胖，才过四十岁的样子。这个女人嘴尖舌利，着实不是好对付的主儿。果真，她一听到郭伟刚的话立马就回了过去，语气之凌厉比对方好像还理直气壮："怎么着，想拿警察的身份压我们不是？我告诉你郭警官，如果好说好商量的话，我们也不是不讲理的人。你要是玩儿阴的，那就别怪我们不客气了。你现在就可以报警，只不过光脚的不怕穿鞋的。我们一无所有，豁出去和你换命也值了。再说将来你们小孩子在幼儿园丢了、家里玻璃让人砸了、锁眼让人堵了可别怪我。"

赵津薇一口流利的京腔京韵，听得屋里所有人都犯愣。就见郭伟刚脸色倏地一变，冷哼一声道："嘿，我还第一次听见有人和我这么说话呢。怎么着，你这是想威胁我呗？好啊，那咱们就试试，不让你吃不了兜着走，我跟你姓！"他略一停顿，又道，"绑匪还这么有理。"说着话他拿出手机就想打电话。多亏他身边的李伟眼疾手快，一把拦住了他："先等等，听听她们的诉求再说。"

李伟的声音不高，可满屋子的人都听得真真切切。这时赵津薇可能也有点儿傻眼，没想到郭伟刚这么强硬，张了两次嘴也没说出话来。邢慧英比她略大几岁，说话做事也稳重得多，遂站起身给郭伟刚道歉，和风细雨地说道："郭警官别往心里去，小赵心直口快，又有点儿着急。我们两个人把咛咛接过来是她自愿的，要不然能给你们打电话？"

"自愿个屁，咛咛同学说她失踪了，我们俩差点儿去北京报警，走半路接到她的电话。要不然有你吃一壶的，说说吧，怎么回事？"郭伟刚大大咧咧地在对面床上坐下，示意李伟坐他到身边。

"我叫邢慧英，马宇姚是我老公；她叫赵津薇，是赵津书的妹妹。我们俩其实也没什么大事，一来是想和你们认识认识，二来是想和你们说说我们的事。"

"你们有什么事？"郭伟刚和李伟对视一眼，幽幽地问道。

孙咛此时已无俱心，知道郭伟刚和李伟对付面前的这两个女人游刃有余，便抢着说道："伟刚，他们想要钱。"

"要钱，要什么钱？哪部分是你们的钱？"郭伟刚冷冷地问道。

却见邢慧英不慌不忙，显然早有准备。孙咛从被她们骗出校门坐上汽车后一直是邢慧英开车，赵津薇和她说话，所以她完全没料到这更是位能说会道的主。就听她说道："我们和你们要钱自然有我们的道理，也有我们的苦衷。郭警官要是不急，我就和你们说说。"说着话她起身给郭伟刚和李伟倒了两杯水，然后才娓娓道来。

按邢慧英的说法，马宇姚是小学时候和林罗认识的。当时马宇姚和赵津书一伙，林罗转学过来以后开始与二人不睦，后来才成了好朋友。若和林罗与赵津书相较，马宇姚其实还算宽厚之人。孙玓霖转学过来开始的几天被几个外校孩子欺负，是马宇姚出手制止的。当时孙玓霖容貌清秀，被人起了个绰号叫"三娘子"，虽然不讨男生喜欢却颇得女同学的人缘，于是他这才引起了林罗的注意。

不得不说林罗是个非常有眼光的人，他问赵津书和马宇姚把孙玓霖弄过来怎么样。开始赵津书不同意，他这人除了打架、喝酒、泡小妹妹外，没什么真才实学，与马宇姚都相去甚远，所以林罗的意见主要是问马宇姚的。马宇姚据说思索良久，告诉林罗说他也认为孙玓霖将来是个有前途的人。

"他和你说过没说过他为什么这么说？"李伟接口问道，他显然和郭伟刚都听入迷了。

邢慧英肯定地点了点头，说："说过，当时马宇姚和林罗发现孙玓霖是个城府非常深的人。当然，他们那时候不一定有这个名词，但用他们自己的话说孙玓霖很有心眼儿。而且马宇姚和我说孙玓霖善于把事情装在心里然后再择机报复，他最擅长的事就是缜密地为自己设计报复计划。"

"这话怎么说？"

"有这么一件事，因为我和他们仨人也是三十九中的同届生，所以很清楚。孙玓霖刚从东平转学过来的时候，也算是个乡下孩子，被欺负得挺厉害。我们学校六班有个孩子叫武龙，是他们班的凌霸，骂孙玓霖是没爹没妈的野孩子，克死妹妹、克死奶奶，是不祥之人。孙玓霖就和他打了一架，你说他哪儿打得过人家，其实就是被揍了一顿。"

孙咛以前从来不知道养父小时候还有这么多事情，更不知道他所谓的童年竟然这么悲惨。她只记得每每问起的时候，孙玓霖总是和她讲一些非常阳光快乐的事情，诸如和林罗他们野炊、郊游或追女同学等。这次虽然知道了一点儿，却不得郭伟刚和李伟的细述，故此也听得颇为关注。

"后来林罗看孙玓霖长得好看，能得女孩儿欢心，就拉他入伙。有了林罗撑腰，武龙自然不敢再欺负孙玓霖，听说还专门找孙玓霖，向他道了歉，双方握手言和，这事也就过去了。近三年后，初三快毕业的时候，眼看就要毕业考试时，武龙有一天晚自习后骑着自行车回家，但经过一段没有路灯的小路时，他自行车的车胎就被扎了，他下车看车的时候不慎落入路边一个大水坑里，被里面的石头撞破了头，正好栽断了脊椎骨，落了个终身残疾。"

一瞬间，孙咛有些不寒而栗的感觉，就听李伟问道："那段路从来没有路灯吗？"

"不是，就是那天没有，不知道怎么回事，路灯就坏了。不过水坑却是白天施工挖的，但晚上用来警示的红灯也坏了，武龙才跌落受伤。这事人们都说是孙玓霖干的，只不过没人有证据。"

"真的是爸爸做的吗？"孙咛小心翼翼地问。

邢慧英看了孙咛一眼，轻轻一笑："人言可畏，也不能认真。"

这事之后，马宇姚和林罗更对孙玓霖小心了。他们的友谊其实完全是建立在功利性之上的。开始的时候林罗和赵津书想利用他多接触女孩儿，后来孙玓霖上大学后，林罗觉得他是个不可多得的人才，就一直没断了和他的来往。有一次林罗告诉马宇姚他们，听说糖业烟酒公司的白书记女儿和孙玓霖一块儿读书，要是能联系上她干什么都方便了。

对于怎么联系的问题，马宇姚和林罗都对这个女孩儿没兴趣，赵津书相比他们俩更喜欢漂亮女孩儿，所以这个任务就交到了孙玓霖头上。孙玓霖开始并不同意，后来听说要通过她办点儿什么事，也就点头应允了。马宇姚作为他们仨人中最具头脑的"军师"，起了出谋划策的作用。

至于后来君林物流的创立，当然和他们关系不是特别大，开始完全是白家为孙玓霖和白丽君弄的。只不过林罗和马宇姚他们都有点儿社会关系，就参股帮忙把企业办了起来。本来开始他们有股份，只不过后来在白丽君父亲的要求下清退了林罗和马宇姚三个人的所有股份，他们就成了局外人。

用林罗的话说，算是天无绝人之路，就在君林物流才有点儿起色的时候，白丽君的父亲突然去世了，企业陷入了困境。林罗和马宇姚一商量，想借着这个机会重返君林公司，动用他们的关系把企业做大。吸取上次的经验教训，马宇姚和林罗先是排挤走白丽君，然后控制孙玓霖做起了隐形股东，明面上和君林公司没有半毛钱关系。

至于控制孙玓霖的方式，邢慧英没有明说。可孙咛却知道林罗他们一定是用自己和继母的安全来威胁养父，这里面自己的因素最大。因为通过郭伟刚他们后来的调查得知，林罗开始把在君林物流得到的钱一大半都用到了社会关系上，可以说他自己挣十块钱有七块钱用于黑白两道的人脉，所以十几年前的林罗在塞北市声名鹊起，相当有名望。

"这几年都上了年纪，再说这么多年一如既往地过来，林罗也就懈怠了。马宇姚今年过年的时候还和我说，再等几年君林公司上了市，他和我们就移民，谁承想竟然是现在这个结局。"邢慧英叹了口气，继续说道，"马宇姚喜欢车，这几年没少折腾。有时候买一辆车花五十万，可能改装就得一百万。所以家里根本没啥积蓄，一直说等着君林公司上市，说了好几年，可现在这人就没了。"

"这么说你们是真来要钱的？"郭伟刚一直没说话，此时听邢慧英说得差不多了，才问道。

"我们俩也知道马宇姚和赵津书做事不地道，但怎么说君林公司他们也有份儿不是？你看这几年林罗管过公司什么事？出了大乱子还是马宇姚和赵津书给摆平。就冲这个，你们也得给我们点儿意思吧？"邢慧英撮着牙花子，半求半要道，"没有功劳还有苦劳，现在你们是瘦死的骆驼比马大啊，我们俩真没辙了才来的。"

她的话可能引起了赵津薇的共鸣，赵津薇一改刚才凌厉的气势，竟像个落魄街头的妇女般哽咽起来："邢姐说的是实话，你看我老妈要帮着赵津书带孩子，现在还住了院，我也离婚，真是没钱了。他成天在外面挥金如土，以前还能截长补短地给我妈拿点儿钱，可现在一断了生活来源，我们可怎么活啊？我昨天去申请低保，人家非让我卖了车。你说现在塞北市扩张得这么厉害，公交车又挤，没个车可怎么活……"

"人家能坐你就不能坐？"李伟阴冷地打断了赵津薇的苦诉，"你们俩想要多少钱？"

"一人给上五十万行不？"赵津薇犹犹豫豫地说，"给了，以后我们绝不再来了。"她说完话邢慧英没有补充，显然也认可这个数。

孙咛心头一紧，心想自己现在根本拿不出这么多钱来，正踌躇该怎么回答她们时，郭伟刚开口了："这么多年过去了，你们怎么就不懂得找个工作呢？当寄生虫？习惯于这种醉生梦死？我告诉你们，按法理、按道理我都不应该给你们，但看在情面上可以给你们点儿抚恤金，一人五十万不可能。一人两万块钱，多了没有，不要的话，你们想怎么办就怎么办，现在就可以走了。"

郭伟刚说得斩钉截铁，没有丝毫商量的余地。孙咛心中不禁一跳，人家要五十万给两万，明摆着是要撕破脸皮，正提心吊胆地等着赵津薇大喊大叫时，她突然看到邢慧英和赵津薇脸上同时出现舒缓的神色，继而见邢慧英面带感激，兴奋地说道："那……那好吧，我们同意。"

她们怎么会答应？孙咛心中充满了疑问。

第十六章

1

比起稳健的林罗与睿智的马宇姚，赵津书更像个典型的花花公子。他出生在一个重男轻女的家庭，在这个优越家庭中成长起来的他就充斥着纨绔子弟所拥有的一切恶习。上学时，他可以肆无忌惮地冲在第一线，直接向挑战他们权威的同学发出警告。这一点得到了林罗的赏识，亦使他加入到"三害"的队伍中，充当半个打手的角色。

初中毕业后利用家里的关系，赵津书成为市机械厂保卫处的员工，却依旧过着醉生梦死的生活。围绕在身边的除了女人外，与赵津书为伍的只有麻将、酒和毒品。没错，赵津书是"三害"中唯一吸毒的人，虽然程度不重，可他的工资收入却远远不能负担其花销。于是在赵津书的撺掇下，林罗和马宇姚开始利用他们的个人关系入主君林物流公司，并逐渐开始掌控大权。

此时赵津书的父亲已经去世，妻子亦因其屡教不改的恶习而离开了他。没了家庭，他也就没有了管束，除了把儿子扔给母亲外，他什么都不做，整日跟着林罗和马宇姚围着君林物流打转。能吸引他的只有三样东西：女人、毒品和酒。如果缺钱，他就会找林罗和马宇姚商量，然后再由他找人出面吓唬孙玓霖。

至于对孙玓霖的评价，赵津书在某次酒后是这样说给妹妹听的："他是一个非常能干的人，就是太胆小怕事。太过谨慎反而让他裹足不前，这也是为什么君林企业成不了阿里巴巴的原因。而对女儿的感情和从小的逆来顺受是他们三个人能控制他的重要弱点。说白了就是孙玓霖缺乏反抗精神和胆量！"

不得不说，从某种角度来说，赵津书是个非常有才华的人，他看人眼光独到犀利，往往一语中的，只是过多的贪婪不仅吞噬了他自己，也吞噬了林罗和马宇姚的良知。

这是孙咛给他们的客观评价。

"现在我哥哥也没了，我们不想再为这个案子追究下去。如今他儿子赵建秋已经大专毕业，不如你们帮着安排个工作吧？"说完赵津书的事，赵津薇提出了新的要求。

"这个可以考虑，不过需要咛咛和公司商量。"郭伟刚这次没有越俎代庖，而是小心地提出了自己的意见。李伟这段时间一直在翻看自己的大笔记本，此时看孙咛和邢慧英、赵津薇两人谈得差不多了，忽然问她认不认识刘芳。

"当然认识，就凭他们仨人的关系我们要说不认识，你们也不会信对吧？"邢慧英说道，"林罗家的经济大权其实就是由刘芳掌控着，她和我们一样，虽然不是十分清楚这些钱的由来，但她一定知道我们都在吃君林物流，就是从来没说过。"

邢慧英说完这些舔了舔嘴唇，刚想说什么的时候，赵津薇又开口了："刘芳家也是她自己，独生子女。她小时候家庭条件还算优越，父亲是塞北市桥南武装部的政委，所以也算娇生惯养。嫁给林罗后有一段时间他们关系特别不好，天天吵架。据说就是因为刘芳不满林罗工作之余天天和津书、马宇姚喝酒，还说那个孙玓霖根本不值得帮，完全是只投入没回报。后来林罗帮着孙玓霖追白丽君的时候，刘芳也有过异议，只是没反对得太厉害。直到白丽君家给他们办了物流公司，我才听说刘芳鼓动林罗想办法弄点儿钱。"

"这事你是听谁说的？"李伟问赵津薇。

"听我表妹说的。"邢慧英接过了话茬儿，"我表妹在中德友谊医院急诊科工作，刘芳之前在那儿上班。她们关系比较好，刘芳有意无意地会说一些给她听。由于刘芳并不知道我们的关系，所以我也没叫表妹说破，一直就这么过来了。"

"刘芳以前不是在烟草专卖局上班吗？"郭伟刚问。

"那是后来。她是卫校毕业的，开始是在中德友谊医院当护士。因为太累，就让她爸爸找人把她调到了烟草专卖局，也是在那儿她认识了林罗。"看来邢慧英和刘芳相当熟悉，说起她的履历如数家珍。

"其实刘芳也是个有本事的人。"赵津薇补充道，"也许在女人里面和白丽君比有差距，但比我们俩强多了。你看他们家大事出主意都是她做主，而且林罗也听他的。你看这次的事，林罗一死，人家什么事都没有，马上就张罗着相亲去了，也没为几万块钱找你们。"

"相亲？"郭伟刚像听到了什么新鲜事一样盯着赵津薇。

"是啊，林罗死后不到半年，据说她就和一个中石油的男人好上了。"邢慧英的声音酸溜溜的，多少有点儿吃不着葡萄说葡萄酸的意思。

李伟则一直全神贯注地听着，忽然插嘴问赵津薇："你认识白丽君吗？"

"认识，我们关系还不错呢。"赵津薇笑道。

"那你怎么不让她给你们安排个工作？"

"以前用不着，现在她那儿都快倒闭了，谁去啊？再说塞北市谁不知道君林企业，放着这么好的单位不去，再去什么百谊公司那可真是有病。"

"说说她这个人吧？"李伟目光炯炯地说道。

"说什么啊？"赵津薇明显有些不耐烦了，"工作到底给安排不给安排，不安排给钱，我们马上就走。"

"赵姨您别急，这事我会和公司商量的，我一定尽全力，您看行吗？还有邢阿姨，您如果有家属，我也可以给您安排一个人，这样也算'授之以渔'吧。"孙咛看自己不说话不行了，就第一时间站出来表态。

"那谢谢你了。"看得出邢慧英其实对自己的所作所为是有一定认识的，所以当提出条件的时候明显就没有底气。

郭伟刚则趁热打铁道："钱我给，晚一点儿把账号留给我。"

"说说白丽君吧。"李伟好像根本没听到孙咛和郭伟刚的话一样。

"女强人。"赵津薇说，"所有的精力都放在事业上，离异以后就没再找。处女座的人都有强迫症，白丽君一样也有。另外她还信教，每天吃饭前都要祈祷。"

"她还信这个，什么教派？"李伟似乎对白丽君非常好奇。

"不知道，反正是信上帝的教，耶稣什么的。"赵津薇想了想，又道，"她这人没什么爱好，但喜欢两样东西：一是喝酒，二是开车。"

"她还喜欢喝酒？"

"酒量大着呢，一般男人都喝不过她。一次一斤白酒轻轻松松的，我最多的时候见过她一人喝掉一瓶半五粮液外加一瓶啤酒。"赵津薇说。

"我也和她喝过，一斤多的量。"邢慧英看来也认识白丽君，但应该不如赵津薇与她熟悉。

虽然亦是自己的继母，可孙咛对白丽君的印象很少，所以也无从谈起对她了解什么，此时听邢慧英和赵津薇说起来就好像在说外人一样。

"不过她喜欢跟三教九流打交道，什么人都认识。不像有的大老板，事业做大了，要是和这些小混混儿再来往好像立马栽面儿一样。白丽君不这样，什么人她都交。有时候半夜还和他们在三环赛车呢。"

"她还有辆改装车。"补充赵津薇的依旧是邢慧英。

"塞北市的企业家一个比一个有个性，像白丽君交际广泛、孙玓霖喜好与乞丐为伍都是传得最广的传说。"赵津薇说完这句话低下头，想了很久突然把话题转到了孙咛身上，"今天我们这么做也是迫不得已，小孙你千万别往心里去。我知道郭警官、李警官也是大人有大量，不和我们一般见识。"

"我心眼儿小，你们可得小心点儿。"郭伟刚故作幽怨的一句话把赵津薇和邢慧英说得笑了起来。孙咛也知道这事至此也差不多了，忙起身拉住邢慧英说道："以前的事就过去吧，两位阿姨以后有什么事记得过来找我。"

不说不要紧，孙咛这一句话却把邢慧英给弄哭了，她激动地抱着孙咛却不知道说什么好。至此孙咛才真切领会到女人若失去了依靠后的那种孤独和寂寞。

中年丧夫又无一技之长，看来邢慧英以后的日子真是有的受了。孙咛心里想着这话却没有说出来。她又望着面色凝重的郭伟刚和沉着的李伟，真觉得有这样的男朋友和朋友是人生幸事。

若没有他们，我这段时间真不知道要怎么过呢。就在她感慨的时候，郭伟刚接到了李曙光的电话。

那个垣山医院的精神病专家？他又有什么事？想到之前他诊断父亲为精神病，孙咛就满腹牢骚。此时听起来好像是他看到了什么东西，想让郭伟刚他们过去一趟。

是什么呢？孙咛看到郭伟刚和李伟都没说，也就没敢问。

2

这段时间李曙光的状态一直不好。首先是在垣山医院受了惊吓，在身体和精神双重受损的情况下不得不辞去了医院的工作在家静养。可一闲下来他才发现自己竟然总会不由自主地去想孙玓霖，想田云峰。

为什么会这样呢？

黄夜无眠，李曙光打开电脑，操纵着用得很不熟练的鼠标打开搜索引擎，输入了"孙玓霖"三个字，接着他一篇又一篇地翻看着关于孙玓霖的报道，大都是这几年《塞北日报》《塞外晨报》《察哈尔晚报》上的相关资料，有孙玓霖的企业因为是连年利税大户而参加区政协工作的，有孙玓霖作为成熟企业家为农村孩子办希望小学的，亦有孙玓霖讲话时因对发言稿不熟悉甚至不认识上面的字而作为笑谈的，林林总总不一而足。

蓦然间，李曙光发现了照片上的人似乎有些陌生。他颤抖着手用鼠标把图片打开，然后慢慢地把眼睛贴到屏幕上仔细端详：没错，自己的判断绝对没错。

想到这里，李曙光心底迷茫一片，着实需要一个人来为自己解答清楚。于是，他的目光挪到了玻璃板下，看到了那张郭警官的名片。

电话打通了，李曙光却结结巴巴地没说清楚。

好在郭伟刚听明白了，他表示会用最快的速度赶到李曙光家。挂掉电话，李曙光的心终于踏实了一点儿，他叫来隔壁老王上高中的孙子，在对方的帮助下将刚才自己看到的照片和文字全部保存到了电脑桌面上。

这到底是怎么回事？

九点半的时候，郭伟刚带着李伟走进了李曙光的书房。没有过多的寒暄，李曙光给李伟和郭伟刚端来两杯热茶后就滔滔不绝地打开了话匣子："郭警官，我有一个关于孙玏霖的重要发现。"

"您说吧。"与电话里一样，郭伟刚一如既往地沉稳，多少让李曙光并不平静的心有了些慰藉。他喝了几口水，然后慢吞吞地打开刚才保存的那些图片，指着电脑说道："我见过的孙玏霖和他不是一个人。"

"那您见过的孙玏霖是什么样子的呢？"郭伟刚好像一点儿都不感到惊讶，很平静地问道。

李曙光点了点头，暗暗赞许他的沉稳，又道："你看报道上面的这个孙玏霖和我见过的孙玏霖有些相像，但总体上看完全是另外一个人，他们仅仅是相像而已。如果说我见到的那个孙玏霖和田云峰更像是孪生兄弟的话，那么这个孙玏霖完全就可以说是与他们区别更大一些的叔伯兄弟。"

"您在见过您说那个孙玏霖之后，你们又再见过面吗？"这次问话的是李伟。

"没有，自从他给我介绍过田云峰以后我们就没再见过面。"李曙光边回忆边说道，"而且当时我见田云峰的第一面就想说这个人和孙玏霖好像，如果不是个头与外貌的细微差别，完全可以说是同一个人。而这位报纸上的孙玓霖却更像是与他们相似的人，细节上不如那二位长得更神似。"

"这个自然，因为前两人其实就是一个人，后面这个才是这几年出现在公众面前的孙玓霖。"李伟沉吟着解释了一句却没再往下说，好像是似有所指。

郭伟刚则未发一语，半晌才道："这个事我们知道了，您也别想太多了，还是身体要紧。"

李曙光点了点头，感觉说出来多少舒服了一点儿："那好吧，我和你们说了就好多了。另外想问问你们知不知道我那几条鱼的事，凶手找到了吗？"

"我们应该知道是谁，如果找到他会通知您。"郭伟刚说道。

"那好，麻烦你们了。"李曙光说着话见他们两人已起身来到门前。忽然，李曙光想到这几天小区里关于孙玓霖的议论，猛然想到一人，遂道："对了，我还想告诉你们呢，我们小区有人认识孙玓霖。"

"塞北市谁不认识孙玓霖啊？"郭伟刚笑道。

"不是这个意思，听说三十年前他们就认识。"李曙光解释道。果然，这次郭伟刚和李伟都愣了一下，接着李伟抢前一步略显激动地问道："什么意思，您细说说。"

"是这样的。"李曙光说，"我们小区前楼学摄影的小刘年轻的时候就认识孙玓霖，听说还和孙玓霖的一个朋友处过对象。"

"小刘？"李伟疑问道。

李曙光笑道："她叫刘倩，她老公自己办了个公司，现在在家带孩子呢。"

"刘倩？"李伟难掩激动的神色，说道，"这个人我倒一直在找，就是您今天不说我也能找到，就是不这么省事而已。您能现在帮着联系联系吗？"

"现在啊？"李曙光面带难色，几秒钟的冷寂后做出了让步，"我去打个电话问问人家睡了没有，我们关系也还成。"说着话他便去屋里打电话联系。

电话的沟通还算顺利，小刘说一会儿就过来，这倒有些出乎李曙光的意外。于是李曙光把两位警官让到客厅，重新换了热茶，摆出糖果点心边聊边等刘倩。能看出李伟完全被刘倩吸引过去了，一直心不在焉，直到刘倩出现在他家客厅里。

"孩子们睡了，我只好来这里。"刘倩说话柔声细雨，看不出快五十岁的人出落得细皮嫩肉，像是才三十多岁一样，她年轻时一定是个漂亮姑娘。

"是我们麻烦您了。"郭伟刚边说边介绍他自己和李伟，顺便把情况做了简要的说明，听大概意思似乎是在对孙玓霖的自杀做什么调查，至于委托人李曙光却没太听清楚。

"是这样啊，我也好多年没见过他了。"刘倩笑着坐下，继续说道，"1984年我在三十九中上初中，那时候认识的孙玓霖和林罗。"刘倩说话时眼珠一直向上转动，像是在思考的样子，条理很清晰，"当时林罗在追我，由于我对他的印象一般，再加上功课比较紧，所以就没答应。后来孙玓霖经常向我请教英语作业，我们也就熟了。那时候我对孙玓霖的印象挺好的，一来二去也就和林罗他们三个人也熟悉了。"

"说说那时候的孙玓霖吧？"李伟问道。

刘倩思考了一阵儿，看得出她很紧张，斟酌着回答："孙玓霖是个很聪明的人，好多功课一点就透。只是他在老家的底子没打好，所以有些成绩不是很理想。其他方面就是他不太合群，除了林罗和他那两个朋友……"说到这儿刘倩有些不好意思地笑了起来，"你看我都忘记他们的名字了，其实要不是孙玓霖这几年名气大，再加上他出了事，不然我也会忘的。"

"赵津书和马宇姚。"郭伟刚淡淡地补充道。

"对，就是他俩。"刘倩应声道，"其实孙玓霖和谁都不大来往，就是自己看书学习什么的，不过这个人的心很重，有时候你要说他什么，他能记你特长时间。这事我们班的同学都知道。"

"他有什么业余爱好吗？"李伟问道。

"看书吧，他特喜欢看侦探小说，我记得柯南道尔的'福尔摩斯'、阿加莎·克里斯蒂的小说、迪克森·卡尔的小说、爱伦·坡的小说什么的他都爱看，天天泡在图书馆找这些书。这些作家我都是通过他才知道的。"说到这里刘倩又笑了起来，"当时男生喜欢武侠，女生喜欢琼瑶，文艺范的喜欢席慕蓉、舒婷什么的，喜欢看这种书的人很少，我们年级好像也没几个。"

"还有吗？"

"其他的没什么了，他除了看书就是发呆。他的家庭条件不是很好，他爷爷在他转校没多久就去世了，所以他一直住校，偶尔有个女人会来看他。"

"女人？"

"对，听说是他母亲，不过他一直不认她。有时候他母亲送来东西他就都扔了，后来我让林罗劝过他两次，才好了一点儿，虽然他开始收东西、收钱却还是不见他母亲的面。他母亲来的次数也不多，通常是一个月一次。孙钧霖爷爷去世的第一年他去林罗家过的年，可第二年他就死活不去了。就在学校和光棍儿老校工在传达室过，有两年他甚至接替回老家的老校工看门房，自己在学校过年。"

"他为什么不去林罗家？"李曙光忍不住问道。

刘倩沉默了片刻，说："我看还是因为他有些自卑吧，去林罗家也没人真拿他当自己家人，他自然有失落感。我听说林罗家一过年都是一大家子几十口人，他融不进去还去干吗？初三那年过年，大年初一我去学校看他，见他自己一个人在传达室看书，屋里干干净净的，既不像过年，又不像我们想的那样乱，反正挺没气氛的。"

"你好像很关心他。"李伟说道。

听李伟这么问，刘倩反而笑了起来，她似乎没想掩饰自己的过去："也许吧，当时我对孙钧霖有些莫名其妙的感觉，我说不出来是什么。那时候除了他母亲，就是我和他在一起的时候最多。"

"孙玓霖知道吗？"

"应该知道，不过他什么也没说过。再说林罗还是我名义上的男朋友，所以他也不可能说什么。我们都知道他惹不起林罗，也不能惹。"

"有后来吗？"看不出李伟还是个打破砂锅问到底的主儿。

"后来我上了高中，林罗有了新女朋友，我们就分手了。最后一天我和孙玓霖还背着林罗吃过一次饭，他请的我。在一个很小的饭馆，吃着吃着他就哭了，当着我的面儿哭了。好像分手的不是我和林罗而是他和我一样。吃完饭他送我回家，然后坐在我家楼道口的台阶上抽烟，直到我上楼还能看到烟雾。第二天路过的时候我看见那儿有几十个烟头，足足是两盒烟的量。"

"你们后来没有联系？"

"大街上遇到过两次，没怎么说过话。"刘倩轻轻地说道。

3

唐国栋巡逻回来，看到安保办公室里多了一个穿着便装的青年男人，又高又瘦，人倒是显得很精明的样子。他抬表看了眼时间：凌晨一点三十分，正好与上岗后巡视厂区一圈的时间相等。

"您就是李警官吧？"唐国栋拿捏着这人应该就是白天于部长交代的晚上要过来问话的警察吧？果然这个叫李伟的年轻人微笑着起身回答了唐国栋的问话："我是李伟，您就是唐队长吧？"

"啊，我是晚班保安队的队长，您坐。"唐国栋从茶几上的茶叶罐里取了点儿茶叶给李伟沏茶倒水，然后又接过对方递来的香烟，有些不好意思地笑了笑，"您找我有事？"

"嗯，想和你聊一个人。"

"谁啊？"虽然嘴上这么问，其实唐国栋心里多少知道李伟一定是冲着失踪的田云峰来的。果然，李伟的下一句话就提到了他的名字："你们原来的安保部长田云峰，我听说他和你一样常年夜班。"

"对。"既然人家有备而来，唐国栋遂决定老老实实地回答问题，"我媳妇身体不好，瘫痪在床，我白天要照顾她，所以也是常年夜班。"

"那田云峰是为什么？"

"我不知道，他是领导，我不敢问。"

"他也在这里工作？"

"在啊，他在旁边那个办公室值班。"唐国栋说着指了指隔壁空荡荡的部长办公室，"其实晚上用不着安保部长，以前都是队长带队。就是田云峰来了以后主动要求的，他是董事长亲戚，也没人说什么。"

"你们有交流吗？"

"有时候有。"

"说点儿什么？"

"田部长不喜欢说话，老有心事一样地抽烟。他烟抽得挺凶，经常整夜整夜地想事情，我总感觉他心事重重的。"

"你没问过他？"

"我不敢问，一般都是他主动说。我记得他刚来的时候我还真问过他一次，那好像是2009年的冬天吧，他想事想得出了神，看上去愁容满面的。当时挺晚的了，他办公室还开着，我就进去说田部长有啥心事啊，说着还给他递了一根烟。田部长看了看我说没啥事。我就说我天天看你好像有啥心事一样，要是能说就说出来听听呗。"

"他说什么？"李伟显得挺重视唐国栋的话，一直在做笔记。

唐国栋看对方如此认真，也打起了十二分精神："他开始没说什么，就和我抽烟。后来眼看一根烟都快抽完了，他才说，老田我给你讲个故事吧。我说，你讲呗。于是，他就给我讲了个故事。"

"说说。"

"好，不过他的故事讲得细，我只能想到多少说多少吧。"唐国栋回忆着说，"田部长说从前有个财主，家里有一个祖传的金佛，据说这金佛传了好多代，是价值连城的宝贝。当时中原正在打仗，兵荒马乱，所以财主总睡不好觉，怕有人抢他的金佛。于是他就带着一家老小来到西部一个挺大的镇子住了下来，这里相对安全，也没人知道他有金佛。可是离镇子几百里的山上有一伙强盗，经常下山来打劫，在这里竟成了常态，居民们也习以为常。"

唐国栋说到这里喝了几口水，继续说道："财主一看强盗非常厉害，就知道总有一天他们会抢到自己头上。这金佛若落到他们手里，一来对不起祖宗，二来也会断了子孙后代的饭碗，要知道他们家几代人都是靠金佛发的家，留钱不如留佛。何况这东西不仅值钱，应急时还能典当不少银两，甚至还能聚众当地僧尼，算是佛家至宝。无论哪一样拿出去都能暂渡难关，转危为安，所以决不能失落。"

"之后呢？"李伟问道。

"财主想了很久，最后决定倾家荡产地拿出一笔钱以有强盗为名组织一支军队，名义上用来维护当地治安与强盗作战，实际上是作为自己的私人武装保护家宅安全，而军队的银饷却是镇上募来的。有了军队以后，财主就派人找到强盗，说如果他们保护自己就把军队的一部分银饷作为贡品交给他们，换得市镇平安。强盗的聚集地周围有好几个镇子，有时候他们也顾不过来，就答应了财主的请求。作为交换，强盗有时候也象征性地来镇里做做样子，每次都被财主的军队打了回去，由此相安无事。谁知道天下没有不透风的墙，财主家里有传世金佛的消息终于被他军队里的一个军官知道了，此人悄悄将这个消息告诉了强盗。于是强盗首领决定在某个月圆之夜去财主家将金佛抢走，然后带着它遣散强盗远走高飞。"说着说着唐国栋突然住口不语，低头喝起水来。

"然后呢？"李伟奇怪地问道。

唐国栋苦笑着摇了摇头："说到这儿的时候我也问田部长，可他竟然说没有然后了，故事到此为止。"

李伟听闻此言哂然一笑，叹道："那你怎么看？"

"我问他为什么没有了，他说财主还在想办法。"

"这是什么意思？"

"是啊，我也问了。他说当时给他讲故事的老师就说这是个无尾的故事，要学生们自己想结果。我这才恍然大悟，估计是孩子们在学校的作业，他正替家里的子女想故事答案呢，就说财主带着军队和强盗打一仗不行吗？田部长说既然强盗都知道了，那镇子上的人迟早也是要知道财主家有金佛的，那时候他们一定会遣散军队，所以打不得。"

"那跑呢？"李伟说。

"兵荒马乱能去哪儿？去哪儿能不被人知道金佛的事？"

"把金佛扔了？"

"更不行，我当时这些答案都说过，但田部长说这是个无解的故事。"

"他就因为这事发愁？"

"可能吧，他本身就是个多愁善感的人吧？有人有点儿事就愁，有人有多大的事也不愁。你看我家里条件不好，媳妇还是残疾，可我什么时候像田部长那样愁过？我觉得他天生就是那种人吧。"

"他和你说过别的什么没有？"

唐国栋苦笑着摇了摇头："没有，他就和我聊过这么一次，所以我记得挺清楚。而且他这个人平时还喜欢看书，然后就是发呆、发愁，好像在想什么一样，一愁就是七八年。"

"看什么书？"

"挺杂的，大多数我都看不懂。我记得有一次都凌晨三点多了，他屋里的灯还亮着，我就过去瞅见他正在看书，见我进来也没收起来。我就过去看了看书名，好像里面有个人名，可我没记住。就问田部长这书是讲啥的，他和我说了个词，是什么'阴人'。我就琢磨着这家伙不是看啥法术鬼怪之类的书吧？"

"书名是什么？"

"你听我说啊。后来过去好几年了，我在家吃饭，我儿子在看电视。他上高中了，喜欢看《百家讲坛》，当时讲的就是田部长看的那个人，叫'王阳明'，我一下了就想起来了。于是就和我儿子说这人是不是个道士或巫师啥的，要不然就是仵作吧？"

"什么意思？"李伟显然也没听懂。

唐国栋就喜欢别人迷失在自己的故事当中，带着得意笑道："我儿子也这么说的。他说，爸人家是挺有名的哲学家，你咋说是仵作呢？我说，你不知道，我们部长前几年就看他的书，当时《百家讲坛》还没播这个王阳明呢，部长和我说这人是'阴人'。我儿子当时就笑了起来，说我听错了，人家说的是'隐忍'，是王阳明提出的一种精神。"

李伟这时也方恍然大悟，指着唐国栋笑道："唐队长，你还真逗，连我都被你绕进去了。"

唐国栋感叹地点了点头："部长就是部长，虽然说是董事长介绍过来的亲戚，可人家还是有些真凭实学的，要不然能读这么难懂的书？"

"是啊，这个人很难懂。"李伟感叹道。

唐国栋见李警官丝毫没说田云峰的下落，实在有些忍耐不住了，便探过头问道："李警官，我们部长到底去哪儿了？我问于部长，他说我们部长失踪了。"

"说说你对田云峰的总体印象。"李伟没有回答唐国栋的话，而是抛出了这么个问题。

唐国栋抽了几口烟，想了半天才把一直对田部长的看法抛了出来，之前他没敢和任何人讲过："说实话，直到今天我才敢和你们这么说，我觉得他的精神有问题，最起码不是特正常的那种。你想，一个人长年累月地忧愁满面，除了读几本不多的书就是搁那儿愁，有啥心事似的，这能算正常人？就算是正常人也愁出毛病了吧？"

唐国栋说着话觉得有些热，走过去将窗户打开，任凭夜风吹入，摩挲着发烫的脑门儿继续说道："我最近知道了一个名词，还是听我儿子说的，叫抑郁症。听他说好多有钱人都得了这病，我估计这就是钱多了闹的，愁得不知道咋花呗。田部长虽然不算多有钱，可和董事长是亲戚，估计他家里也不会差到哪儿去，准是有房有车愁出来了病。我估摸着他得了抑郁症以后不知道和谁说，所以天天在书里找安慰，就那个王阳明啥的，后来看找不着干脆不找了，寻个地方一抹脖子或一上吊，听蛐蛐叫去了，多自在？"

唐国栋说得唾沫星子乱溅，就觉得这辈子都从未如此痛快地说出过这么精彩的言论。就见李伟也频频点头，为自己的发言而喝彩道："说得好啊，唐队长觉得田部长最终是自己寻了短见？"

"这个我可说不好，只能是瞎猜。不过我觉着根据我对他的了解八九不离十。"

"你对他了解多少？"

"就这些，刚才都和你说了啊！"唐国栋很奇怪李伟为何如此反复，就听他继续问道："那他家里的情况呢？"

"我之前问过他两次，但他回答得都挺含糊。开始和我说老家只有个十岁的姑娘，一年多以后我再问，他又和我说是一儿一女。我估计这儿子是超生，他不敢说。"

李伟点了点头，站起来又发了根烟给唐国栋："以你的了解，田部长要是去寻短见他会去哪儿呢？"

唐国栋"嘿嘿"一笑，带着得意说道："我再告诉你个秘密，田部长经常站在咱们这儿往东北方向看，你说东北方向是哪儿？失踪前不久有一次他出去没关电脑，我看电脑上有个什么地方的理工大学一类的东西，我估计他是去外地自杀了，这个你们得好好查查。"

李伟忽然笑了："为什么要去外地呢？"

"这个咱们就说不清楚了，也许他家和那儿有什么渊源吧，如果知道得细查。"唐国栋信誓旦旦地说道。

第十七章

1

亦如马惠所说，塞北市的冬天没有东北的滴水成冰，故而才有那仅过零下且相对温和的冬日暖阳照在人身上，甚为舒爽。只是若遇到彤云逼仄时就有些麻烦，城市会好像突然换了张面孔一样，冷风像钢针一样往那些密封得不怎么严实的房屋门窗缝隙里钻，然后趁着在被暖气或炉火捕捉前抖擞一点儿余威，打得人身上、脸上一阵阵哆嗦。

此时室外白雪皑皑，天地间苍茫一片；室内温暖如春，日光灯均匀散下的光芒让人反而能感到些许安慰。郭伟刚端坐在办公室的电脑前，一个空荡荡的新建文件夹里存放着两份扩展名为".wma"的音频文件。

白天和李伟的对话反复回荡在耳边，他斩钉截铁的态度和最终的结论，无论如何都是让郭伟刚不能接受的事情。可是面对铁一般的证据，郭伟刚又有些无所适从，犹豫不定中喝下了一杯又一杯苦涩的速溶咖啡。

他点开第一份文件，然后戴上耳机，里面传出李伟和一个年轻稚嫩的声音的对话，他能听出对方应该就是那个叫张牛牛的小乞丐。

李伟："牛牛，你怎么又跑回来了？"

张牛牛："李队，今天周末，你咋忘了？"

李伟："哦，我过得早忘记是星期几了。不过我说你还真是狗改不了吃屎啊，你现在是干什么的？修车的工人，虽然是学徒，可大名也是工人，怎么一休息又来要饭了？要是这么不长进干脆辞职回来要饭得了，我还费心给你找工作，白瞎我这份心了。"

张牛牛："嘿嘿……习惯了，待着没事做。俺不干了还不行吗？李队别生气。你咋找到俺的？"

李伟："我去汽修厂了，说你一大早就出来了。我一琢磨你就在这儿呢。"

张牛牛："其实俺也不是全来要饭的。"

李伟："那你还来干什么？"

张牛牛："我还在等老田，他和他老婆早离婚了，要是有时间准来找俺聊天吃饭。俺想他啊。"

李伟："别等了，他回不来了。"

张牛牛："为啥啊，你不是说他失踪了吗？我估摸着他是回老家了吧？"

李伟："让你别等就别等了，你就他这一个朋友？"

张牛牛："还有你。俺俩儿之前在一块儿最好。他当了大老板没少给俺钱。他媳妇不待见他，和他离婚了，他就和俺聊天，好几年咧。俺也没家，从小在火车站长大，要不是有站里人帮着也长不大咧。老田说等攒够了钱就换个城市做点儿买卖，自己的买卖，把孩子们接过来和俺儿一块儿念书。"

李伟："他是怎么当上大老板的？"

张牛牛："他是给大老板开车的。"

李伟："老田会开车？"

张牛牛："以前不会，老板让他学的开车。"

李伟："老板对他怎么这么好？"

张牛牛："长得像，当保镖啊，有生命危险，老板能对他不好？"

李伟："保镖？"

张牛牛："对啊，你看过《有话好好说》没有？"

李伟："看过……啊，怎么了？"

张牛牛："就像姜文找人一样啊，大老板过来挑和他长得差不多的人，然后给钱让他当保镖，有事都是他出去顶着，和电影里一样。当时找了好几个，最后就留下了老田。"

李伟："你亲眼看见了？"

张牛牛："没有，挑人那天我没在。他后来和我说的，大老板要他保密，就我一人知道。"

李伟："他以前长什么样？"

张牛牛："比现在好看。不过大老板说他变成这样才能当保镖。"

李伟："后来你们就不常见了吧？"

张牛牛："可不是咋的，有一次我们好几年没见着，回来他就变样了。不过大老板给了他好几千块钱，也值了。"

李伟："你一会儿去哪儿？"

张牛牛："回汽修厂，要是老田回来你记得告诉俺。"

李伟："知道了，我开车送你过去，有事给我打电话。"

郭伟刚摘下耳机，想了想又重新戴上点开了第二个音频文件，这次是李伟和白丽君的对话。

李伟："白总，我又来了。"

白丽君："李先生还在忙这个案子啊，我以为早结案了呢。"

李伟："我的职责是弄清真相，结不结案和我没关系。你和孙咛的事也了结了？"

白丽君："你是说孙玓霖留下的钱？那是林乐乐的事，和我关系不是很大，就是帮帮忙。"

李伟："是吗？看来您工作很忙啊？听说你们公司最近起死回生，业务又有了起色？"

白丽君："运气好而已。"

李伟："是吗？还真是运气不错。"

白丽君："李先生来就是来和我聊运气的？"

李伟："当然不是，我是想和你聊聊孙玓霖在西宁出车祸的事。"

白丽君："那时候我们早就离婚了，你是不是该问问孙咛？"

李伟："可我听说你有个亲戚在西宁？"

白丽君："那又怎么了？"

李伟："问题你这个亲戚，就是你远方的这个二哥叶强和撞孙玓霖的王幸龙竟然认识，这难道真的是巧合？"

白丽君："李先生的想象力还真丰富，这事我还真没往这方面想。那年全国物流系统的工作会议在西宁召开，其实也和我没啥关系。因为百谊公司也不是物流企业，可是在会议召开前几个月孙玓霖却打电话给我，问我和叶强还有没有联系。这叶强说是我亲戚，可其实已经出了五服，我们好多年都没什么来往了。况且他在西宁据说也没干什么正经生意，这事孙玓霖是知道的。"

李伟："你没问他找叶强干什么？"

白丽君："没有，我说有他一个电话可一直没联系过，他就把电话号码要走了。后来出车祸的事我是很久以后才知道的，不过司机是谁还真不清楚。你的意思是这车祸有问题？"

李伟："也许吧，反正王幸龙和叶强是认识的。况且车祸出了以后叶强突然就失踪了，一直到现在也没再见过这个人，所以我来问问你。"

白丽君："他没找过我，你没找找公安局打听打听？"

李伟："找过了，报失踪好几年了。这人好喝酒，据说经常不是醉着就是睡着，所以失踪了也没人觉得奇怪。"

白丽君："我们认识的人里像叶强这样的人有三个，都是好吃懒做、好喝酒不务正业的这种，我从来不和他们来往。除了赵津书和叶强外，还有我一个在北京找工作的叫孔良的侄子，也是这号人。我记得孙玓霖和我打电话的时候要的是这两个人的电话号码。"

李伟："你就没问问他要干什么？"

白丽君："找这种人能干什么？反正不是好事，再说这事和我也没什么关系啊！"

李伟："怎么说你们以前也是夫妻，你就没关心关心他？"

白丽君："笑话，他用我关心？要真是这样，他能为了林罗他们和我闹翻，胳膊肘往外拐掉炮往里轰？整天和林罗算计他老婆，你见过这样的人没有？"

李伟："他很孤独，也很难过。本身这并不是他所期望的。"

白丽君："一个男人没有一点儿男人样儿，长得像女人也就算了，做事也丝毫不大度。我们的结合本身就是个错误。你记得吗？李先生，是你上次告诉我那件事的。你说一个正常的男人谁能允许别人这么做？他是不是脑子有问题？"

李伟："你知道他不行的。"

白丽君："这不是行不行的问题，是态度的问题。如果换个正常人就不会用这种下三烂的手段。"

李伟："你对他的关心也不够，这点你不否认吧？"

白丽君："我的理想就是做个有自己事业的女人，这点他是知道的。我们没结婚的时候我就说过我最喜欢《阿信》，我的理想是做'阿信'那样的女人。你猜当时孙玿霖是怎么和我说的？他说他会做阿信背后的男人，绝不拖我的后腿。可是后来呢？结婚以后不是我变了，是他变了。"

李伟："他没变，是之前的言不由衷罢了。"

白丽君："他的话准是林罗告诉他的，他是个傀儡。我不愿意和一个傀儡过一辈子。"

　　……

郭伟刚关掉了电脑，望着台历上潦草地记下的一个电话号码，犹豫再三还是打通了这个电话。

"喂，你好，请问您是孔良先生吗？"郭伟刚尽力把自己的声音放平和，听上去像个户籍警在查户口那样。

"您是哪位？"电话里孔良的声音听上去和传说中的人品一样懒洋洋的，打不起精神来。

郭伟刚又问道："我是塞北市公安局的……等下你别挂，我真是公安局的……这是我们的座机电话，我叫郭伟刚，警号也可以告诉你……"

"什么事你直接说吧。"孔良不耐烦地打断了郭伟刚的话。

"请问你有个孙玓霖的亲戚在塞北吗？"

"孙玓霖？"电话里对方回忆很久才犹犹豫豫地说道，"有啊，怎么了？"

"他最近几年和你联系过吗？"

"没有，他怎么了？"

"他死了。"

"怎么死的？"

"现在不方便透露，有些事想和你沟通一下。"

"我们几十年没联系了，我上次见他还是他和我白姨结婚的时候。"

"你确定他没给你打过电话？"

"绝对没有。"孔良肯定地说道。

放下电话，郭伟刚又拿起了手机，这次他是打给孙咛的。

2

北京理工大学往南几站地，一爿建于 20 世纪 80 年代的老式居民楼组成的小区里，横七竖八地停着不少汽车。行人川流不息地从汽车缝隙间穿过，然后由各色口音汇总成一曲独具特色的首都奏鸣曲。

就这样一栋楼下，破旧的凉亭外面一辆挂着塞北牌照的汽车里，郭伟刚正专心致志地盯着面前一台八英寸的视频监视器出神，他戴着耳机，不肯放过任何一帧视频、一段声音。

视频是偷拍的，来源于李伟身上隐藏的针孔摄像机。本来郭伟刚并不想同意这种在他看来不甚光明正大的方式，可当李伟提出要自己前往楼上问话的时候他又改变了主意。

谁知道那家伙能做出什么事来？为了李伟的安全也不能囿于形式不

是？郭伟刚边想边点燃了一根烟，随着淡淡飘起的烟雾跟着上楼的李伟敲响了那扇看上去其实不算沉重的旧防盗门。

"咚——咚——咚——"

静待良久，门终于开了。

一个五六十岁的男人轻轻将门推开一条缝儿，眯着眼睛打量着面前的李伟足足有两三分钟之久。

"你找谁？"男人果真是塞北市口音，只是身上衣着破旧、脸色晦暗，若不留心很容易将他与马路上的清洁工人混在一起。好在他看上去并没有什么敌意，神色间异常平静。

"我是李伟，从塞北来。"李伟简单地为自己做着介绍。

"公安局的？"男人似乎不太意外，只是略显焦灼的目光暴露了他并不平静的内心。

李伟没有说话，却亦未加否认："能进去聊聊吗？"

"好啊，进来吧。"男人一侧身，将李伟让进房间。

屋子里昏暗潮湿，狭小的客厅中几乎站不下第三个人。郭伟刚几乎把眼睛贴近荧幕才隐约能看到一张破败的木头茶几和上面堆叠高耸的生活垃圾。后面就是两个小卧室和厨房卫生间，房间应该不超四十平方米。

"坐吧。"男人指着茶几后面的单人沙发说道。

"你知道我会找到你？"李伟掏出香烟，也没问男人会不会抽，随手甩给他一根，然后自己点着坐在沙发上问道。

男人慢吞吞地捡起烟，熟练地从李伟手中拿走打火机也点上："你迟早会来。"他说话慢条斯理，劲道气势拿捏得有点儿像做政府工作报告的总理。

"这烟怎么样？"李伟问道。

"还行，红云烟嘛，好多人都抽这个。"男人看了看过滤嘴说道。

"你抽什么？"

"我很少抽烤烟。"男人回答。

"我没买着单爆珠万宝路，塞北没卖的地方。别的薄荷烟也不知道哪个好，干脆就带着我自己的烟来了。"李伟像对男人认错一样解释着，直到男人微微一笑："别拿我找乐了，我早就知道你会来。自从你们找过于鲲和何绍杰以后，你的搭档就去了西宁，他找过王幸龙他媳妇，之后你去机场接他，然后几天去了市公安局。我琢磨着你们是去办理结案手续了，就放松了警惕。后来大半年你也没啥动静，我还真以为你不再追究这事了。但潜意识告诉我，你不会放弃，从这一年来对你的了解来看，我觉得你不会放弃，这也是看你进来我为什么不惊讶的原因。"

"我是该叫你孙玙霖呢？还是叫你田云峰？"李伟冷冷地问道。

"你随便吧，我现在是田云峰，身份证也是田云峰。我早就是田云峰了。"男人阴恻恻地回答。

李伟想了想，说道："那还是叫你本名孙玙霖吧，习惯。"

"行。"孙玙霖从容地像是在和李伟聊家常。

"喝点儿什么？"他接着问。

李伟摇了摇头："我什么也不喝。"

"啤酒吧，冰镇的。"孙玙霖从厨房冰箱里拿出两听易拉罐啤酒，放了一罐在李伟面前，"你真不喝？"说着话他自己打开一听喝了两口说道，"你是个好警察，我输了。"

"欲盖弥彰，狡兔三窟。"李伟说着从怀里摸出仿牛皮的大日记本，翻到中间位置看了看，"有个事我没弄清，王幸龙为什么要自杀？"

"压力太大呗。"孙玙霖平静地说。

"为什么？"

"叶强是和他喝酒之后死的，被他灌倒扔山里了。这么多年拿着他认为不该拿的钱，自己把自己弄死了。"说到这里孙玙霖又补充了一句，"心理承受力太差。"

"看来你的承压能力还算不错。"李伟笑道。

"还行吧，你查到现在还不知道我？这么多年什么大风大浪没见过，比上不足，比下有余。"

"你也去西宁了？"

"去了，手术签字是我签的，要是对笔迹应该能对出来。"

"那个黄牛和你是什么关系？"

"我不认识黄牛。"

"那他怎么替你扛雷？"

"我认识赵长河，当年我在西宁开会整出遇车祸这事的时候也需要他帮忙才行，那时候他才参加工作。"

"你这么做不后悔？"

"有什么可后悔的？"

"也对，你绞尽脑汁计划了这么多年才达成的目标。"李伟想了想把烟掐了，提高了声音道，"既然我来了，那你肯定是隐藏不下去了。你打算怎么办？"

"没什么怎么办的，胜者为王，败者为寇。我守着女儿这大半年也值了，你也别打算带我去塞北，我是不会回去的。既定的结局不能改，除非你抱着我的骨灰回去。"说着话孙玓霖指了指自己的胸口，"这四个支架都是这半年里装的。另外我告诉你这两灌啤酒里都有毒药，用注射用的针打进去的，虽然不是立马能要命的药也绝拖不得。"说完他略一停顿，又补充了一句，"我估计你也不会喝。"

"和我想的一样，你打算怎么办？"李伟淡淡地问道。

"你要是允许我这把老骨头再活几天，我一会儿就去医院洗胃，就说自己吃错药了。你要是不同意多待会儿，等我死了抱着我的骨灰回塞北吧，反正我是不会认罪的。"

"实话告诉你，我们楼下有整队的人马。自从我进来开始就已经给你录像了。"说着话李伟揪出针孔摄像头给孙玓霖看，"不管你认不认，这罪你都得认，区别就是活着认、死了认罢了。另外我告诉你孙咛还不知道这事，你琢磨琢磨要是她知道了会怎么看你？"

孙玓霖愣住了，用警惕的目光打量着楼下，然后又死盯着李伟："你的意思呢？"

"和我走吧，我们暂时不告诉她。另外就是李曙光医生的报告可以证明你的精神有问题。你虽然不是人格分裂但算重症抑郁，我想应该罪不至死。"

"判个无期和死刑有什么区别？"

"表现好将来可以看着外孙结婚。"

"谢谢，你真给了我一个活下去的充足理由。"

"是吧，我知道你没有心脏病。刚才那是你的孤注一掷。"李伟笑着从腰间解下手铐，"适当的时候我们会告诉孙咛，但不是现在。另外我要告诉你的是我不是警察，但帮警察做事。"

"嗯，你要是警察就好了。"

"我以前是，被开除了。"

"什么事，说来听听。"孙玓霖拿着手铐却没戴，仍是坐在沙发上和李伟聊天。

李伟却笑着摇了摇头："往事不堪回首啊，我的故事其实不如你的故事精彩，将来若是有机会把你自己的故事写下来吧，我想会有人看的。"

"我写了一部分，今年第一期的《塞北小说》就有我的作品。"

"是吗？那我可得好好读读。"

"网上也有，我住的这个卧室的电脑里也有。"说到这儿孙玓霖忽然像想起了什么一样，"对了，你是怎么找到我的？"

"你以为我之前就不知道你在跟踪我？"李伟说道，"我查案的时候就怀疑背后有人捣鬼，所以才隐藏了大半年再出手，期间去公安局办结案什么的都是做给你看的。至于找到你其实也简单。"

"什么？"看得出孙玓霖很关心这个问题。

"你的电脑啊。虽然你不用家里的电脑，又重置了手机，可安保部部长还有一台电脑，你忘了？虽然你找人重装了系统，可你的计算机水平不高，都不知道有些盗版操作系统的浏览器历史记录没有存放在C盘，而是存放在了D盘。"

李伟见孙玓霖听得挺迷茫，就知道他没听太懂，便解释道："简单点儿说就是记录没删除干净，我找到了你浏览过的房源信息，北京理工大学附近这些。"

"我看了好几个月，有上百套房源信息，你是怎么找到我的？"

"很简单，一家一家打电话过来问，只要租出去了就上去敲门。"

"我还以为什么高科技手段呢。"孙玓霖失望地给自己戴上了手铐，"查了多久？"

"光敲门就两个多月，往来北京十六次。"李伟静静地说道。

孙玓霖叹了口气，指了指里屋："真辛苦你了，我去把窗户关上，这可是五楼。"

"我和你去。"李伟刚说到这儿突然就听见了一阵窸窸窣窣的声音。接着李伟的喊声、桌椅的碰撞声与周围人的尖叫声汇合在一起，像针一样刺入郭伟刚的耳鼓，紧接着一个人从天而降，结结实实地落到了自己面前。

血光崩现，惨不忍睹！

郭伟刚钻出汽车往楼上望去，正看见李伟惊异的目光和探出窗户的半个身体，在早春二月的寒风中瑟瑟发抖。

两个人目光相撞的一瞬间，郭伟刚的手机响了。

来电显示：孙咛。

3

夜幕跚蹴，华灯璀璨。

五一节的傍晚，整个金扬海鲜大酒楼热闹非凡。大门前巨大的电子荧幕上不停地闪动着今天结婚的一对新人组照，络绎不绝的人群上面是一条巨大的艳红色横幅：李伟、成小华新婚致囍！

身披白色婚纱的成小华美艳绝伦，配上西装革履神采奕奕的李伟，两人笔直地站在门前，也算郎才女貌。二人不停地笑迎着前来贺礼的宾朋，他们身边作为伴娘的孙咛却难掩神色中那一丝淡淡的忧伤。他身边的伴郎郭伟刚却知她还未将之前的哀怨忘却，只好轻轻拍了拍她的手臂，示意她白丽君来了。

一辆黑色的宝马车内走出一老一少两个女人，老的是白丽君，年轻的是她的员工宛言。今天她们也是特意为参加李伟婚礼而来。

"谢谢，请您签字。"负责接待她们的是个漂亮姑娘，白丽君听旁边的宛言介绍，这位叫袁晶晶的女孩儿和她男朋友乔玮都是李伟的朋友，今天特意请假前来帮忙。只见乔玮从旁边拿过一个标志着喜庆的红色小铁盒交到白丽君手中，说是给她的回礼。

白丽君打开观瞧，不过是一袋喜糖、一盒喜烟和一个 U 盘而已。她笑着向李伟和成小华示意道谢，然后看着宛言将自己及她朋友刘海虹的礼金写好呈上，然后迤逦走进大厅，寻了自己的名字坐下，白丽君环顾良久却未见一个熟人。

虽然没有正式见于报端，但据可靠消息说孙玓霖的确已经死了，这一点白丽君已经从在分局工作的朋友那里得到了证实，因为负责这个案子的王队长已经结案转向了别的工作。

对于孙玓霖的死，白丽君没有丝毫同情的成分。就像和李伟说的那样，他们之前其实没有感情，开始的结合也只是互相利用而已。也许在孙玓霖认识自己之前，林罗他们就已经替他物色好了联系的对象吧？冲后来的这几个人的表现看，这并非没有可能。他们关注甚至寻找的其实是他们自己的幸福，至于作为结合人的孙玓霖和白丽君怎么样，他们才不会考虑那么多。

也怪自己年轻时的虚荣心太强，按现在的话说就是太看重颜值，把个外貌评分优秀的孙玓霖当成了乘龙佳婿，待婚后生米一做成熟饭想后悔也晚了。

难不成真和他离婚？

思忖良久，最终白丽君还是在这条孤独的路上越走越远。如果当时咬咬牙对付下去，自己能帮着孙玓霖摆脱林罗他们吗？白丽君说不上来，但总觉得纵然痛苦也并非不可能。

但最终他们还是离婚了，虽然算是孙玓霖不忠在先，但他出轨的人选林秀玫却是自己精挑细选出来上门喂给他的。嗯，白丽君了解孙玓霖，知道林秀玫符合他梦中情人的标准。用今天最流行的话来说，林秀玫就是孙玓霖的女神。

虽然他有毛病，可林秀玫却也是另有所图。

人生是不是就是这样？你利用我，我利用你？

从他们还没离开的时候开始，白丽君就从没甘心地被孙玓霖和林罗他们扫地出门。她慢慢计划着，等待着时机。孙玓霖经常怎么说来着？隐忍？对，自己在这上面也应该隐忍。于是她最终成了林秀玫女儿的干母亲，走对了第一步棋。

"如果孙玓霖死了，你会继承他所有的财产。"白丽君知道自己好似不经意的话绝对能点透林秀玫，让她知道自己能把她弄到孙玓霖夫人位置上，也能让她瞬间一败涂地。

好在林秀玫算是知道好歹，说话时总是柔柔弱弱的："白姐说哪里话了，我的还不是姐的，没有姐，我怎么能有今天呢？要是将来真有财产，也是咱们一人一半。"

白丽君还是有些不放心，但这个女人与自己设计孙玓霖的计划相比，并不让她很担心。于是白丽君有意无意地告诉林秀玫，将自己的指示用话点一点孙玓霖。好在孙玓霖不是木头疙瘩，在知道自己的妻子竟然能如此洞若观火后，他仗着酒劲儿将计划和盘托出。

其实平时的孙玓霖不怎么喝酒，最起码不会喝多。那天听林秀玫的意思他真喝高了，酒盖脸有什么话说不出来？于是一个天衣无缝且筹划良久的计划借着林秀玫的嘴说了出来。

孙玓霖会不会当真呢？

白丽君说不清楚，但自己已经做了能做的一切，剩下的只有等待！等待！等待！

时间一天又一天地过去了，孙玓霖没有任何动静。

白丽君死心了，她觉得一个人不可能为一件事准备十几二十年的时间。不是说时间可以遗忘一切吗？孙玓霖是不是已经习惯生活在林罗的阴影下了？

白丽君使出了撒手锏。

赵津书虽然不知道白丽君为什么要这样做，可面对她提供的免费杜冷丁，这个瘾君子借着酒疯终于向马宇姚说出了白丽君让他说的话："我怎么越来越觉得孙咛这么漂亮呢，就是不知道好玩不好玩……"

"你喝多了吧，瞎说什么呢？"这是赵津书给她反馈回的马宇姚的回答。当然这时候赵津书完全没想到这两次酒后的"收费戏言"竟成了埋葬他自己的谶语。当然这时候白丽君也不知道，她能做的仅仅是按照她对孙玓霖的理解，一把又一把地往他伤口上撒盐。

就在孙玓霖打电话问她要叶强的联系方式的时候，白丽君险些没有按捺住内心的喜悦而欢呼出来，因为她知道自己快成功了。虽然她不清楚孙玓霖将采取什么样的报复方式，但她知道他一定会报复林罗等人。在告诉孙玓霖电话号码的时候，白丽君甚至情不自禁地在屋里来回走动，双拳不停地用力挥舞。

只要林罗倒下，那孙玓霖就不会是自己的对手，到时候他一定会露出破绽以致粉身碎骨。

白丽君接下来要做的则是继续"隐忍"，默默等待着时机成熟。

最终，体量巨大的君林物流险些重新回归白氏麾下，失败的原因竟然是那个叫郭伟刚的警察从中作梗。不过好在第二个目标仍然顺利达成了：白丽君用林乐乐的名义得到了巨额遗产，她用这些钱还清贷款，使百谊公司重新正常运转起来。

如今一切都过去了，自己又可以重新作为女强人继续出现在媒体终端，让全塞北市乃至全世界的人都认识到她这个塞外女强人。

这难道不正是自己梦寐以求的东西吗？

至于孙玓霖，白丽君这时候对他又多少有些同情。她觉得他的生命就是一个笑话，一个本身不应该出现在这个世界上的人出现了，会有什么结果？孙家的事白丽君知道一点儿，但她始终觉得时代不会是任何人命运的主宰，如果发生这种悲剧，那只能说明你还不能适应这个社会。

　　不能适应自然会被社会所淘汰，这没什么值得同情。与孙玓霖不同，白丽君在这个世界上除了自己的企业以外，没有任何牵挂的人和牵挂的事，她甚至觉得像孙玓霖那样活着太累。

　　不就是一个收养的女儿吗？他怎么还能如此上心？其实从某种角度来说，孙玓霖对孙咛已不单纯是父女之情，他一定是对她有了别的什么感情。当然以他知名企业家、名人大腕的身份自然不会逾越无礼，可若是别人拥有甚至得到她，孙玓霖会不会将对方也杀了？

　　他是个精神病，什么事做不出来？白丽君又立时想到金庸的小说《神雕侠侣》中武三通对何沅君的感情来。她心道，正所谓艺术来源于生活而高于生活，平素虽然不甚注意，可细思忖这样的事情其实就在身边，只是未得发现而已。

　　草草吃了几口饭，白丽君就告辞离开了婚礼现场，她觉得这种嘈杂的场所并不适合自己。宛言还想多待一会儿，白丽君也未加勉强，自己开车回家。

　　解放路车流如龙，白丽君烦躁地将车停在一个叫作"西里兰"的比萨店门前正准备下车走一段的时候，突然想到了自己刚才在李伟婚礼上收到的那个U盘。

　　没听说结婚还送人U盘的啊，难道想让我们分享他们的照片和录像？白丽君想着从后备厢里取出一部Macbook Air，进店点了杯冰咖啡后，将礼盒里的U盘取了出来。

　　这是一个子弹造型的U盘，全身呈金黄色，似乎是纯铜打造的。弹头与弹壳连在一起，拔开就是弹头即为U盘的盘身，弹头则是个盘帽。U盘的盘身上用激光标着"SSK"字母。

看着这甚是讲究的U盘，一阵不祥的预感袭上她的心头。白丽君蓦感似乎有看不见的千斤重担齐压下来一般，自己愈发感觉到呼吸困难。她咬着牙端起杯子喝了几口咖啡，直等心情平复一些才将笔记本电脑打开，却无论如何都无法将U盘对准USB接口插进去。

"啪"的一声响过，U盘似乎毫无征召地掉在了地上。

白丽君没有去捡，而是拿出手机拨通了宛言的电话。

"小宛，我是白总。"说话的时候，白丽君觉着自己的声音都有点儿变形了，"我临时有点儿棘手的事要处理，如果我明天还没去公司或以后一段时间不能上班的话，你就安排公司的林总接替我的工作，然后通知刘律师，让我堂哥白凯君接管公司工作，一定要保证公司正常运营和平稳过渡。"

她说到这里知道宛言一定惊奇万分，遂解释道："我就是做做安排，一会儿我会打电话告诉他们的，你记住按我说的做就行。"说完她紧接着风驰电掣般地连续打了七八个电话，像是做后事一样将公司安排得妥妥当当，甚至连自己的几份保险都向律师做了交代。

白丽君没有子嗣，这公司难道不就是她的子女吗？

电脑已经打开了，白丽君弯腰捡起U盘，再次将它插入了USB接口。然后在"我的电脑"中找到了U盘的盘符，打开之后却发现只有一个文件名为"录音.wam"的音频文件。

她点开了音频文件。

男：白总，你带钱来了吗？

女：你数数，一分不少。

男：白总，这可是人命关天的大案啊，是不是有点儿少？

女：什么意思，你想坐地涨价？

男：白总，那个女的是你撞死的没错吧？这可是死罪，我这辈子就算毁了。你以后还照样歌舞升平，我却得吃牢饭，弄不好还得死在里面，比如你想灭口啥的。所以钱是给我爹娘养老的，再加二十万，要不然你就找别人去吧。

女：你怎么这么无耻，你是不是以为我收拾不了你？

男：我知道你白总神通广大认识不少大哥，不行你就找他们呗，看他们帮不帮你。我告诉你，我胡旭龙不干的话，塞北没人再敢接手，你自己看着办吧。要不然你现在就弄死我，给你刀。

女：好吧，不过我只能再给你十万。

男：十五万。

女：一言为定，你要是再找我怎么办？

男：让你说成啥了，你去整个塞北市打听打听，我胡旭龙做的买卖哪件不是遵言守诺的？我告诉你，你这么说是对我的侮辱，看在你是女流的份儿上我就既往不咎了，多收你一万封口费，十六万。

女：好吧，我们什么时候再见面。

男：明天吧，还是这个时间和地点。

女：行，不过我还有个条件。

男：说。

女：你认识不认识八喜？

男：知道，怎么了？

女：我过几天要让他办点儿事，你去帮我盯着他点儿。

男：行，什么事？

女：我明天告诉你。

男：放心吧，我肯定比他可靠。

录音到此戛然而止，听起来似乎是胡旭龙私自录下来的，只是这东西怎么到了李伟的手里？白丽君踌躇万分，一杯接一杯地喝着咖啡，直至比萨店要关门时才走了出来。

外面细雨蒙蒙，不知什么时候竟下起雨来。屋外，白丽君站在车边，驻足雨中，久久未能挪动半步，像个雕像般默默矗立；屋内，比萨店店的灯已经关了，整个城市开始进入睡眠模式。

雨大了，淅淅沥沥！

番 外

郝家集

（原载于《塞北小说》杂志 2015 年第一期，作者署名：孙玉梅）

1

漫天黄沙跨过广袤厚重的西北高原，随着冷冽的北风倾泻至郝家集东北面两座高耸大山夹缝中的羊肠小道上，将来往车辆、行人身上俱披了层厚厚的沙土。庄蝶疲惫地伏在马上，通过狭窄的小路仰望天空，却只见细细的一线蓝天和隐约的半缕浮云。

这里是两省交界，再往前走就是另外一个军阀方天仁的地盘。若不是及时逃了出来，恐怕自己就成了那个比她大十八岁的男人的三姨太。想必此时父亲一定亲自带人远赴塞北亲自去向方天仁解释了吧？想到素日彪悍的父亲要向和他地盘势力相当的男人低头，庄蝶就想笑出声。

可毕竟是太累了，庄蝶只笑了两声，心情就重新被心头的浓浓伤感所笼罩。她从没独自走过这么远的地方，甚至匆忙得都不知道在没丫鬟、马弁跟随的时候应该带上换洗的衣服和钱。于是孑然一身的庄蝶孤独地走出狭细的山缝，站在郝家集村口懵懂瞭望，竟有种豁然开朗的感觉，但见远处一道大街两侧房屋林立错落，商铺鳞次栉比，实是处写实的桃花源。

迤逦至一家挂着酒幌的饭店前，胯下的白马识相地站住，不停打着响鼻，似乎是在告诉主人应该小憩打尖。庄蝶摸了摸浑身上下，除了去年她二十二岁生日时父亲赠送的金戒指，实是再找不出什么值钱的东西来了。于是她翻身下马，将金戒指撸下拍到临门处的柜台上，小心翼翼地说道："掌柜的，能给我换点儿饭吃吗？"

饭铺的掌柜是个胖子，四十多岁，长得肥头大耳，一看就知道是营养过剩又不受甚活动之人。此刻大约已过了饭口，因为店里只有一个喝酒的年轻人，胖掌柜正用右手托着脑袋打瞌睡，猛地听见有说话声就慌忙抬起头，四下踅摸了半天才把注意力放到庄蝶身上。

"美……姑娘要吃饭？"可能是看到庄蝶还有些不太适应，胖掌柜说话竟结结巴巴。

庄碟点了点头，又把戒指往前递了递："这个能换饭吗？"

"这……"胖掌柜小心地捏起戒指掂了掂，却又像抓住燃烧的煤球一样给她丢了回去，"这么大的戒指我可不敢收，别说吃一顿饭，吃一百顿都够了吧？"

"那就放你这儿，吃上一百顿。"庄蝶固执地将戒指塞回胖掌柜手里，然后拣了张干净的桌子坐下，"给我上几个菜，不要太复杂，拣当日新鲜的河虾半斤白灼；用鲜百合伴着果仁炒一点儿水芹，记得先过油；鸡胸肉和里脊各一半糖醋，用荔枝和芍药蜜饯做辅料浇汁；鱼的话，要活鲤鱼清蒸，用豆豉和穆桂香提味最好；还可以弄个五彩什锦汤，记得我不吃香菜就行。饭用银丝卷和老米饭，记得蒸透；不喝酒，快一点儿。"

胖掌柜目瞪口呆地听着庄蝶吩咐，几乎要把眼睛从眼眶里瞪了出来："不好意思这位大小姐，你说的这些东西小店都没有，再说我们也不能赊账，这戒指……"

庄蝶秀眉微蹙，淡淡地叹了口气道："有什么给我端什么吧，这戒指你留着，改日我和王妈拿了钱给你送来，也没什么大不了的。"

"这……"胖掌柜正狐疑不定地犹豫，那个吃饭的年轻人突然站了起来："吕掌柜，端两份包子过来，面汤要热多放胡椒。"说着他径直坐到庄蝶面前，笑道，"姑娘是从外地来？"

"是啊，请问阁下是谁？"庄蝶迟疑地问道。

年轻人却微微一笑，躬身施礼："本人郝哲荣，就是本地人氏。"说着他看吕掌柜已然端了包子过来便又吩咐切一盘酱牛肉，"乡下小店一切粗陋，姑娘切莫见怪，这顿饭小人做东。"

"岂敢！"庄蝶忙摆手谢绝，"无功不受禄，公子怎如此客气？"

"略尽地主之谊罢了，粗茶淡饭请勿嫌弃。"

"哪里，郝公子客气了，那我恭敬不如从命。"庄蝶也真饿得紧了，几句客气话过后已风卷残云般饕餮起来，虽尽顾淑女颜面，可面对被自己席卷一空的碗碟，她却亦有些不好意思。

郝哲荣见她吃得差不多了，才慢悠悠地点了一支烟，微笑着说道："姑娘怎么称呼，从哪里来？"

"我叫于蝶，从家里逃出来的。"在外面，庄蝶一直随母姓，只因为父亲在这一带名气甚大，说真名反而不美。果真郝哲荣没对她的名字有任何疑惑，只是觉得庄蝶所谓的出逃有些疑虑。于是庄蝶谎称父亲是个教书先生，要将她嫁与大自己十八岁的财主，她才逃婚而出。这番话半真半假，逃婚虽真，可盘根错节的政治联姻却不足为外人理解。

"郝家集是个三不管地带，正处在察系的方天仁、热系的庄成尚和绥系的杜国邦之中，虽然都归他们管却又不归他们管，所以一向清静，最适合你这在此避难。"郝哲荣说着问庄蝶可有落脚处，见她黯然摇头便大包大揽地说道："村长与家父有交情，我去求他定会应允，你不如就在我家住下。"

两个人正说到这里时，一个身材臃肿的中年妇人正从外面走过，一见庄蝶和郝哲荣便失心疯般地叫嚣起来："哎呀，这是谁家的闺女，怎生得如此貌美？郝哲荣你个挨千刀的小兔子，哪儿就有这等福气娶了个这样的女人？"

"吕大嫂说笑了，这是来找村长的于姑娘。"说着话郝哲荣也不等中年妇人回答，匆忙带着庄蝶离开饭铺，指着门外层层叠叠的房屋说道：

"郝家集依山傍水，沿山而建；几千户居民大都姓郝，百余年来蜗居于此；村里的事都是村长做主，翻过这两座山不足两百里便是方天仁的根据地子戍城。"

"这几年方天仁一直在打仗，对你们没有影响吗？"庄蝶见沿路村民质朴，生活富庶，不禁有些困惑。

就见郝哲荣得意一笑，说道："郝家集处于两山夹一沟的中间，这山便是五龙山，山上有三宝：虫草、山参、中药草。像什么一见喜、鱼腥草、田边草、四方草都是治疗跌打损伤、枪炮伤的良药。村长说守住这座五龙山就是守住了百宝筐，所以我们村子虽小交税却多，方天仁也落得实惠。"

两人边说边走，说话间已经穿过多半个郝家集来到村中一片形成小十字街的空地，就见郝哲荣指着空地说道："这里是聚会的地方，如果有死刑犯被施火刑也是在这儿。"

"火刑？"庄蝶不禁一阵战栗。

"对啊，村子里的事都是村长说了算，他要判定这个人有罪，除非全村的九大长老同时出面，否则必须严格执行，而且村长还是巡查队的队长，有武器在手。"

这时郝哲荣在一所古香古色的建筑前停住了脚步，脸色也变得严肃起来："这就是村长家，我们去求他留下你，说话时候小心点儿就行。"

"村长如何称呼？"听郝哲荣这么说，庄蝶竟然不自觉地紧张起来。

郝哲荣见状嘿嘿一笑，说道："村长叫郝盛仁，我们平时都叫他老村长。"

说话时他们已经穿过场院，庄蝶见到坐北朝南五间正房都建得高大宽敞，正中的客厅放着两把太师椅，几案墙上一幅仿米芾的山水画和楹联，显得倒也干爽素净。郝哲荣喊了几声老村长，就见门帘一挑，一个五十岁左右的男人缓步走了进来。

"是大荣吧，你瞎吵吵什么呢？"被郝哲荣称作村长的男人留着一撇小黑胡子，套着整身的天青色缎面员外衫，脸色青黑，给人一种不苟言笑的感觉。郝哲荣忙上前行礼，然后指着庄蝶说道："这是于蝶，我刚在外面认识的姑娘。"

"什么意思，你认识的姑娘还少吗？"

"老村长，这姑娘从庄成尚的地盘逃婚而来，无家可归甚是可怜，她想暂在咱村里落户。"郝哲荣语气诚恳，听得庄蝶甚是感动。心想自己从家到这儿已过一天一夜，难得遇到如此真心帮自己之人，何况这郝哲荣样子也长得不错，算是个英俊后生。若将来能在此村待上一年半载待父亲气消了，就带上郝哲荣回去，也让父亲看看女儿自己的择婿本领。

"逃婚？"郝盛仁上下打量着庄蝶，像虔诚的佛教徒在看一尊刚刚捐成的佛像，好半天才缓缓摇了摇头，"最近与庄成尚开仗正酣，来了生人必去子戍城向方大帅禀报，我可做不了主。"

"村长，你就行行好吧，我求你还不行啊？"郝哲荣哀求道。

"这……"郝盛仁犹豫片刻，语气终于有些松动，"要不然这样吧，你先带这姑娘去马婆家住下，她家没有男人，姑娘住着也方便，我再考虑考虑。"

"好吧。"郝哲荣回头看了一眼庄蝶，语气中充满了遗憾。庄蝶却趁机问郝盛仁，一向和睦的两个军阀怎么突然间打了起来，想必是自己出走后才一半天的事。郝盛仁用怪异的目光打量着庄蝶，说道："谁知道怎么回事，前一阵听说方、庄联姻，好得像是一家人一样，昨天夜里突然反目，方大帅的一个团和庄大帅的一个步兵旅开了火，已经打一整天了。"

就在仁人说话的时候，院子里突然传来一阵鼎沸的吵嚷声，接着一个女人慌慌张张地跑了进来："村长，不好了，你孙子掉到山缝里啦！"

2

郝盛仁听来人说自己的孙子掉到了山缝中，脸色倏地变得苍白如纸，连招呼都没打就跟着女人往外跑。郝哲荣见此情景和庄蝶使了个眼色，跟着他们也出了村长家。此时外面已然乱成一团，他们跟在一群身着白色杭纺衬衫、黑色宽腿裤配布鞋、斜背步枪的年轻人后面顺着山坡往山上跑。庄蝶琢磨着这群人八成是负责村里治安的巡查队了。

郝家集建在两山夹一沟的山沟里，无论往左还是往右都是上山路，所以他们越走山路越窄，到最后干脆没有了路，完全是凭借蒿草和突兀的山岩往上挪，直到眼前人群聚集，跑在前面的郝盛仁突然放慢了脚步。

"村长来了，村长来了……"大伙往两边闪开，将一片空地袒露在庄蝶面前。她凝神瞧去，只见山石荒草中一条尺余宽的裂缝蜿蜒而上，一直通到更高的山顶，好像一个巨人站在半空对着大山劈了一斧子似的。一个女人正坐在地上号啕大哭，隐隐从缝隙里传来小孩子的呼救声。

"怎么了？"郝盛仁上气不接下气地问道。

"二保和我上山摘野果，一个没留神就掉到这裂缝里卡住了。"女人哭道。

"不是不让你们上山吗？"郝盛仁额头青筋暴起，目眦欲裂。这时旁边一个像干部模样的人小心地过去告诉他，这缝隙特别狭窄，他孙子被卡在缝隙中，离地面约二十米，成年人根本下不去。

"那怎么办？让他饿死？"

"这……"干部搓着手说道，"依我看找个七八岁的孩子可能能下去，要不然瘦小的女人也成。"

"女人、孩子哪有这个胆量和力气？"郝盛仁几乎要哭出来的模样。这时缝隙里孩子的哭声更大了，听声音他的年龄也就是五六岁的样子。庄蝶心念一动，蹑手蹑脚地走过去看了看缝隙，见隐约能看到孩子的影子，心里面多少有了点儿底。

"村长。"庄蝶站起身，信心满满，"我能下去把孩子抱上来，你们用绳子把我系上就行。"

"你行？"郝盛仁疑惑地问。

"没问题，我从小就骑马打球，不仅身体灵活而且还有力气，绝对能完成这个工作。"

郝盛仁身边的干部也用奇怪的目光打量着庄蝶，一百二十个不相信的样子。好在村长这时候已经乱了方寸，犹豫片刻就答应了庄蝶的请求。只是她身边的郝哲荣一副不情愿的样子，扭捏再三才同意给庄蝶拉绳子。

于是庄蝶在几个巡查队员的帮助下，腰里系着绳子滑了下去，她咬着牙左手拉紧绳子，右手扶着山壁一点点地接近目标，最后几乎是用身体贴着两侧岩壁的时候才看到已经哭得险些断了气的二保。此时他用绝望的眼神木然地望着庄蝶吃力地抱起他，然后用力将绳子拽了拽。

上面的人开始使劲了，在这个要紧关头，庄蝶用尽全身力气抱着二保，生怕他第二次掉下去。当庄蝶落地时，她几乎已经虚脱了。好在有人第一时间接过了孩子。

人群开始骚动，安慰声充斥着耳鼓。庄蝶感觉全身软得像没骨头一样，疲惫地坐在地上喘着粗气。

不知过了多久，她蓦地抬起头才发现周围一个人都不见了，不知道什么时候他们竟走得干干净净。庄蝶喘着粗气站起身，慢慢顺着原路往山下走，迎面正遇到郝哲荣从对面赶来，脸上充满了喜色："村长答应你留下了，让你先住马寡妇那儿。"

"谢谢你。"庄蝶高兴地说道。她是真心欢喜能在这个世外桃源留下，也希望能在这儿度过人生最美好、最独立的一段时光。她对郝哲荣、对村长郝盛仁甚至对所有人的印象是那样美好。

按照村长的安排，庄蝶在第三天开始就去了校办学堂教孩子们念书。这里的学堂是新式学堂，以西式教学为主，只有一个女老师。庄蝶的到来让孩子们真正有了接触外面世界的机会，他们跟着庄蝶学舞蹈、学唱歌、学骑马、学算术，转眼一年就过去了。

这一年里，郝哲荣与庄蝶的关系从遮遮掩掩发展到光明正大，村里的每个人都想当然地把他们看成一对。逢年过节有什么活动的时候，庄蝶都跟着郝哲荣到小十字街广场参加。

直到有一天，郝盛仁突然把庄蝶从学堂叫到自己家的客厅。

"你为什么不和我说实话？"郝盛仁严肃地问道。

"您说什么？"庄蝶不知道郝盛仁到底知晓了什么，心里惴惴地问道。

郝盛仁冷笑一声，说："你看看这个。"说着话他将一张纸丢了过来。

庄蝶拿起纸看了一眼，发现这是张方天仁发布的通缉令，上面写道：此女二十三岁，化名于蝶，有确切消息称其已流落至我省境内，请各治安局所予以关注，若发现其踪迹务必第一时间汇报方帅得知。上面则是大张的庄蝶照片。

"这是谁拿来的？"庄蝶惊恐地问道。

"方帅发布的通缉令，你到底是什么人？"

"我……我真的不是逃犯，我也不认识他。"庄蝶咬着嘴唇，半晌才悠然地说道，"我父亲就是庄成尚庄大帅，我是她的女儿庄蝶。"她说到这里看到郝盛仁闭着眼，只好继续说道，"我父亲和方天仁是死对头，一直打来打去互有胜败。前一阵儿方天仁与我父亲见面商谈停火的时候看到了我，就说想要娶我当他的三姨太，没想到我父亲竟然同意了。"

"你真是逃婚出来？"

"嗯。"

"原来是这样。"郝盛仁点了点头，突然冷哼了几声，"你知不知道你父亲大败，如今连省城都快丢了？"

"不可能，我父亲熟读兵书，打仗一向喜欢佯攻伪退，兵败是常事，只不过却是先假败再真胜。"

"这次方大帅的部队已经开进了省城，你父亲不可能再有翻身的机会。我得将你交给方大帅。"郝盛仁说着就要招呼人，却被庄蝶一把拉住了衣袖："村长，你别把我交出去。"她几乎要哭声来，"我父亲和方天仁打了十多年，不可能没有仇恨。若他真败了，我落到方天仁手里恐怕也活不下去了……"说着话她哭了起来。

郝盛仁想了想，就让她先回去了。本来庄蝶以为过几天等事情有所缓和再和他商量。谁知道这位村长显然没有为她隐瞒身份的理由，于是很快整个村子都知道了她是庄成尚的女儿，更严重的问题是庄成尚此时兵败如山倒，甚至传言已经自杀了。

庄蝶在村里才树立起的威信就这样在父亲的传闻中消弭得一干二净，甚至开始有人在背后议论诽谤。她知道再待下去恐有危险，于是开始准备如何离开郝家集。

自从他们谈话后，郝盛仁再没有找过她，只是那马老婆子开始如影随形，想必是得了跟踪的指令。庄蝶思来想去，觉得在村里只有得到郝哲荣的帮助才能顺利逃脱。

"你必须帮助我离开郝家集，我要去省城证实传言的真伪。"庄蝶找到郝哲荣，郑重其事地说道。

"你真的打算离开？"郝哲荣惊讶地问道。

"是的，你和我一块儿走吗？"

"我还有家人在郝家集，我不能离开他们。"

"那你帮我离开。"

"我怎么帮你？"

"今天晚上你过来，想办法把马婆子拖住。"庄蝶说。这是她想了很久的主意，如果郝哲荣同意的话，趁村长还没完全起疑心，她觉得自己还有希望离开。

可是郝哲荣却犹豫了："我要冒很大风险。"

"难道为了我冒这一点儿风险也不值得吗？"庄蝶说道，"就算是我们相恋一场，你也应该帮帮我。"

"你也说我们相恋一场，可我连你的手都没怎么拉过。"郝哲荣阴冷地凝笑着走近庄蝶，"如果你同意，我就帮你。"说话时他的手已经开始不老实了。

对于郝哲荣，庄蝶其实是有一点儿感觉的，她说不清这到底是喜欢还是爱恋，但这个能说会道的男人的确了她不少欣慰。所以当郝哲荣答应帮助她并冲上来的时候她并没有反抗，只是天真地以为凭着自己的付出能离开郝家集。

可是庄蝶错了，现实沉重地打击了她。

当晚，郝哲荣再没有出现。约定时间推开马婆家门的，是村长郝盛仁和全副武装的巡查队。

于是，庄蝶被囚禁了起来。

之后庄蝶被饿了一整天，直到夜幕降临的时候郝盛仁才出现在囚禁庄蝶的村尽头的空房中。他端着水和干粮走到庄蝶面前，狞笑着得意地走近。

庄蝶惊恐地望着村长，仿佛看到一头狰狞的巨兽。紧接着，这头巨兽粗暴地撕开了庄蝶的衣服，一言不发地占有了她。然后他将饭丢给庄蝶，满足地离开了。

从始到终，他们没说一句话。

眼泪如断了线的珠子从庄蝶眼中落下，她完全没想到自己第一次离开家、离开父亲就遇到如此祸事。一年来的点点滴滴化作无限的悲伤涌上心头，她痛哭着睡着了。

时间一天又一天地过去，太阳每天从东方升起又从西方落下。庄蝶麻木地躺在地上，每天能做的只有以泪洗面和面对郝盛仁的肆意凌辱。她麻木了，甚至开始有了轻生的念头。

就在这个时候，郝哲荣出现了。

庄蝶躺在草席上，静静地望着他。

"你父亲又打回来了，这几天村长他们在商量你的事情。"

"他们打算怎么办？"面对禽兽般的村长，庄蝶觉得他能做出任何事情。

郝哲荣却还是副懒洋洋的面孔，用无奈的神色摇了摇头："我不知道，不过我想他们不会将你交给你父亲，也不会交给方大帅。"郝哲荣显然清楚这段时间郝盛仁的所作所为，可惜的是他说话时没带一点儿怜悯。

庄蝶彻底死心了，她决定依靠自己的力量逃出去。

3

临时被当作监狱的地方是村打谷场的一个旧库房，每天都有六个荷枪实弹的巡查队员分三班轮流站岗看押庄蝶。郝盛仁不来的时候，他们有人会去巡查队伙房打来饭菜送过来，再把头一天的马桶换走。

这段时间可能真的比较忙，郝盛仁一直没再来过。所以每天都有不同的小伙子给庄蝶送饭，他们大都一丝不苟地做事，从不敢侧目偷窥，唯独一个黑面皮的矮个儿有些不太在乎，每次大大咧咧地提走马桶的时候都不怀好意地打量庄蝶，然后嘴角挂着阴冷的笑容离开。

庄蝶觉得这是可以离开的机会，也是自己孤注一掷的唯一动力。于是第四天傍晚当这个矮个子又进屋把干净的马桶放下时，准备提着秽桶离开的时候，伏在地上的庄蝶一把拉住了他的裤脚。

"带我出去，要多少钱我都能给你。"庄蝶用极低的声音说道。矮个子显然吓了一跳，却紧接着又迅速恢复了平静。他稍加停顿，然后用很低的声音告诉庄蝶他晚上来救她。

庄蝶暗暗松了口气，她觉得自己也许真要熬出头了。可惜她还是太过天真，苦候一晚的她等来的却是包括矮个儿在内的六个禽兽巡查队员的轮流摧残。庄蝶能感觉到他们都喝了酒，然后可能达成了某种默契；而她能做的除了从被破布堵住的口中发出痛苦的呜咽声外，只有无尽的泪水。

他们带着满足离开时，庄蝶其实已经处于半昏迷状态了。从此之后不知道是不是六人走漏了风声，前来占庄蝶便宜的男人越来越多。一个月前，他们还是村里诚实的农民、勤劳的铁匠、笑眯眯的胖掌柜，甚至是面对庄蝶诚惶诚恐的半大小子，可此刻却俱成了半疯癫的禽兽，用非常廉价的贿赂而得到了庄蝶的身体。

日子又一天天地过去，庄蝶甚至连自杀的力气都没有了，如果再继续这样下去，她相信自己迟早会被他们折磨死。可是就在这个时候，那天晚上占有自己的六个巡查队员又一次全部进了这间充斥着腥臭的房间。除了他们之外，领头的男人就是戴着员外巾、穿着马褂的村长郝盛仁。

"把她架到广场上去。"郝盛仁像不认识庄蝶一样，冷冷得发号施令。包括矮个儿在内的六个巡查队员上前架起几乎全裸的庄蝶，拖着她来到小十字街广场上。庄蝶看到周围已经站满了村里男女老少，大家正围着中央的十字架上一堆干柴窃窃私语。

"来了来了……"一个妇女说道。

"早该烧死她了，村长还是心肠太好。"另外一个妇女说道。

"就是，这种不守妇道的娼妓不烧死还留着干吗？"又一个妇女说。

"都是她勾引男人，把家里的钱都败光了。听说村长就是为此把她关了起来，她却还变着法儿勾引巡查战士，真该死。"先前第一个说话的女人道。

……

听声音，庄蝶都能分辨出她们的姓名，知道她们的老公是谁或有什么喜好，甚至那方面的时间长短。可如今庄蝶几乎一丝不挂地被绑在木架上，脚下堆着浇满油料的柴火，却一句话都不说，一动也不能动。

"准备行刑。"郝盛仁简短地说道。

矮个子走上前，手里擎着火把。

庄蝶想在密密麻麻的人群中找出郝哲荣，可是没能成功。这时，一骑白马绝尘而来，马上坐着郝家集巡查队的联络官。庄蝶能看出他骑的是自己的马。

联络官满头大汗地跑到村长面前，对他紧张地说了几句话。村长似乎没有听清，又转过头问了一遍才皱着眉头往庄蝶这边望着。接下来非常戏剧性的一幕出现了：村长急步跑到刚才还说庄蝶的几个妇女面前，急切地说着什么。

几个妇人瞬间像是霜打的茄子一样，失魂落魄地过来给庄蝶解开绳子，几乎是抬着她走进了村口一间房子里。进屋的时候，庄蝶分辨出这是村里的馆驿所，素日用来接待方帅派来村里收税的。

　　这是怎么回事？昏迷之前，庄蝶只记得这些。她不知道睡了多久，只觉得口干舌燥，想睁开眼喝点儿水的时候，看到了面前诚惶诚恐、端着碗的郝哲荣。

　　庄蝶躺在柔软舒适的床上，身上穿着簇新的衣服，都是上好的料子做成的，针脚细密。郝哲荣小心翼翼地望着庄蝶，看她醒来立时立刻用一种难以掩饰的兴奋大声地呼喊起来："蝶儿，你醒了？你醒了？"

　　"这是哪儿？"庄蝶小声问道。

　　"这是村里的馆驿所啊。你昏睡了三天，我们都担心死了。"

　　"出什么事了？"

　　"没什么，之前村长听信谗言，说你是杜国邦的细作。方帅那边又派了人非要置你于死地，所以才误伤了你。如今误会已经解除，终于给你平反了。"

　　"细作？"庄蝶吃惊地问道。

　　"对啊，说是绥系打入热系的奸细。如今村长已把这个诽谤你的人抓起来了，还有要置你于死地的杜国邦手下。"

　　"他们是谁啊？"

　　"郝大鹏和胖掌柜。"

　　"那不是铁匠和饭铺掌柜吗？"

　　"那都是他们为了掩饰身份，现在包括那六个违抗军令的巡查队员都被抓了起来，就等你的处置意见呢。"

　　"六个巡查队员？"

　　"对，看守你的那六个，玩忽职守，已经被村长抓起来了。"郝哲荣信誓旦旦地说道，接着他指了指桌上小山般的一堆首饰和金条，"这些是村长拿给你的，说这是你在村里一年的俸银。"

庄蝶不是不识货的人，可乍见如此多的金银首饰还是结结实实地吃了一惊：珠圆玉润的大颗珍珠、猫儿眼宝石、田黄石雕刻的观音、一尺多高的玉佛……再加上成堆的金条，饶是父亲作为一方军阀竟也无如此财富。

"这……这么多？"

"对，村长说你这一年在村里如此勤劳，理应补偿。"郝哲荣顿了顿，又指着另外一桌的山珍海味道，"这些人参、虫草、木耳都是村民们送的，你看这是马婆子的，这是李家的，这是大个郝家的，这是胖郝家的……"

庄蝶发现，几乎每家都送了东西。

"知道了，你先回去吧。"抚摸着发烫的脑门儿，庄蝶要理一理乱如麻絮的思路。可郝哲荣仿佛没有离开的意思："那八个人怎么办？"

"哪八个人？"

"两个细作和六个巡查队员？"

庄蝶想了想，忽然明白了什么，她犹豫半晌才沉吟道："你告诉村长，过去的事情就算了，这八个人一定要火刑处死。"

"好。"郝哲荣重重地叹了口气，又问道，"我怎么回村长和村民这些东西的事？"

"收下，过去的事就过去吧。"庄蝶疲惫地说道。

"好嘞。"郝哲荣开心地下去了，庄蝶虽然躺在床上，可依旧能感觉到自己像快散了架一样。

事情好像就这样过去了，庄蝶的身体也一天比一天好起来，这期间村民们每天都轮流来看她，带着他们自己认为最好的食物。庄蝶也和他们开心地生活在一起，就像从前一样，好似什么事情都没有发生一样。

又过一个月，庄蝶告诉郝哲荣自己要带着这些金银离开，需要给父亲送一封信。此时她已知道父亲和方天仁达成了和解，谁也没有把谁怎么样。

对于庄蝶的请求，村长郝盛仁有些诚惶诚恐，但在看到庄蝶每天开心地和孩子们在一起的样子，最终放下了心，让联络官拿着信去省城给庄成尚报信。

当庄成尚的大军开至郝家集时，庄蝶在这儿已经住了一年零七个月。她望着一年多没见的父亲，飞快地冲了上去，紧紧地将他抱住。

"你怎么不来找我？"庄蝶哭着说道。

"还不是因为你，我和方天仁又干了一仗。"庄成尚大大咧咧在村长家的客厅坐下，傲慢地左右环视着，"你这一年多就住这儿？"

"是啊，爸爸，你看怎么样？"

"还行吧。你让我来就是这事？"庄成尚问道。

庄蝶抬起头，看见他身后的郝哲荣和郝盛仁都瞪圆了眼睛惊恐地望着自己，笑道："没什么，那些东西可做军饷，让你带走。"

"我看了，都是好东西。怎么来的？"

"村里人给的，我帮他们干活儿。"庄蝶说着笑了笑，故意把话题岔开，"和方天仁的仗打得怎么样？"

"老对手了，他不能把我怎么样，我也不能把他怎么样。"庄成尚站起来转了两圈，告诉身边的副官把那些金银财宝装好就走，然后问庄蝶。"你和我一块儿走吗？"

"走啊，我有一句话要问，问完就走。"庄蝶说着站起身，来到郝盛仁面前，用极低的声音耳语道，"村长，要烧死我那天联络官跑来和你说什么了？"

郝盛仁满头大汗，把腰弯得像个虾米："他说你父亲庄成尚没败也没死，和方帅达成了和解协议。"

庄蝶点了点头，又走到郝哲荣面前："我走了。"她说话的声音不高，全屋人却都能听见。

郝哲荣淡淡地点了点头："我很舍不得你。"说话时，他真情流露，甚至有些哽咽。

庄蝶什么都没说，只是随着父亲走出房间，当只剩下他们父女二人时，她突然站住了脚步。

"怎么了，丫头？"

"方天仁和我的婚约还有效吗？"

"什么意思？"

"我要是嫁给他，你们是不是就不用打仗了？"

"你想通了？"

"想通了，不过我要做一件事。"

"什么事？"

"让王副官陪我做就行，你先回吧。给我留两个营。"庄蝶说话时语气很平淡，丝毫听不出什么异样。庄成尚点了点头，什么都没有说。

……

十天后的某个早上，已然回到省城闺房的庄蝶正忙于下嫁事由，闲暇之余，翻开了当天的《早报》：郝家集疑遭五龙山强人洗劫，全村数千余口无人幸免，村舍火烧四天三夜！

二〇一六年四月三日申时三刻于名仕乐居

【全文完】